Alexander Sperling

GLASHAUSEFFEKT

Über den Autor

Alexander Sperling, Jahrgang 1989, hat Deutsch, Geschichte und Sozialkunde für das gymnasiale Lehramt in München und Oslo studiert. Nach dem 2. Staatsexamen begann er eine Promotion über die Dystopie der Gegenwart. Nebenher engagiert er sich politisch und schreibt für unterschiedliche Medien. Er ist Stipendiat der Studienstiftung des deutschen Volkes.

Über das Buch

Dieses Buch ist nachhaltig und klimapositiv gedruckt. Mehr Informationen dazu sind auf der letzten Seite des Buches zu finden.

ALEXANDER SPERLING

GLASHAUS EFFEKT

Ein Zukunftsroman

&Töchter

Die Handlung und alle handelnden Personen sind frei erfunden. Jegliche Ähnlichkeit mit lebenden oder realen Personen wäre rein zufällig.

1. Auflage 2020

Umschlaggestaltung: Sigl Affairs, München
Lektorat: Laura Nerbel & Sarah Zechel, &Töchter
Satz: Sarah Zechel, &Töchter
Druck & Bindung: Gugler GmbH, Melk
Printed in Austria
ISBN 978-3-948819-00-2
Auch als E-Book erhältlich.

www.und-toechter.de

Für Janina

04.02.2048

Giftstoff-Skandal weitet sich aus

Inzwischen über 100 Fälle von Fehlbildungen bei Ungeborenen bekannt / Politische Auswirkungen bis auf die Bundesebene möglich

Mannheim
Im Skandal um die mutmaßlich illegal entsorgten Fabrikstoffe (wir berichteten) treten immer gravierendere Folgen zutage. Inzwischen sind bei speziellen medizinischen Check-ups in der Region Mannheim/Worms über einhundert Fälle vorgeburtlicher Fehlbildungen festgestellt worden. Bei den betroffenen Ungeborenen ist dabei die Ausbildung des Schädelknochens im Mutterleib gestört, meist fehlt das komplette Scheitelbein. Die Aufgabe dieses sogenannten Schädeldachs liegt im Schutz der oberen Hirnregionen, die bei diesen Babys nun lediglich durch eine dünne Hautschicht bedeckt sind.

Inzwischen ist auch eine achtköpfige Expert*innengruppe des *Boston University Medical Campus* in Mannheim eingetroffen, um den medizinischen Krisenstab zu unterstützen. Unter Hochdruck wird nach Wegen gesucht, die betroffenen Föten möglichst geschützt auszutragen, schonend zu entbinden und anschließend zu stabilisieren. Dennoch muss in vielen Fällen mit lebenslangen Beeinträchtigungen gerechnet werden, auch mindestens sieben Totgeburten haben sich in diesem Zusammenhang bereits ereignet. Alle Schwangeren, die im letzten Jahr das beliebte Naherholungsgebiet um den Lampertheimer Altrhein besucht haben, fordert das Gesundheitsministerium dringend auf, sich fachärztlich untersuchen zu lassen, ansonsten aber Ruhe zu bewahren.

Unterdessen sind die polizeilichen Ermittlungen auf dem ehemaligen Fabrikgelände des bis 2035 existierenden Unternehmens *CarFinishToGo* abgeschlossen. Wie aus Polizeikreisen zu erfahren war, hat sich dabei der Verdacht auf eine Verunreinigung der umliegenden Gewässer durch ausgetretene Autolacke erhärtet. In einer Sandgrube unweit des Altrheins seien zahlreiche Behälter mit toxischen Inhalten sichergestellt worden, teilweise hätten sich darin jedoch nur noch die Reste der mutmaßlich ausgelaufenen Substanzen befunden. Ein sichtlich aufgebrachter Polizeibeamter, der namentlich nicht genannt werden will, sprach gegenüber dieser Zeitung von einer »unglaublichen Sauerei«.

Die Vernehmung ehemaliger Mitarbeiter*innen des Betriebs dauere in der Zwischenzeit weiter an, wie die Staatsanwaltschaft vermeldete. Juristische Konsequenzen sind dennoch unwahrscheinlich, da der Eigentümer und alleinige Geschäftsführer der Firma,

Heinrich Dransfeld, vor knapp vier Jahren verstorben ist. Des Weiteren erschweren gesetzliche Verjährungsfristen eine gerichtliche Aufarbeitung.

Konsequenzen kündigen sich dagegen auf politischer Ebene an: In Mannheim gründete sich gestern die *Geschädigtengemeinschaft Altrhein*, die nach eigenem Bekunden bestrebt ist, zusammen mit zahlreichen anderen Umwelt-Opferverbänden eine Bundespartei ins Leben zu rufen. Für den 1. März ist in Berlin ein Kongress unter dem Motto *Gerechtigkeit jetzt!* geplant, auf dem sich die entsprechende Parteigründung vollziehen soll.

Zum Sprecher der neu gegründeten *Geschädigtengemeinschaft Altrhein* wurde Tristan Trautmann gewählt, dessen Tochter vor einigen Wochen ebenfalls mit einem stark verkümmerten Scheitelbein zur Welt gekommen ist. Er sagt: »Natürlich wird nichts, was wir nun auf politischer Ebene tun, dazu beitragen, dass meine Tochter gesund wird oder dass sie einmal ein normales Leben wird führen können. Aber wir leiden nicht nur, weil wir persönlich Betroffene sind. Nein, wir leiden auch unter der gesamtgesellschaftlichen Ungerechtigkeit, dass aktuell jene Leute ungeschoren davonkommen, denen vor ein paar Jahrzehnten alles egal war.«

Alexa Wilhelm, die Sprecherin des einflussreichen *Verbandes ehemaliger norddeutscher Grundstücksbesitzer*innen* ergänzt: »Der jüngste Vorfall in der Region

Mannheim hat das Fass endgültig zum Überlaufen gebracht. Mithilfe der neuen Partei wollen wir nun endlich diejenigen Personen zur Verantwortung ziehen, die Verantwortung tragen.«

Die konkreten Forderungen der in Gründung befindlichen Partei sind noch unklar, eine Blitzumfrage bescheinigt ihr für die im Spätherbst anstehende Bundestagswahl jedoch schon jetzt Chancen, die 5%-Hürde überspringen zu können. Ob sich die neue Partei in einem solchen Fall eher dem liberalen Lager um Bundeskanzler van Dyke oder dem nationalkonservativen um Lilienthal zuwenden würde, ist zum jetzigen Zeitpunkt allerdings noch völlig offen.

TOM BOHNENKAMP

www.baz.de/giftskandal/tombohnenkamp

Wellenförmig schwillt das erwartungsvolle Gemurmel auf den Zuschauerbänken an und ab. In den ruhigeren Momenten meint Erica dann jedes Mal, den Lärm der zwei polizeilich voneinander getrennten Demonstrationsblöcke noch bis hier drinnen hören zu können, als eine Art dumpfe Geräuschbrandung in der Ferne. Die Aufregung im Vorfeld des Prozesses ist so groß gewesen, dass sogar Dingo, Ericas bislang stets unpolitischer Freund, zur Demo kommen wollte.

Ein Kollege setzt sich auf den Stuhl neben sie, legt sein OCD geschäftig auf den Tisch und gibt den Befehl zum Unfold. Er dürfte Ende 30 sein, hat braunes, leicht gewelltes Haar und eine sehr intelligente Brille, durch die er auf den blitzschnell aufgebauten Bildschirm seines teuren Office-Complete-Device blickt. Er grüßt nicht herüber, nimmt keine Notiz von ihr. Erica lässt den Blick trotzig durch den Al-Gore-Saal wandern. Sind das nun eher 500 oder 2000 Leute im Publikum? Oder noch mehr?

Sie befindet sich auf der Pressetribüne, die die ganze rechte Seite des U-förmigen Oberrangs einnimmt. Auf der gegenüberliegenden Seite sitzen Zuschauer neben jeder Menge nach unten gerichteter Kameras und Scheinwerfer. Die besten Plätze oben, auf der kurzen Seite des U und mit geradem Blick zur Bühne, sind für die Ehrengäste reserviert.

Erica kann sich nicht sattsehen an dem verrückten Anblick, der sich dort bietet: Bundeskanzler Nils van Dyke tatsächlich in der ersten Reihe direkt neben TT, Tristan Trautmann, dem Anführer der PfG. Kanzler van Dyke hat seine undurchdringlichste Miene aufgesetzt, aber Erica findet trotzdem, dass er aussieht, als hätte er einen sehr bitteren Geschmack im Mund. TT dagegen blickt stoisch, weder mit einem Siegeslächeln noch sorgenvoll, eher konzentriert.

Sollte sie solche Eindrücke aufschreiben? Sie schielt ein wenig nach rechts. Ihr Nachbar sieht sich überhaupt nicht um, sondern ist ganz in seinen digitalen Sekretär vertieft. Arbeitet wahrscheinlich schon an einem Artikel über den Prozessauftakt.

Hinter TT sitzt die gesamte PfG-Parteiführung, hinter van Dyke das ganze Kabinett. Ganz so, wie in den dramatischen Koalitionsverhandlungen vereinbart. »Erscheinen oder sterben … politisch«, lautete angeblich die Losung, die der Kanzler gegenüber seinen Ministerinnen und Ministern für diesen Tag ausgegeben hat, und es gibt Gerüchte, das letzte Wort habe man erst nachträglich hinzugedichtet. Dann bemerkt Erica, dass sich eine blonde Frau zielstrebig zu dem Platz durchkämpft, der links von ihr noch unbesetzt ist. Die Kollegin setzt sich und nickt ihr freundlich zu. Na also.

Erica ist aufgeregt und angespannt, aber auf eine gute Weise. Das ganze Land, der ganze Kontinent diskutiert über diesen Prozess, und sie darf als akkreditierte Journalistin live dabei sein, hat sozusagen Zutritt zum Auge des

Orkans. Sie blickt auf die noch leere Richterbank, die äußerst hoch und wuchtig geraten ist. Klassische Überkompensation, denkt sie. Bei den Bänken der Staatsanwaltschaft ist auch noch niemand. Sie befinden sich direkt vor ihrer Pressetribüne, nur eine Etage tiefer. Leider wird Erica dadurch nie in das Gesicht der gefeierten »Staatsanwältin« sehen können, immer nur auf ihren Rücken.

Auf der anderen Seite der Bühne sind die Reihen der Verteidigung dagegen bereits gut gefüllt. Die bestimmt ausnahmslos PfG-nahen Jura-Studenten, die man als Pflichtverteidiger ausgewählt hat, sind bereits fast vollständig erschienen. Erica zählt hinter der Absperrung 27 Milchgesichter in Anzügen bzw. in Businesskostümen. Fehlen nur noch drei. Zwei Protokollanten in der Nähe der Richterbank sind auch schon da.

Ein hüfthohes, dünnes Geländer trennt den Gerichtsbereich von den zahlreichen Zuschauerplätzen im Parkett ab. Von ihrer Position aus kann Erica nur einen kleinen Teil davon sehen, da die Ehrentribüne des Oberrangs die Sicht auf die schlechteren Plätze unten verdeckt.

Sie klappt ihren alten Laptop auf, gleich geht es los.

Gespannte Stimmung im Al-Gore-Saal kurz vor Prozesseröffnung.

Sofort löscht sie den Satz wieder. Während sie noch nach einer weniger abgedroschenen Formulierung sucht, kommt unten Bewegung auf, die Zuschauer tuscheln aufgeregt. Ah ja, die Assistenten der »Staatsanwältin« gehen zu ihren Plätzen. Dann kann es ja auch nicht mehr lange dauern, bis …

Tatsächlich brandet großer Applaus im Saal auf, als plötzlich Gloria Perec, die berühmte Staranwältin, in einer Seitentür erscheint und die Bühne betritt. Eine Person ruft laut »Buh!«, wird aber schnell zum Schweigen gebracht. Perec reagiert weder hierauf noch auf den Applaus, sondern marschiert zielstrebig zu ihrem Platz.

*Eine Stimmung wie im Stadion, als die Hauptprotagonist*innen einlaufen.*

Erica liest den Satz einmal durch und löscht dann auch diesen gleich wieder.

Staranwältin Gloria Perec betritt den Saal und das Publikum begrüßt die erste Geige mit wohlwollendem Applaus.

Ach verdammt, irgendwas wird ihr zu Hause schon noch einfallen.

Dann öffnet sich die Tür ganz am Ende des abgesperrten Bereichs und der ganze Saal erhebt sich. Der Kollege rechts schnaubt vor Verachtung laut hinter seinem OCD auf, als die acht Richter in gewaltigen Roben den Saal betreten und gemessenen Schrittes auf ihr Podium steigen. Sie bleiben eine Weile hinter ihren Stühlen stehen, dann setzt sich einer der Richter und die anderen folgen seinem Beispiel. Auch die Zuschauer nehmen wieder Platz.

Danach wird es sehr still, eine gewisse Feierlichkeit liegt über der gesamten Szenerie. Erica blickt nach links in die Gesichter von TT und van Dyke, sieht dort jedoch nur makellose Masken, konzentriert und absolut undurchdringlich. Das ganze Kabinett um den Kanzler hat diesen Gesichtsausdruck angenommen. Einige PfG-ler neben und hinter TT schauen dagegen ehrlich ergriffen drein, manche betupfen ihr Gesicht mit Taschentüchern. Erica sieht aus den Augenwinkeln, dass auch die blonde Journalistin links von ihr sichtlich mit den Tränen kämpft.

Der Richter in der Mitte, der die Gesamtleitung innehat, wartet, bis die Stille vollkommen ist, und klopft dann zweimal testend gegen sein Mikrofon. Bumm, bumm. Geht. Wie hieß er doch gleich?

»Hiermit eröffne ich das Strafverfahren gegen dreißig exemplarisch Angeklagte, die in den Jahren 2000 bis 2030 in einflussreichen Positionen waren, sowie gegen die gesamte Gesellschaft dieser Jahre, für die die Angeklagten stellvertretend stehen. Laut Anklageschrift haben sämtliche Angeklagten ihre politische oder gesellschaftliche Macht genutzt, um in der Bundesrepublik Deutschland einen aktiven und wirklich substanziellen Umweltschutz in diesen noch relativ frühen Jahren zu verhindern. Sie stehen daher, laut Anklage, stellvertretend für eine ganze Generation, die ihren eigenen dekadenten Lebensstil über die berechtigten Interessen zukünftiger Generationen gestellt hat. Die Anklage lautet erstens: vorsätzlich unterlassener Umweltschutz, zweitens: grob sittenwidrige intergenerationale Lastenumwälzung und somit drittens: Verbrechen gegen die Flora, gegen die Fauna, gegen die Menschheit. Die ganze Gesellschaft dieser Jahre ist, von wenigen Ausnahmen abgesehen, ausdrücklich in die Anklage eingeschlossen.«

Der Vorsitzende Richter liest das erkennbar Satz für Satz von einem Notizblatt ab. Erica hat inzwischen seinen

Namen auf der Webpage zum Prozess gefunden. Er heißt Bernhard Kriebl, ist 53 Jahre alt und eigentlich Richter am Amtsgericht Idar-Oberstein.

»Ich stelle nun zunächst die Anwesenheit der Angeklagten fest. Albrecht, Dietmar, Wirtschaftsminister in den Jahren 2024 bis 2028 und anschließend Cheflobbyist der deutschen Energiekonzerne?«

»Abwesend, wird vertreten durch die Pflichtverteidigung.«

Einer der Jura-Studenten auf der Anklagebank hat seine Stimme erhoben.

»Claudius, Johanna, im Jahr 2023 Mitbegründerin des *Vereins zum Erhalt systemrelevanter Intensivindustrie*, kurz *V.E.s.I.*, und von 2023 bis 2027 Vorsitzende des *V.E.s.I.*?«

»Abwesend, wird vertreten durch die Pflichtverteidigung.«

Jetzt eine Jura-Studentin.

»Deindl, Anton, in den Jahren 2022 bis 2029 Präsident des *Schutzbundes der konventionellen Landwirtschaft*?«

»Abwesend, wird von der Pflichtverteidigung vertreten.«

Erica seufzt innerlich auf. Das kann noch eine Weile dauern. Auch als Theater muss ein Gerichtsprozess wohl fürchterlich bürokratisch sein. Oder vielleicht sogar gerade dann?

»Eilers, Jochen, früherer Rennfahrer und von 2024 bis zum Verbot der Organisation im Jahr 2032 Geschäftsführer der damals international bekannten Rennserie Formel 1?«

»Abw…«

»Anwesend!«

Was war denn das? Nach einer Schrecksekunde geht ein aufgeregtes Raunen durch den Saal. Einige Journalisten auf der Pressetribüne sind aufgesprungen, um besser sehen zu können, die Kameras suchen den Publikumsbereich im Parkett ab. Im vorderen linken Drittel nimmt ein älterer Mann mit dunkler Brille seine Baseballcap ab und bringt üppige graue Locken zum Vorschein. Er spaziert lässig durch die Schwingtürchen in der Mitte der Absperrung, scheucht mit einer kleinen Handbewegung einen der außen sitzenden Studenten von der Anklagebank, setzt sich auf den frei gewordenen Platz und verstaut die Brille in der Innentasche seines sportlich-legeren Sakkos. Kein Zweifel, es ist tatsächlich dieser Jochen Eilers, Erica kennt sein Gesicht aus dem Newsfeed.

»Pardon«, sagt er in das Mikro vor seinem Platz, »ich muss mich anfangs im Platz geirrt haben.«

Niemand im Saal lacht.

Kriebl blickt einen Moment unsicher zu seinen Kollegen und Erica kann förmlich hören, wie die Rädchen in seinem Gehirn rattern.

»Und Sie, äh …«, sagt Kriebl ins Mikrofon, »Sie wollen aussagen? Also, ähem, ich meine, hier vor Gericht?«

»Selbstverständlich!« Eilers sitzt aufrecht, betont aufmerksam, und signalisiert: Ganz zu Diensten. »Ich gehe immerhin auf die 70 zu, da ist es doch an der Zeit, mal ein kleines Fazit zu ziehen. Sich ein wenig zu hinterfragen. Und wann bekomme ich denn noch mal die Gelegenheit, dass mir eine international so renommierte Anwältin die Leviten liest?« Eilers deutet eine kleine Verbeugung in Richtung Perec an, die jedoch, soweit Erica das erkennen kann, überhaupt keine Regung zeigt. »Das soll natürlich nicht bedeuten, dass ich diese, mit Verlaub, diese populistische Scheißaktion in irgendeiner Weise gutheißen, geschweige denn anerkennen will.«

Er lächelt, als könne er kein Wässerchen trüben. Ein Zuschauer johlt vor Vergnügen und beginnt heftig zu klatschen. Das reißt Kriebl aus seiner Erstarrung und er klopft dreimal hart mit dem Hammer auf sein Richterpult: »Einen solchen Ton werde ich hier nicht dulden! Ich verhänge daher ein Ordnungsgeld gegen den Angeklagten Eilers in Höhe von …«, er überlegt kurz, der ganze Saal hält den Atem an und Kriebl geht doch noch ein Licht auf, »… ich verhänge *symbolisch* Ordnungsgeld!«

Eilers lacht auf und lehnt sich in seinen Stuhl zurück, während sich ein unruhiges Murren der Zuschauer breit macht. Erica blickt in Eilers' faltiges Gesicht, auf dem sich jetzt ein zufriedenes, verschmitztes Grinsen zeigt. Sein Auftritt scheint sich schon gelohnt zu haben.

Wenn man Dingo und seine Jungs auf der weitläufigen Parkanlage des Forum Francorum sucht, dann geht man am besten einfach der Nase nach. Erica ist nicht wie sonst mit der U-Bahn direkt zum Forum gefahren, sondern mit der Straßenbahn zur Haltestelle Gibitzenhof. So kann sie gleich den mehrstöckigen und verwinkelten Gebäudekomplex im Zentrum der Anlage links liegen lassen und in den hinteren Teil des Parks gehen. Der unverkennbare Geruch feinster Cannabinoide weist Erica wie immer den Weg und beruhigt sie auf geradezu magische Weise noch vor dem ersten eigenen Zug.

Fast schon idyllisch sieht es aus, wie die Jungs an diesem herrlichen Frühlingssommertag auf der Wiese im Kreis sitzen und süßlichen Rauch aufsteigen lassen. Im Hintergrund blühen die Obstbäume. Man hört Vögel zwitschern, obwohl keine da sind. Der ganze faule Zauber macht Erica heute nichts aus: die Urlaubsstimmung, die die Gruppe umgibt, der Sommertag im März, das wilde Gemisch aus Palmen und Nadelbäumen. In dieser durch und durch verwirrten Natur spielt man heile Welt, doch man spielt es gut und Erica spielt mit. Die letzten Tage im Gericht haben sie aufgewühlt, den ganzen Vormittag hat sie Unterlagen gesichtet, aber heute ist auch für sie Prozesspause. Oder Vorstellungspause?

Sie begrüßt die Jungs und legt sich neben Dingo. Er gibt ihr einen langen Kuss und drückt sie fest an sich, obwohl sie sich erst vor ein paar Stunden noch zu Hause gesehen haben. Erica fährt mit den Händen durch seine schönen, schwarzen, krausen, warmen Haare. Wie war diese Wendung: Die Seele baumelt?

Sie wacht mit dem merkwürdigen Gefühl auf, beobachtet zu werden. Ihr ohnehin recht kurzes Sommerkleid ist ein bisschen zu hoch gerutscht. Offenbar im Glauben, unauffällig zu sein, linst Spex heimlich an ihren Beinen aufwärts. Unter dem Vorwand, die Liegeposition zu verändern, schiebt Erica schnell das Kleid zurecht und der Augenblick ist verflogen. Niemand sonst hat etwas bemerkt. Dingo ist mit Faris und Ben in ein Gespräch verwickelt, Mika durchsucht seine Jacke nach Gras. Spex guckt jetzt betont sinnend in die Ferne. Dingos Stimme wird etwas lauter: »Mir fällt echt nichts mehr dazu ein, wirklich, ich weiß nicht, was man dazu noch sagen kann.«

Erica macht die Augen zu und versucht noch einmal zu dösen. Ihrer Erfahrung nach sagen Leute immer ganz besonders viel, nachdem sie gesagt haben, dass ihnen nichts mehr zu sagen einfällt. Dingo ist schon wieder beim Prozess. Seit er es bei der Auftaktdemo mit der Polizei zu tun bekommen hat, fühlt er sich offenbar persönlich betroffen. Sie streicht ihm über den Rücken.

»Dass es keinen Generalstreik gegen die Van-Dyke-Regierung gibt. Ich fasse es nicht. Die Leute sehen zu, wie er bei diesem Wahnsinn zusieht. Wieso macht denn niemand was?!«

Erica kann an Dingos Stimme hören, dass er sich ernsthaft aufregt. Ben stimmt ihm zu, Faris sondert akademischen Mist ab, Herrschaftsverhältnis- und Diskursmachtsblabla. Erica denkt, die Jungs könnten ja mit dem Generalstreik anfangen und nächsten Monat ihr Grundeinkommen ablehnen. Nieder mit der Unterdrückung! Was ist eigentlich aus Mikas Suche nach dem Grasnachschub geworden?

Und dann träumt Erica von TT und van Dyke, wie sie verhandeln bis spät in die Nacht, wie TT immer wieder droht, notfalls Marina Lilienthal zur Kanzlerschaft zu verhelfen, wie van Dyke schließlich einknickt und sogar Nürnberg als Prozessort genehmigt. Wie TT mit Siegerlachen immer wieder an Ericas Beinen hochschaut. Und wie van Dyke reglos dasitzt, während TT immer widerlicher unter ihr Kleid schielt, und dann hat Erica plötzlich keinen Schädelknochen mehr, und alle jubeln deswegen, und beides zusammen lässt sie hochschrecken.

Die Jungs freuen sich, weil der kleine städtische Gastro-Roboter über die Wiese auf sie zurollt. Aus seinem gekühlten Inneren beziehen sie Red Bull, Nic Nac's und Süßigkeiten. Nostalgie-Menü für echte Anarchisten, denkt Erica. Für den nächsten Teil der Bestellung muss sie dann ihren Ausweis einlesen, da die Jungs ihr monatliches Limit bereits erreicht haben. Geordert werden gleich die vollen 15 Gramm und mehrere Flaschen Bier. Wie immer in diesem Moment behauptet Dingo, nur durch seinen Cannabis-Konsum weite Teile des Forum Francorum mitfinanziert zu haben.

Alle setzen sich wieder und hängen den eigenen Gedanken nach, während der fahrende Bauchladen geflissentlich seine obligatorischen Belehrungen zum verantwortungsvollen Umgang mit den erworbenen Konsumgütern dreisprachig vorpredigt. Als beim Wechsel von Englisch zu Arabisch schließlich auch Spex den Blick abwendet, um einen Flaschenöffner zu suchen, hält der Roboter in seinem Vortrag indigniert inne und fährt mit seinen Rollen sanft in Dingos Rücken, immer vor und zurück. Dingo gibt Spex mit dem Fuß einen kleinen Stoß, dieser blickt wieder auf. Der Gastrorob beendet seine Rede und schiebt dann endlich zufrieden blinkend und piepsend ab.

Mischkonsum ist nie eine besonders gute Idee, aber in der prallen Märzsonne ist es sogar eine besonders schlechte. Niemand hat genug Energie, um Erica darauf hinzuweisen, dass ihre schneeweiße Haut den Tag nicht schutzlos wird überstehen können.

»Ich verstehe eigentlich gar nicht, warum das Faschistenpack von der PfG nicht gleich mit den Abschotter-Faschisten gemeinsame Sache gemacht hat. Wozu überhaupt noch auf den alten van Dyke zurückgreifen?«

Auch Dingo ist jetzt merklich angeschlagen, er spricht schleppend. Faris und Mika dösen bereits, nur Ben und Erica hören noch zu. Spex hat zwar die Augen noch leicht geöffnet, ist aber erkennbar nicht mehr im Aufnahmemodus.

Schließlich mischt sich Erica doch ein: »Ich kann gerade TT eigentlich ganz gut verstehen. Und letztlich ist doch wirklich was dran am Anliegen der PfG, nicht?«

Sie sagt dies zwar mit ausgesuchter Unschuldsmiene, will aber vor allem Dingo ein wenig in seiner Selbstgefälligkeit provozieren. Er sieht sie mit zusammengezogenen Augenbrauen an und nimmt einen weiteren tiefen Zug, ehe er an Ben weitergibt. Erica lässt nicht locker: »Die Reporterin im Prozess neben mir hat vor Rührung geweint. Und denk nur mal an TTs Tochter!«

Dingo raunzt sie empört an. »Das ist doch jetzt nicht dein Ernst, hoffe ich! Diese Horror-Mutation bei seiner Tochter hin oder her …« Er holt aus zu einem längeren Monolog, doch noch ehe er richtig anfangen kann, unterbricht ihn Erica.

»TTs Büro hat mir übrigens ein Exklusivinterview mit ihm versprochen.«

Jetzt ist Dingo in seinem großen Vortrag nicht mehr zu bremsen. Eine ganze Generation verurteilen zu wollen, und noch dazu in Nürnberg. In *Nürnberg*! Ob das nicht auch ein Verbrechen sei? Dazu die ziemlich willkürliche Auswahl von dreißig Obersündenböcken. Und das alles in *ihrem* Namen, für die junge Generation. Pfui Teufel! Er spuckt aus. Erica hat einfach keine Energie mehr für eine Entgegnung, Ben schließt die Augen und schläft friedlich ein.

Irgendwann hört Erica hinter ihrem Nebelschleier, wie Dingo wiederholt sagt: »Man müsste was unternehmen!«

»Hm?«, gibt Erica mühsam von sich.

»Irgendwas Großes.«

»Wie? Was? Ich meine: Hä?«

»Na was *ganz* Großes eben!«

Dingo deutet mit ausgestreckten Armen einen sehr weiten Halbkreis an. Erica sieht zu ihm. Eine Sekunde vergeht, eine zweite, eine dritte. Eine vierte?

»Sorry … worum geht's gleich wieder?«

Dingo lässt erschöpft und enttäuscht die Arme sinken: »Ich weiß es nicht mehr.«

Er schließt als Letzter die Augen.

Ein undeutliches, dumpfes Rumpeln. Ericas Augen öffnen sich zu kleinen Schlitzen. Ungefähr fünfzig Meter von ihrem Lager entfernt beginnt ein Arbeiter der Stadt Nürnberg mit der diesjährigen Bestäubung der Obstbäume. Nachdem der dafür nötige, schwere Pollinator eigenständig an den ersten Baum herangerollt ist, fahren acht lange, metallische Tentakeln heraus, suchen in Windeseile je eine Blüte, stechen mit dem Fühler punktgenau hinein, und sofort geht es weiter zur nächsten Blüte. Nach intensiver Betakelung der Vorderseite ziehen sich die Arme in den Kasten zurück, er rollt zur Rückseite des Baumes, und der Vorgang beginnt von vorne. Taktaktaktaktak mal acht. Der Stadtangestellte sitzt in einem Klappstuhl im Schatten, überwacht den Vorgang und zieht gemächlich an seiner E-Zigarette.

Ein schönes Bild.

⬡

Es ist 06:15 Uhr, der Wecker klingelt. Erica gibt Dingo einen Kuss und schleppt sich nach unten ins Badezimmer. Kämmen, duschen, föhnen, kämmen. Sie blickt in den Spiegel und bändigt ihre langen, dunklen Haare, die in starkem Kontrast zu ihrer eigentlich blassen Haut stehen. Als sie sich mit zwölf zum ersten Mal die Lippen rot geschminkt hatte, war ihr unabhängig voneinander in der Familie und in der Schule der Spitzname »Schneewittchen« verliehen worden. Statt ihrer Lippen ist heute ihr ganzes Gesicht rot und spannt höllisch. Ihre verfluchte Sorglosigkeit gestern!

Als sie in die Küche kommt, sitzt ihr Papa auf seinem Platz an der Eckbank, lächelt sie kurz aus einem unrasierten Gesicht an und wischt dann weiter in seiner Zeitung herum. Senile Bettflucht, denkt Erica, während sie sich ein paar Brote für den Prozesstag schmiert. *No country for old men.*

Er macht eine Bemerkung über das schöne Wetter. Erica hasst Small Talk in der Früh. Sie ist 23, ihr Vater fünfzig Jahre älter als sie. Sie addiert bewusst nicht. Ihre Mutter ist noch ein wenig jünger. Nachdem die Stadt ihre Deutschkurse weggekürzt hat, bezieht auch sie nur noch Grundeinkommen. Ericas Vater bekommt Rente, der Unterschied ist aber eher symbolischer Natur. Sie packt schnell die Brote ein, verabschiedet sich und zieht die Wohnungstür hinter sich zu.

Immerhin ist es draußen schon hell. Im Dunkeln wirkt der Stadtteil Kothbrunngraben bedrohlich, bei Licht nur schäbig. Hier wohnen Deutsche und andere EU-Bürger, die auf dem Abstellgleis gelandet oder geboren sind, außerdem Klimaflüchtlinge, die es weit gebracht haben. In der fränkischen Hinterwaldmetropole ist der Kothbrunngraben die Bronx. Wie alle größeren Nicht-Küstenstädte in Mitteleuropa leidet auch Nürnberg unter üblen Wachstumsschmerzen, die sich in den neuen Stadtteilen am deutlichsten zeigen. Als eines der allerletzten Stadtviertel haben sie hier erst vor wenigen Jahren einen Cool-Down-Point für hitzegeschwächte Senioren bekommen, und schon jetzt sind die Wände dort total verschmiert, die Bänke immer klebrig und verdreckt. Dafür ist Nürnberg inzwischen auf dem besten Weg, zur Millionenstadt zu werden.

An einem Kiosk kauft Erica einen Krapfen, dessen Füllung sich als absolut eklig herausstellt, und steigt an der Station Heroldsberger Weg in die U-Bahn, die den Flughafen paradoxerweise oberirdisch umrundet. Erst an der Station Ziegelstein geht es nach unten. Aus dem Fenster sieht sie die rechtwinkligen Reihen der Klimaflüchtlingsunterkünfte, die erst vor wenigen Jahren errichtet worden sind, damit Bayern den deutschlandweiten Schlüssel einhält, damit Deutschland den europaweiten Schlüssel einhält. Damit der Westen zumindest ein bisschen mit sich ins Reine kommen kann. »Verursacherprinzip«. Bei der ersten Wahl nach

Errichtung der Smart-City – wie die offizielle Bezeichnung lautet – hat der angrenzende Stadtteil Buchenbühl trotzdem erstmals mehrheitlich Parteien des Abschotter-Lagers gewählt. Kleinbürger mit Dackeln und Gartenzwergen, denkt Erica, während die Bahn in die Erde abtaucht.

Wie witzig das Wort »Klimaflüchtling« doch ist. Oder eher seine Verwendung. Wenn man es in Daressalam nicht mehr aushält, ist man natürlich einer. Wenn man es aber in Amsterdam, Kopenhagen oder Hamburg nicht mehr aushält, weil es einem die Mietwohnung unter dem Hintern weggeschwemmt hat, dann ist man einfach ein Mensch, der sich verändern möchte und der in Nürnberg allen Wohnraum aufkauft.

In diese Gedanken vertieft, steigt Erica an der U-Bahn-Station des Forum Francorum aus, die unter dem futuristischen Gebäudekomplex liegt. Mit dem Lift kann man direkt vom U-Bahn-Gleis zum Foyer hochfahren, und dann steht man schon vor der provisorischen Sicherheitsschleuse am Eingang des Al-Gore-Saals, dem mit Abstand größten Raum des Forums. Erica zeigt ihren Presseausweis vor, passiert die Detektoren und erklimmt dann die erst halb gefüllte Pressetribüne. Heute Abend muss sie endlich anfangen, eine erste Version ihres Auftaktartikels als Prozessbeobachterin zu schreiben. Ihr schnaubender Kollege mit dem OCD ist bereits an seinem Platz, die gerührte PfG-Anhängerin noch nicht.

»Guten Morgen!«, sagt Erica, während sie sich setzt. Inzwischen sind sie immerhin zum Austausch elementarer Höflichkeitsformeln übergegangen.

»Moin, moin.«

Ihr Nachbar blickt nicht einmal auf, sondern schiebt seine Intellektuellenbrille zurecht und liest augenscheinlich seinen eigenen Artikel noch einmal Korrektur. So ein blasierter Kerl – wenn sie nur selbst schon so weit wäre! Sie versucht sich durch unauffälliges Schielen in ein wenig Betriebsspionage. Unter dem Vorwand, die Sitzposition zu verändern, verschiebt der Kollege den Bildschirm des digitalen Sekretärs. Erica kann nichts mehr erkennen und kocht innerlich. Für wen hält sich der Typ denn?

Um kurz vor halb neun nimmt TT seinen Platz auf der nur noch locker besetzten Ehrentribüne ein, Eilers geht zur Anklagebank und zieht seinen Notizblock hervor (noch analog! aus Papier!), und Gloria Perec schreitet ihrem Assistentenstab voran. Heute ist ihr erster großer Auftritt. Wie immer ist sie tadellos gekleidet und auch ihre strenge Hochsteckfrisur sitzt perfekt. Erica fällt auf, dass sich dort schon ein paar dünne graue Strähnen unter das ansonsten satte Braun gemischt haben.

Sehr abgehetzt erscheint Ericas zweite Prozessnachbarin auf der Pressetribüne und lässt sich auf ihren Sitz fallen. Sie grüßt wieder freundlich in ihre Richtung und sogar Ericas Nachbar zur Rechten blickt kurz hoch. Als Journalistenkollegen kannten sich die beiden bereits vor dem Prozess, das hat Erica inzwischen herausgefunden.

Um kurz nach halb neun erscheint das Richterteam, das nach dem ersten Tag von der Presse mit Hohn und Spott überschüttet wurde. Kriebl eröffnet die Sitzung und übergibt das Wort bald an die »Staatsanwältin«, zur Vorstellung der großen Schadensbilanz. Perec erhebt sich, fährt ihr Mikro nach oben und strahlt auch nach hinten eine solche Souveränität aus, dass Erica nicht anders kann, als beeindruckt zu sein. Perecs klare, kühle Stimme dringt aus den Lautsprechern:

»Hohes Gericht, sehr geehrte Verteidigung, sehr geehrte Damen und Herren. Stellen Sie sich vor, Sie sitzen nicht hier in Nürnbergs Al-Gore-Saal – oder zu Hause vor den Screens –, sondern auf einem hohen Berg in den schönen bayerischen Alpen. Sie blicken um sich und sehen – Geröll. Skipisten ohne Schnee. Abgerutschte Hänge. Vereinzelt noch nicht abgebaute Skilifte. Mühsame und teure Aufforstungsversuche.

Und nun stellen Sie sich vor, Sie sind mit einem magischen Adlerblick gesegnet, der es Ihnen ermöglicht, von diesem Gipfel aus bis an Deutschlands Küsten zu sehen. Die Situation in Bremen, Bremerhaven, Kiel, Rostock … Was der Anstieg des Meeresspiegels um einen knappen Meter doch ausmachen kann! Der erhöhte Grundwasserspiegel. Dazu die Sturmfluten. Der Starkregen. Wasser von unten, von vorne, von oben. Sie blicken nach Hamburg. Die schöne Hafencity, mein Gott.

Und jetzt denken Sie an das ganze Deutschland dazwischen, das Ihr Blick überspannt: Trockenheit hier, sintflutartiger Regen dort. Schadstoffe im Grundwasser. Übersäuerung der Böden. Verlorene Artenvielfalt. Massives Insektensterben. Mindestens ebenso massives Waldsterben durch den Borkenkäfer, der die höheren Temperaturen liebt. Sogenannte Ewigkeitsschäden fossiler Energiegewinnung. Hangrutschen, tagebauinduzierte Seismizität, sümpfungsbedingte Bodenabsenkung. Und das sind nur die vergleichsweise geringen Schäden in Deutschland. Der unglaubliche Bevölkerungsdruck aus europäischen Küstenregionen und der restlichen Welt. Die unvorstellbare, nie da gewesene Not in Afrika und das Elend in weiten Teilen Asiens. Der Mangel an Wasser und Ackerfläche, dazu die Verteilungskämpfe oder besser gesagt die Verteilungskriege. Zu allen Problemen in Deutschland und Europa kommt die desolate moralische Lage des Westens vor der Weltgemeinschaft! Die kostspieligen und dennoch unzureichenden Wiedergutmachungsprojekte in den noch stärker betroffenen Ländern. Die Kosten und Probleme für Deutschland durch den massiven Migrationsdruck aus aller Welt. Und dann erst die individuellen Schicksale! Stark erhöhte Tumorgefahr bei den Erwachsenen, Fehlbildungen bei Neugeborenen …«

Perec trinkt einen Schluck Wasser und Erica denkt an TT und seine Tochter. Im Saal hat sich eine bedrückte Stimmung breitgemacht.

»Diese Probleme waren natürlich auch zu Beginn des neuen Jahrtausends bereits bekannt. Zahllose sogenannte Green Deals wurden auf allen Regierungsebenen vereinbart, insbesondere in den 10er- und 20er-Jahren. Diese Deals wurden dann jedoch entweder nach wenigen Jahren schnell wieder aufgeweicht oder ihre Ziele nach vielen Jahren überraschend deutlich verfehlt. Der Abschluss solcher Deals ging immer mit einer gewaltigen medialen Inszenierung einher, ihr faktisches Scheitern dagegen wurde möglichst diskret eingeleitet, durchgeführt und schließlich zu den Akten gelegt. Eine perfekt geölte PR-Maschine, die einem ganzen Land, ja sogar einem ganzen Kontinent plötzlich einen grünen Anstrich verpassen sollte.

Der Umwelt war das alles freilich ganz egal. Im Jahr 2031 begann die Lebenserwartung in Deutschland erstmals wieder langfristig abzusinken. Eine sekundäre Folge der Umweltkrise und ein seit dem Dreißigjährigen Krieg einmaliger Vorgang. Der Zweite Weltkrieg führte dagegen nur zu einer kleinen Delle in den Kurven. Die Entwicklung des allgemeinen Lebensstandards ist sogar schon seit den späten 2020er-Jahren erstmals wieder rückläufig gewesen.

Sie haben es erlebt oder wissen es aus dem Geschichtsunterricht: Erst zu diesem Zeitpunkt, vor dem Hintergrund dieser Entwicklungen, ereignete sich die sogenannte Zweite Deutsche Wende. Statt Umweltschutz lautete das offizielle Ziel nun auch Umweltheilung; statt Klimaneutralität strebte man erstmals eine deutlich negative CO_2-Bilanz an. Statt neue Schäden bloß zu vermeiden, wollte man jetzt auch alte Schäden wiedergutmachen. Vor allem aber, und das ist der entscheidende Punkt, meinte man diese Ziele plötzlich ernst. Man war bereit, tatsächlich etwas zu investieren. Mittelfristige wirtschaftliche Einbußen in Kauf zu nehmen. Sich einzuschränken.

Doch trotz all unserer immensen Anstrengungen nach der Zweiten Wende, trotz aller Bemühungen und Entbehrungen, trotz aller Innovationen und Investitionen – ist es uns noch immer nicht gelungen, die eben genannten Trends wieder umzukehren. Die allgemeine Lebenserwartung und der durchschnittliche Lebensstandard sinken weiterhin jedes Jahr. Auch alle anderen relevanten Kennzahlen zivilisatorischer Entwicklung sind rückläufig. Die Folgen der Umweltkrise belasten unser Land mit jedem Jahr stärker, in allen gesellschaftlichen Bereichen. Und wie lange noch?! Wir wissen es nicht.«

Es folgt eine weitere Kunstpause. Erica hat eine Gänsehaut wider Willen, ihr Atem geht schnell. Sie späht nach rechts. Im Bildschirm ihres Kollegen stehen nur Stichpunkte, der oberste lautet: *Perec: Ganz billige Rhetorik*. Der Kollege spürt Ericas Blick und schnaubt demonstrativ.

»Ab einem gewissen Ausmaß an menschlichem Leid stellt sich die Verantwortungs- und Schuldfrage ganz automatisch. Niemand kann bezweifeln, dass dieses Maß an Leid in unserer Gesellschaft schon längst erreicht ist. Welche Schuld aber trifft uns, die wir ganz überwiegend damit beschäftigt sind, alte Versäumnisse auszubügeln? Keine! Welche Schuld trifft eine Zeit, die nichts vom Anthropozän wusste, nichts davon wissen konnte, der die Ressourcen dieser Erde unendlich erscheinen mussten? Keine! Aber welche Schuld trifft eine Zeit, in der alle relevanten Fakten und wissenschaftlichen Erkenntnisse vorlagen und in der Umweltschutz trotzdem nur gespielt wurde, anstatt ihn substanziell zu betreiben? *Ja: diese Zeit, diese Epoche, diese Generation trägt Schuld!*«

Der ganze Saal ist in großer innerer Bewegung, weniger ein Geräuschpegel als eine elektrische Ladung verbreitet sich und erfasst jeden. Erica schielt nach links. Beim Anblick der weißen Fäuste ihrer Nachbarin fallen ihr ein paar Zeilen ihres Lieblingsoldies ein: *Oh and as I watched her on the stage / My hands were clenched in fists of rage*. Eilers dagegen sitzt reglos vorne, direkt gegenüber von Perec.

»Zwar wäre Deutschland natürlich nicht in der Lage gewesen, das Ruder alleine herumzureißen, ebenso wenig, wie ein Einzelner das gekonnt hätte. Doch befreit das in keiner Weise von der Schuld, die Individuen oder Nationen auf sich geladen haben, als sie wider besseres Wissen untätig geblieben sind, weil die anderen auch untätig waren. Die Individuen untereinander – und mehr noch die Nationen untereinander – haben versucht, sich durch ihre Untätigkeit gegenseitig moralisch Deckung zu gegeben. Es erscheint im Nachhinein als ausgeklügeltes System: ›Tut ihr nichts, auf dass auch wir nichts tun müssen.‹

Als wäre es so undenkbar gewesen, einmal ernsthaft in Vorleistung zu gehen und ein positives Beispiel abzugeben, gerade für Deutschland. Zur Abwechslung mal ein Jahrhundert mit einem moralischen Polster beginnen! Stattdessen wurde Umweltschutz auch hierzulande nur gespielt, nur vorgegaukelt. Ein Wahlvolk wurde permanent betrogen, das permanent betrogen werden wollte. Auch hier ein Zweckbündnis: ›Gebt uns ein gutes Gewissen, aber wagt es nicht, uns dafür auch nur einen einzigen Arbeitsplatz zu nehmen.‹ In summa: Auf drei Ebenen wurde in den Jahren von 2000 bis 2030 Schuld auf sich geladen, an der wir heute schwer zu tragen haben, materiell und moralisch. Diese Ebenen betreffen erstens das einzelne Individuum, zweitens die Führungselite und drittens die Gesellschaft als Ganzes. Bevor jedoch Ursprung, Art und vor allem Ausmaß dieser Schuld im Einzelfall festgestellt werden können, ist es nötig, den Blick noch einmal auf das Heute zu richten, um eine genaue Übersicht über die Höhe des Schadens zu gewinnen.«

Der Saal sinkt kollektiv in die Stuhllehnen zurück, das Feuerwerk ist vorerst beendet, die Schule beginnt. Perec bemüht Tabellen, Grafiken, Schaubilder. Und Berechnungen: Kosten für Rückbau, Kosten für Entsiegelung, für Renaturierung. Kosten für die Sozialkasse. Steuerausfälle. Schon bald will niemand mehr so recht folgen, die Reihen im Oberrang beginnen sich zu lichten. Ericas Gesicht brennt, vermutlich löst sich schon Haut ab. Der Kollege rechter Hand sucht ihren Blick. Sie ignoriert ihn ein paar Sekunden, dann wird es unangenehm und sie sieht zu ihm.

»Ich bin übrigens Tom. Sehr erfreut.«

Er streckt flüsternd die Hand aus und blickt sie geradewegs an. Von diesem radikalen Umschwung ist sie etwas perplex.

»Äh, Erica.«

»Na, was hältst du von dem allem so?« Er nickt mit dem Kopf nach unten.

»Ich weiß jedenfalls sehr genau, was du von dem allem so hältst.«

Erica deutet in Richtung seines Bildschirms, doch ihr Nebenmann lächelt nur spöttisch. »Das war keine Antwort.«

»Doch – nur eben nicht auf deine Frage.«

Er sieht sie lange und etwas herausfordernd an.

»Bekomme ich noch eine?«

Erica seufzt unwillkürlich. »Ich weiß nur, dass ich heute Abend einen Artikel über das alles schreiben muss und einfach keinen Ansatz finde.«

»Neu in der Branche?«

Erica macht eine vage Geste. Sie ist Reporterin bei einem kleinen Online-Lokalblatt und in erster Linie für den Prozess akkreditiert worden, um die Statistik aufzuhübschen. Jung, weiblich, regional. Erica weiß das und will sich die Chance trotzdem nicht entgehen lassen.

»Was würdest du denn schreiben, also an meiner Stelle?«

»Reportage? Oder Kommentar?«

»Bin ich von der Redaktion her nicht so genau festgelegt.«

Er grinst breit. »Jeder fängt bei den Regionalen an, kein Problem. Schreib doch, dass du hier in eurem schönen neuen Forum und insbesondere hier in Al-Gore die Menschenwürde der in Abwesenheit Angeklagten gesucht, aber beim besten Willen nicht gefunden hast!«

Er ist nicht unbedingt hübsch, hat ein schmales, scharf konturiertes Gesicht und wäre dennoch irgendwie attraktiv, wenn man einmal von seiner unsympathischen Art absehen würde. Ihr Blick fällt erneut auf seinen Bildschirm. Dort steht mittlerweile nach dem ersten Spiegelstrich: *Perec: Allerbilligste Rhetorik!!*

Erica zuckt unbestimmt die Schultern und blickt wieder nach vorne. Echte Hilfe scheint sie hier keine zu bekommen. Später, in der U-Bahn Richtung Heimat, lässt sie die spärlichen Tunnellichter an sich vorbeiziehen und cremt ihr Gesicht ein. In ihrem Kopf mischen sich Wortfetzen verschiedener Personen. Sie muss aus diesem Wirrwarr etwas destillieren, das für Aufsehen sorgt, das positiv hervorsticht. Immer wieder gehen ihr einzelne Passagen von Perecs Anklagerede durch den Kopf. Sie spürt einen rasch anschwellenden Widerwillen, gleich wieder ihre Eltern zu sehen, der nichts mit ihrem üblichen Frust zu tun hat, mangels Alternativen noch immer zu Hause wohnen zu müssen.

Auf dem Heimweg durch die Mietskasernen ist es schon fast ganz dunkel, Erica steckt die rechte Hand in die Jackentasche, in der sich das KO-Spray befindet. Seit sie denken kann, wollen ihre Eltern ihr mickriges Reihenhaus durch eine Wohnung in einem besseren Viertel ersetzen, aber angesichts des völlig überhitzten Wohnungsmarkts müssen sie mittlerweile froh sein, wenn sie sich den Kothbrunngraben noch leisten können.

Zu Hause gibt es Abendessen, Dingo sitzt mit am Tisch. Mit Ende zwanzig lässt auch er sich eigentlich ungern durchfüttern, aber was will man machen. Ihr Dachgeschoss verfügt nicht einmal über einen eigenen Herd.

Die Stimmung am Tisch ist angespannt und es wird wenig gesprochen. Alle denken an Perecs Rede, die überall live übertragen und gestreamt worden ist, aber niemand möchte das Thema zur Sprache bringen. Erica rechnet nun doch im Kopf herum: Ihr Vater zum Beispiel ist Jahrgang 1976, das heißt, 2000 war er 24 und 2030 dann 54. Bestes, zurechnungsfähiges Alter. Widerwillig stochert Erica in ihrem verkochten Gemüse herum.

Nach dem Essen verziehen sich Erica und Dingo rasch nach oben und werfen sich aufs Bett. Sex ist aber kein Thema, sogar Dingo hat das von sich aus gemerkt. Er streichelt ihr ein wenig durchs Haar.

»Du denkst an deinen Artikel, hm?«

Erica verdreht als Antwort nur die Augen. »Und wo hast du dich heute während des Lärms so rumgetrieben?«

»Bisschen an der Uni gewesen, bei Faris vorbeigeschaut.«

»Im Hörsaal oder im Campuspark?«

»Eher im Campuspark.«

Jeden Werktag zwischen 10 und 12 Uhr sowie zwischen 14 und 16 Uhr darf der Nürnberger Flughafen noch angeflogen werden, wenn auch nur von internationalen Zielen aus, die mehr als 400 Kilometer entfernt liegen. In dieser Zeit ist es im Stadtteil Kothbrunngraben nur schwer auszuhalten, doch Erica ist eigentlich ganz froh drum: Dann fahren die Leute ein bisschen in die Stadt, kommen mal raus. Allen voran Dingo. Seine Streicheleinheiten werden intensiver, offenbar kommt er doch in Fahrt. Erica gibt ihm einen Kuss, rappelt sich hoch und setzt sich in der Hoffnung auf eine Eingebung an den Schreibtisch. Trotz des ohnehin schon langen Tages. Dingo sieht ihr eine Weile vom Bett aus zu, dann steht er auf, geht nach unten und kommt kurze Zeit später mit einem Becher Mate zurück, den er vor Erica stellt, bevor er sich wieder aufs Bett wirft. Das ist nett!

Um kurz vor acht reißt Dingo sie dann aus ihrer immer umfassenderen Ideenlosigkeit, weil er sich mühsam aus den Kissen wälzt. Er geht nach unten, wo Ericas Vater bestimmt schon vor dem Bildschirm sitzt, denn gleich beginnt das lang herbeigesehnte Spitzenspiel zwischen den RB Munich Cowboys, dem Rekordmeister der German Football League, und seinem ständigen Rivalen, den Prussian Panthers Dortmund. Außerhalb Südbayerns hält natürlich jeder zu den Panthers. Normalerweise hätte auch Erica gerne zugesehen, aber so ist sie immerhin froh, in ihrer Untätigkeit und Ideenlosigkeit nicht auch noch beobachtet zu werden.

⬡

Philly ist gekommen. Ist herabgestiegen aus dem hippen Leipzig in das provinzielle Nürnberg, in dem gerade der große Kampf Gut gegen Böse tobt. Nicht um teilzuhaben am Gemetzel – sondern wegen Oma Doros Neunzigstem.

Philly sitzt im Wohnzimmer, oder liegt dort eher, und hat die tadellos rasierten Beine über die nächste Stuhllehne geworfen. *Don't-care*-Attitüde, sehr gewagter Ausschnitt, wild gefärbter Sidecut. Alles wie immer.

»Hey there, sweet Erica, how's it going in the binary world?«

»Fine, fine.«

Sie schäkern ein wenig, Philly erzählt vom aufregenden Leben in Deutschlands *In-Stadt*. Erica hört mit halbem Ohr zu, dann erzählt sie vom Auftakt des unter internationaler Beobachtung stehenden Prozesses. Philly hört mit halbem Ohr zu und streicht sich durch den sehr gepflegten und akkurat getrimmten Bart. Dingo kommt ins Wohnzimmer, sagt Hallo, die beiden drücken sich, bussibussi.

Ihre Eltern, Tanja und Klaus, sind in der Küche und brühen koffeinierten Getreidekaffee auf. Die Stimmung ist angespannt, weil Philly sich weigert, Deutsch zu sprechen. Die deutsche Sprache sei, mehr noch als die englische, purer Gender-Faschismus. Die Folge ist ein bilinguales Kaffeekränzchen: »Want some more cake, Philly? Oder vielleicht du, Dingo?«

Durchaus mit Größe und Würde, wie Erica findet, nehmen ihre Eltern die wilden Erzählungen aus Leipzig zur Kenntnis, überwinden sich des Öfteren sogar zu einer höflichen Nachfrage. Philly berichtet ausufernd von dem erzkonservativen Nachwuchspolitiker einer Abschotter-Partei, mit dem Philly sich auf einer Party offenbar übel in die Wolle gekriegt hat. Klaus gluckst, er hat »Arsch-conservative« statt »arch-conservative« verstanden. Erica hat das Gefühl, dass Philly innerlich schon die Tage bis zur Abreise zählt.

Weil die Wohnzimmercouch einen Ruf als Wirbelsäulenkiller hat, wird Philly die nächsten Nächte oben schlafen, so wie früher. Das Lager ist schnell hergerichtet, und so sitzen Philly, Erica und Dingo auf dem Bett und der aufblasbaren Matratze und gönnen sich einen Begrüßungsjoint. Für den Abend haben sich ein paar von Phillys Freunden aus Nürnberger Zeiten angekündigt, da ist es schön, vorher ein wenig ausspannen zu können.

Dingo denkt wieder laut über passiven Widerstand gegen den Prozess nach, und Philly fragt hellhörig, wie das konkret aussehen könnte, bekommt aber keine Antwort. Stattdessen erkundigt sich Dingo, wie man eigentlich in Leipzig die ganze Sache sieht.

»In L., everybody agrees on the verdict *Tod durch den Strang* for all the accused persons as well as for the whole PfG.«

Philly lehnt sich zurück und nimmt genüsslich einen weiteren Zug, während Dingo fragt, ob man dieses Urteil dann nicht gleich über alle in irgendeiner Form am Prozess Beteiligten verhängen sollte. Philly zeigt ein erfreutes Gut-mitgedacht-Gesicht, sieht zu Erica hinüber und nickt eifrig.

Dann steht Philly auf und zieht sich – *we're all grown-ups, aren't we* – für die Party um. Die Tasche mit den Klamotten liegt im hinteren Winkel des Zimmers und so bekommt man vom Bett aus eher die Rückansicht. Erica blickt verstohlen zu Dingo, der verstohlen zu Philly blickt. Sie kann es ihm kaum verdenken.

Zwei Stunden später ist die Party in vollem Gange und hat alles, was eine gute Party braucht: motivierte Gäste, reichlich Alkohol und wenig Platz. Musik ist da schon zweitrangig, die zwei kleinen Boxen am Fußboden kämpfen aber wacker gegen den allgemeinen Lärmpegel an. Erica unterhält sich länger mit zwei von Phillys alten Freunden über chinesische Popmusik, und durch dieses Gesprächsthema angeregt, trinken sie zu dritt Maotai-Shots. Auch Philly ist bester Laune, aufgedreht, und flirtet alles an, was einen Puls hat. Besonders Dingo scheint an diesem Abend viel Puls zu haben.

Die meisten der Partygäste waren früher häufig, aber in den letzten Jahren kaum mehr im Dachgeschoss. Ein sentimentales Gefühl heizt daher die Partystimmung auf merkwürdige Weise an. Wo es früher so heiß herging, muss es heute mindestens genauso verrückt werden. Philly gibt Tabletten herum, die die Partygäste »Molocos« nennen.

Dingo greift zu, Erica lehnt ab. Sie versucht, Dingo ein wenig aus dem Dunstkreis des heißblütigen Geschwisters zu bekommen, doch Philly durchschaut sie wie immer sofort und macht sich über ihre kleinbürgerlichen Sorgen lustig. Erica fragt, ob Philly nicht in Zukunft etwas weniger Testosteronpräparate einnehmen möchte, vielleicht so ungefähr gar keine mehr?

Weil sie zunehmend genervt und allmählich müde wird, nimmt Erica zwei Molocos. Um sich selbst zu beweisen, dass sie es nicht tut, um irgendjemandem etwas zu beweisen, nimmt sie sie heimlich. Tatsächlich ist die Wirkung zunächst sehr angenehm. Die gedämpfte Musik spürt sie jetzt eher, als sie zu hören, während sie barfuß auf Phillys Gästematratze tanzt. Irgendwann fragt Dingo spöttisch, ob es ihr gut gehe. Statt einer Antwort zieht sie ihn fest zu sich und küsst ihn ziemlich aggressiv. Sie spürt, dass er hart wird, spielt mit der Hand über die Stelle und flüstert: »Wait till they're gone, baby!«

Dann sieht sie eine unbestimmbare Zeitspanne lang alles merkwürdig verzerrt. Dann bekommt alles einen starken Grünstich. Dann wird ihr übel. Dann wird sie unfassbar müde. Obwohl noch mehrere Gäste anwesend sind, legt sie sich einfach ins Bett und ist sofort weg.

Sie wacht auf, weil jemand aus dem Zimmer schleicht. Sie hat keinen Kater, aber einen eigentümlichen Geschmack im Mund. Es ist heiß und stickig, sie möchte dringend etwas trinken. Erst nach diesen Gedanken bemerkt sie, dass sie alleine im Bett liegt. Sie richtet sich halb auf und sieht, wie Dingo und Philly zu zweit auf der Ein-Mann-Gästematratze schlafen. Philly ist fast komplett zugedeckt, nur die Zehen lugen hervor. Dingo dagegen hat kaum Decke und schläft in Boxershorts, sein fitter, dunkler Oberkörper ist nackt.

Mit einem panikartigen Gefühl des Ertrinkens steigt Erica über einen alten Freund von Philly, der mit dem Gesicht nach unten bei der Tür liegt, und geht schnell treppab ins Badezimmer. Sie versucht sich zu beruhigen, doch es gelingt nicht.

Sie ist gar nicht sicher, wie Philly mittlerweile untenrum bestückt ist.

Eine PfG-Abgeordnete mittleren Alters aus Franken, die natürlich an jedem einzelnen Verhandlungstag anwesend ist, konnte ihr, der lokalen, weiblichen Nachwuchskraft, ein Interview zum Prozessauftakt nicht verweigern. Zunehmend hektisch sucht Erica den Besprechungsraum M 032, der sich irgendwo in der gläsern-wabenartigen Architektur des Forums verbergen muss. Als sie schließlich abgehetzt und ein paar Minuten zu spät in den richtigen Raum stolpert, hat die Abgeordnete dort bereits Getränke organisiert und ist sichtlich in ihrem Element. Hohe Föhnfrisur, Businesskostüm, Handtasche und Schuhe farblich abgestimmt. Audienz bei der Bienenkönigin, denkt Erica und macht Konversation. Bald schaltet sie mit mehr Aufwand und Getue als nötig die Aufnahmefunktion ihres Handys ein, um den Beginn des Interviews zu signalisieren. Die Abgeordnete guckt ziemlich verdutzt, dass sich tatsächlich noch jemand ohne AiO-Watch durchschlägt, sagt aber nichts.

»Wie zufrieden sind Sie mit dem bisherigen Prozessverlauf?«

Die Abgeordnete lächelt jetzt und hat diese Frage sichtlich erwartet.

»Natürlich lief zu Beginn noch nicht alles genau nach Plan, ein Prozess wie dieser muss sich erst finden, das ist ganz normal, doch insgesamt ist die PfG endlich am Ziel eines mühseligen Weges angekommen.«

»Wäre es Ihnen lieber gewesen, Eilers wäre nicht erschienen?«

»Nein, ganz im Gegenteil. Die PfG begrüßt die persönliche Anwesenheit der exemplarisch Angeklagten ausdrücklich. Es wäre aber wünschenswert gewesen, der Angeklagte Eilers hätte sein Erscheinen weniger dramatisch inszeniert.«

»Aber ist nicht der ganze Prozess eine reine Inszenierung?«

Erica hat ganz naiv, aus dem Bauch heraus gefragt, doch ihr Gegenüber wirkt jetzt verstimmt und sieht plötzlich älter aus.

»Das kann man wohl kaum vergleichen.«

Erica hat das Gefühl, etwas für die Stimmung tun zu müssen.

»Themenwechsel: Sie sind von Beginn der Bewegung an PfG-Unterstützerin gewesen, für Ihr Mandat lassen Sie nun sogar Ihre Professur am Lehrstuhl für Green-Robotic an der ETH Zürich ruhen. Was veranlasst Sie zu diesem Einsatz für einen Prozess, der keine juristischen Konsequenzen haben wird?«

»Sie müssen das als eine Art der kollektiven Psychohygiene betrachten. Man kann erst erwachsen werden und mit seiner Vergangenheit abschließen, wenn man sich schonungslos mit den Schattenseiten seiner Eltern auseinandergesetzt hat. Dieser Prozess soll und wird unserer Gesellschaft die Möglichkeit geben, einen Schlussstrich zu ziehen und endlich nach vorne blicken zu können. Dass dieser Prozess allen Widerständen zum Trotz zustande kommen konnte, zeigt, wie nötig er ist.«

»Was entgegnen Sie Kritikern, die behaupten, die Fokussierung auf exemplarisch Angeklagte verletze deren Persönlichkeitsrechte und sei auch der Komplexität von Umweltverschmutzung nach unsachgemäß?«

»Sehen Sie, wir sind in vielerlei Hinsicht die 68er des 21. Jahrhunderts. Wir fragen wieder unsere Eltern: Was habt ihr, ihr ganz persönlich, vor ein paar Jahrzehnten getan, als in Deutschland noch ein anderer Zeitgeist herrschte? Und diese Frage können Sie nicht nur einem Kollektiv stellen, die muss auch ganz individuell beantwortet werden. Der lediglich exemplarische Charakter dieser Auswahl ist dabei jedem klar. Und abgesehen davon trifft es ja weiß Gott nicht die Falschen …«

»Ihre Partei heißt mit vollem Namen *Partei für Gerechtigkeit und intergenerationale Befriedung*. Glauben Sie, dass dieser Prozess wirklich zu einer Befriedung zwischen den Generationen führen wird?«

»Unbedingt. Wenn endlich offiziell und eindeutig festgestellt wurde, wer Schuld trägt an den Problemen unserer Zeit, dann muss diese Schuldfrage nicht immer wieder von Neuem gestellt werden, und es kann ein Friedensvertrag mit klaren Grenzverläufen geschlossen werden. Das hat nichts mit Stigmatisierung zu tun, wie immer wieder fälschlich behauptet wird.«

»Abschließende Frage: Wie geht es mit der PfG weiter, wenn der Prozess beendet ist und die Partei ihren Daseinszweck damit erfüllt hat?«

»Zunächst werden wir wie vereinbart die Legislaturperiode zu Ende bringen und Kanzler van Dykes Koalition während dieser Zeit unterstützen. Für Spekulationen darüber hinaus ist es zum jetzigen Zeitpunkt noch viel zu früh. Alle Aufmerksamkeit muss jetzt dem Prozess gelten!«

»Vielen Dank.«

Innenansicht

Von erica mazur

Nürnberg-Stadt | 17.03.2049
Lesedauer: 2:30 Minuten (schnell) | 5 Minuten (genau)

Was kann man noch sagen über einen Prozess, über den bereits alles gesagt ist? Was schreiben, wenn schon alles geschrieben ist?

Ich bin 23 und Prozessbeobachterin. Ich soll Eindrücke liefern, wie es im Inneren dieses Prozesses aussieht, sich anhört, wie es riecht, wie es schmeckt. Wie es schwingt, dort drinnen im Forum Francorum. Ich werde meiner Aufgabe nachkommen und dabei von außen nach innen vorgehen, vom Prof.-Harald-Lesch-Platz über den Al-Gore-Saal bis hin zu mir selbst.

Auf dem Lesch-Platz stellt man sich am besten mittig zwischen die zwei Demonstrationsblöcke, richtet den Kopf in Richtung Forum und schließt die Augen. Dann hört man von links »Achtet die Menschenwürde« und »Tod der PfG«, von rechts »Ein Rechtsstaat muss *wirklich* strafen« und »Hängt Eilers«. Das ist angenehm, man fühlt sich dadurch ganz im Zentrum, ganz mittig, ganz dazwischen.

Das Forum selbst gleicht an Verhandlungstagen noch mehr einem Bienenstock als sonst. Die Waben pochen im Bewusstsein, etwas Großes zu beherbergen, Schauplatz von etwas Wichtigem zu sein. Man könnte das Gefühl bekommen, im Bundestag zu sein oder zumindest in seiner fränkischen Außenstelle. Hier kann man sich mit vielen PfG-nahen Personen unterhalten, die für »intergenerationale Befriedung« eintreten und einem auftragen, die eigene Sippe einer strengen Inquisition zu unterziehen.

Tatsächlich wird einem die eigene Elterngeneration unheimlich, wenn man in Al-Gore sitzt und der Staranwältin Perec zuhört, die deren Untaten anprangert. Im Großen mit Furor, im Detail buchhalterisch penibel. Wie sollen wir weiterhin mit diesen Leuten zusammenleben, manche von uns sogar unter einem Dach mit ihnen?

Noch mehr Angst als vor der Vergangenheit bekommt man aber vor der Zukunft. Perec zeigt auf, dass die Welt in einem gigantischen Domino-Day gefangen ist: Die Klimaerwärmung taut die Permafrostböden immer weiter auf, das setzt immer noch mehr Treibhausgase frei, das setzt den Regenwald immer weiter unter Druck und so weiter. Hinter uns liegen also die Taten von Verbrechern, vor uns zeichnet sich der totale Kollaps ab. Yeah, baby!

Ich sitze in Al-Gore, umgeben von circa eintausend Mitmenschen, und fühle mich einsam, später sitze ich zu Hause, »im Kreise der Liebsten«, und bin ganz allein. Doch es gibt nötigen und unnötigen Schmerz, und vielleicht ist dieser nötig. Noch nie habe ich so intensiv über unsere Gesellschaft nachgedacht wie seit Prozessbeginn. Noch nie hatte ich so sehr das Gefühl, dass ein naiver Schleier von meinen Augen entfernt wurde. Trotz aller möglichen Einwände gegen das Verfahren ist das die große Leistung dieses Prozesses und der PfG. Mit größter Spannung wird am kommenden Montag die Befragung des Beschuldigten Eilers durch Perec erwartet. Auch von mir.

Comment-Section:

Kommentarius

typisch weibliches rumgeflenne völlig ohne jeden inhalt nur kräftig auf die tränendrüse drücken und dann bekommt man das zeug schon an den mann bzw ... Mehr lesen

SchoenenTagNoch

mann sollte sie alle aufknüpfen!!!!

Tom X.

Ein runder Artikel, wie ich finde, trotz des melancholischen Tons.

JoeJoeJoe

komm mal runter man

Troglodytes

No offense, but it's boring. hard truth.

Lissy_2031

lololol... ☠☠☠☺

Mehr anzeigen

www.nuernbergtoday.de/innenansicht/em

Dingo lässt dichten grauen Rauch zum Himmel steigen, während er finster vor sich hin brütet. Niemand fragt, worüber er nachdenkt, was ihn noch zorniger macht. Erica ist wegen Philly schon völlig durchgedreht, und jetzt spricht sie auch mit ihren Eltern nur noch in gereiztem Ton, wenn überhaupt. Und das nur wegen diesem gottverdammten Prozess! Ihre Wut über die Partynacht kann er dagegen sogar ein wenig nachvollziehen, da seine wahrheitsgemäße Aussage, sich an mehrere Stunden überhaupt nicht mehr erinnern zu können, wohl tatsächlich nicht gerade vertrauenerweckend gewirkt hat. Aber die beiden gutmütigen Alten, ohne die sie beide auf der Straße sitzen würden, nein, die haben eine solche Behandlung nicht verdient. Er ist so gereizt, dass er kaum ruhig sitzen kann.

Mika und Spex versuchen, an die Bälle des Tischkickers zu kommen, ohne Geld einwerfen zu müssen. Der Regen prasselt heftig an die hohen, bunten Scheiben, und es ist eigentlich wahnsinnig gemütlich in der Landauerkapelle. Faris und Ben sitzen in warmen Jacken nahe bei Dingo auf einem der vielen abgeranzten Sofas und trinken aus einem Flachmann, den Faris mitgebracht hat. Mika hat wie immer »aufgesperrt«. Er kann das mittlerweile in Sekunden.

Vor ein paar Jahren hat sich die Stadt Nürnberg schweren Herzens bereit erklärt, die Erhaltungskosten des maroden Gotteshauses zu übernehmen, und dort dafür einen kleinen Jugendtreff eingerichtet. In dem steinernen, kühlen Raum spielen in den heißen Sommermonaten ein paar Kinder unter Aufsicht Kicker, Tischtennis und ein paar überholte VR-Spiele. In den Übergangszeiten weicht Dingo mit seinen Freunden gerne hierher aus, wenn es zu regnerisch für den Park ist und über Mazurs Dachgeschoss wieder die Flugzeuge donnern. Im Winter dann, wenn es wirklich kalt ist, gehört die Kapelle allein dem lieben Gott.

»Hört mal, Leute«, sagt Dingo so laut, dass sich auch Spex und Mika angesprochen fühlen müssen, »ich will ja echt nicht mosern, aber das ist doch alles total jämmerlich.«

Niemand reagiert in irgendeiner Weise, Mika kriecht mit Werkzeug im Mund unter den Kicker.

»Ernsthaft, Jungs, so geht's nicht weiter! Schaut doch mal, was aus uns geworden ist!«

Dingo ist aufgesprungen und rauft sich die krausen Haare. Ben sieht ihn erstaunt an, aber die anderen lassen sich noch immer nicht stören.

»Geht's euch nicht auch so, dass ihr es kaum noch aushalten könnt, dieses ständige Rumsitzen und Nichtstun? Dass man denkt, man zerspringt, wenn nicht gleich irgendwas passiert? Kennt ihr das nicht?«

»Ne, aber du machst heute den Eindruck, als hättest du das falsche Zeug erwischt«, sagt Faris. Ben lacht. Und Dingo tickt aus. Einfach so, wegen dieser fehlenden Ernsthaftigkeit. Er macht den anderen und sich nichts vor, spielt nicht den Ausrastenden, sondern hat einen erstklassigen Wutanfall und wirft den schweren Tischkicker um, sodass Mika, der noch halb darunter gekauert hat, erschrocken zurückfährt. Dingo schreit sie zornig an, was in dem kahlen, hohen Raum noch mehr Eindruck macht.

»Schaut euch doch mal an! Ihr hockt rum und brecht Tischkicker auf! Trinkt Opa-Schnaps aus einem Flachmann! Aber niemand *macht* mal irgendwas! Wie wär's denn, mal was zu *machen*? Statt die ganze Zeit zu Hause zu sitzen und stundenlang VR-Pornos zu schauen! Wie wär das?!«

Dingos wilder Blick bohrt sich zuletzt in Faris' Gesicht und alle schauen deswegen ziemlich betroffen. Jeder der Jungs weiß, dass Faris pornosüchtig ist und jeden Tag vier Stunden die VR-Brille auf hat. Mindestens. Echten Sex kriegt er dafür seit Jahren nicht mehr zustande, einfach zu geringe Reizstimulation.

Faris ist kein Schlägertyp, er fällt eher in sich zusammen. Mit sanftem Druck kriegen Mika und Spex Dingo dazu, sich schwer atmend zu setzen. Je mehr er sich beruhigt, desto unangenehmer wird Dingo der Vorfall, und er entschuldigt sich kleinlaut bei Faris.

Immerhin interessieren sich die anderen danach endlich dafür, was ihn heute so sehr beschäftigt: »Wie meinst'n das: ›Was machen‹? Woran denkst du?«

Dingo blickt sie herausfordernd an: »Ich spreche natürlich von diesem gottverdammten Prozess. Lasst uns den ein bisschen durcheinanderbringen! Nichts Schlimmes, nur etwas stören, ein wenig ausfällig werden – etwas zum Ausfallen bringen, wenn ihr versteht. Nur eine kleine, zusätzliche Denkpause an entscheidender Stelle schaffen!«

Es ist Freitag, kurz nach 12 Uhr, und Gloria Perec nimmt gerade den früher sehr einflussreichen, mittlerweile aber steinalten Bauernführer der 20er-Jahre, Anton Deindl, in dessen Abwesenheit auseinander. Die ganze Woche schon hat sich der Prozess ausschließlich um ihn und sein Wirken als »Cheflobbyist der konventionellen Turbolandwirtschaft« gedreht. Neben Insektensterben und Grundwasserverseuchung ist es vor allem um die fatale Verbreitung antibiotikaresistenter Keime gegangen, die zur Mitte des 21. Jahrhunderts hin immer weiter zugenommen haben. Inzwischen sind diese hochentwickelten Keime eine weit größere Gefahr, als es AIDS oder BSE in Deutschland je waren. Ericas Empfinden nach sind dies die bislang belastendsten Prozesstage gewesen, in denen die Übertragung der multiresistenten Erreger über Luft, Fleisch und Gülle zusammen mit den gravierenden gesundheitlichen Folgen detailliert nachgezeichnet worden sind. Das ist fast genauso auf den Magen geschlagen wie die Situation zu Hause, wo Philly tagsüber immer noch unbeaufsichtigt mit Dingo herumsitzt. Dazu ihre Eltern, die ihr mit zunehmender Dauer des Prozesses immer fremder werden.

Gerade fasst Perec noch einmal gnadenlos die letzte Prozesswoche zusammen und legt energisch Deindls Rolle in dem ganzen gewaltigen Schlammassel dar, bevor es am

Montag dann mit Eilers, dem einzig persönlich erschienenen Angeklagten, weitergehen soll.

»… und so hat sich während der 2020er-Jahre auch die Menge an Antibiotika, die in der deutschen Tiermast eingesetzt wurde, nicht etwa weiter verringert, sondern ist im Gegenteil von deutlich unter 1000 Tonnen pro Jahr noch einmal auf über 1500 Tonnen pro Jahr angestiegen! Der Angeklagte stand dieser vernunftwidrigen und fatalen Entwicklung nicht nur wohlwollend gegenüber, sondern hat persönlich …«

Da bemerkt Erica plötzlich, dass ihr Handy vibriert. Es ist Lynn, eine sehr gute Freundin, mit der sie zusammen sechs Jahre in einer Nürnberger Brennpunktgrundschule überstanden hat. Sie drückt den Anruf weg, schickt aber gleich eine Nachricht hinterher:

Gerade busy, was gibt's?

Sofort kommt die Antwort:

Nicht per Messenger. Wann kannst du reden?

Ericas Puls steigt, irgendwas ist da los.

In 5 min, ok?

Ok!

Erica packt schnell ihre Tasche zusammen und steht leise auf. Ihre PfG-nahe Nachbarin starrt sie entgeistert an, weil sie in einem solch wichtigen Moment den Saal verlassen möchte. Sogar ihr anderer Sitznachbar, dieser Tom, sieht mit hochgezogenen Augenbrauen zu ihr hoch.

Draußen, im großen Foyer des Forums, zieht Erica ihr Handy wieder aus der Tasche, ihre Freundin geht sofort ran.

»Lynn, was ist los?«

»Ich halte es hier keine Sekunde länger aus«, flüstert diese. Man hört, dass sie sich zwingen muss, ruhig und leise zu sprechen.

»Was ist denn los? Wo bist du?«

»Zu Hause! Ich kann mit diesen Menschen nicht mehr unter einem Dach leben. Ich weiß eigentlich nicht, wie ich es jemals konnte!«

»Wieder Streit mit deinen Eltern gehabt?«

»Erica, hör zu, das war kein Streit. Wir sind fertig miteinander! Zerwürfnis, totaler Bruch!« Lynns Stimme ist trotz des Flüsterns hoch und dünn geworden, Erica hört mit angehaltenem Atem zu.

»Und jetzt?«

»Kann ich vielleicht bei dir unterkommen? Nur vorübergehend?«

Erica lacht trocken auf.

»Bei mir? Lynn, bei uns brennt es an allen Ecken und Enden, du kommst vom Regen in die Traufe. Wenn überhaupt, dann ziehe ich zu dir!«

»Ich habe heute beim Streamen meine Eltern mal explizit gefragt, ob sie sich nicht ein bisschen für ihre früheren Eskapaden schämen wollen, aber mein feiner Papa hat nur dreckig gelacht und gesagt, jede Kreuzfahrt, jeder Wochenendtrip in die USA und das alles sei es absolut wert gewesen, weil sie dadurch zumindest früher ein geiles Leben gehabt hätten. Und dann ist mir der Kragen geplatzt, und ich habe geschrien, dass man sie allein für dieses dreckige

Lachen an die Wand stellen sollte. Erica, ich kann hier nicht mehr bleiben!«

Erica muss schlucken.

»Okay, ich verstehe. Ich fahre nach der Verhandlung gleich heim, dann kannst du kommen. Ich schreibe dir!«

»Was werden deine Eltern sagen?«

»Was sie in solchen Situationen immer sagen: *Mi casa es tu casa*. Vielleicht behalten wir die Einzelheiten aber besser für uns. Kopf hoch und bis später!«

Das weitläufige Foyer, ein Meilenstein des schwer angesagten Faunal-Stils, ist inzwischen voller Menschen. Kriebl hatte offenbar schon Hunger. An wichtigen Verhandlungstagen mischen sich in der Mittagspause hier Zuschauer, Journalisten und auch ein paar der Prozessbeteiligten zu einem aufgeregten Austausch, bevor alle in die Forumskantine verschwinden, in die Erica nicht gehen kann, weil das Essen dort zu teuer ist. Ihr Prozessnachbar steht ganz in der Nähe, schüttelt wie auch sonst in den Prozesspausen pausenlos Hände und nickt mit seiner intelligenten Brille hierhin und dorthin. Er scheint wirklich jeden zu kennen. Ihre Blicke treffen sich zufällig, als sie an ihm vorbeigeht, und er unterbricht sein Gespräch.

»Erica! Alles okay bei dir? Du hast dich so plötzlich davongemacht …«

»Ja, alles klar. Musste nur dringend eine Freundin zurückrufen. Hat sich mit ihren Eltern, äh, gestritten, um es mal zurückhaltend zu formulieren, und will jetzt übergangsweise zu mir ziehen.«

Das scheint ihn nun doch zu interessieren. Er hält seinen Kopf schief, zieht die Augenbrauen zusammen und sieht sie fragend an.

»Doch nicht etwa deswegen?«

Er deutet vage in Richtung Al-Gore-Saal.

»Letztlich irgendwie schon, denke ich.«

Er seufzt, schüttelt den Kopf und geht dann gedankenvoll in Richtung Kantine, jedoch nicht ohne ihr vorher aufrichtig alles Gute bei der Aufnahme des »Flüchtlings« gewünscht zu haben. Die zweite Hälfte des Prozesstages kommt Erica sehr lang vor, ihre Gedanken schweifen ständig ab.

Ein paar Stunden später sitzt sie in der kleinen Dachgeschosswohnung, im ersten Stock des von ihren Eltern gemieteten Reihenhäuschens, wo es inzwischen ziemlich eng geworden ist. Wo am Abend nach Phillys Rückkehr noch die Gästematratze lag, ist nun Lynns Isomatte ausgebreitet, und Erica ist froh, dass Lynn da ist. Sie hat jetzt das Gefühl, zumindest eine Verbündete in ihrem plötzlich so fremden Zuhause zu haben. Phillys Matratze dagegen hat sie gleich am Tag nach der Party eigenhändig ins Wohnzimmer geworfen.

Erica weiß nicht, ob ihre Eltern ihren Artikel gelesen haben, erwähnt haben sie ihn jedenfalls nicht. Eigentlich ist ihr das ganz recht, doch sie muss sich trotzdem eingestehen, davon irgendwie enttäuscht zu sein. Trotz aller Reibereien hatte sie eigentlich immer einen guten Draht zu ihren Erzeugern. Lynn dagegen hat den Artikel sogar Korrektur gelesen und fand ihn klasse, auch wenn sie sich noch viel mehr Schärfe gewünscht hatte. Du schonst die Alten immer noch viel zu sehr, hat sie mehrmals gesagt. Immer feste druff, Schluss mit der permanenten Verdrängung, das war ihre Devise.

Jetzt sitzt Lynn auf der Bettkante und weint, vor ihr steht ihr halb ausgepackter Rucksack. Ein paar Ersatzklamotten, einen Waschbeutel und was sie am Körper trägt – mehr hat sie nicht mitgenommen. Erica sitzt neben ihr, drückt sie an sich und murmelt: »Wird schon wieder«, oder: »Wir finden schon eine Lösung.«

Sie blickt auf die dünne Isomatte. Ach ja, die gehört auch noch zu Lynns Gepäck.

Montag, wenige Minuten vor der Sitzung. Über dem ganzen Forumsgelände liegt ein so gespanntes Surren wie seit der Prozesseröffnung nicht mehr. Da die Pflichtverteidiger bislang kaum in Erscheinung getreten sind, beginnt der Prozess in gewisser Weise erst heute, mit Eilers' Aussage, findet Erica. Sie ist bereits auf dem Lesch-Platz gewesen und hat mit ein paar der tausenden Demonstrierenden gesprochen, hier und da auch Notizen gemacht. Wieder gibt es zwei Lager mit Anhängern und Gegnern der PfG beziehungsweise an diesem Tag eher Anhängern und Gegnern von Eilers. Erneut schirmen hunderte Polizisten die beiden Blöcke voneinander ab, hin und wieder fliegen trotzdem ein paar Gegenstände, und man muss darauf achten, rechtzeitig den Kopf einzuziehen.

Als Erica schließlich ihren Platz auf der Pressetribüne einnimmt, sieht ihr Nachbar hoch und nickt ihr freundlich zu.

»Moin, moin! Wie war das erste Wochenende mit Notbesuch?«

»Morgen. Ganz okay.«

An Lynns Anwesenheit liegt die schlechte Stimmung zu Hause jedenfalls nicht, schiebt sie in Gedanken frostig nach und blickt nach vorne. Wenigstens ist übermorgen endlich

Oma Doros Geburtstag und Philly danach wieder zurück in Leipzig.

Mit großer Überraschung bemerkt sie aus den Augenwinkeln, dass dieser Tom sie noch immer mit einem interessierten Lächeln im Gesicht geradewegs ansieht. Weil sie eine lächerliche Nervosität in sich hochsteigen spürt und außerdem nicht Lynns Lebensgeschichte ausbreiten will, entschließt sie sich zu einem Ablenkungsmanöver.

»Der Herr Journalist heute von Kopf bis Fuß in Schwarz, dazu die ungewohnt gute Laune – ist jemand gestorben?«

Etwas Besseres ist ihr auf die Schnelle nicht eingefallen, dennoch stellt sie mit Genugtuung fest, dass sie ihn aus dem Konzept gebracht hat. Er betrachtet sich erstaunt und murmelt etwas, das für Erica wie »Tatsächlich … hmnm … einzige Hose … Wäscherei im Hotel … hmnmn … graues Sakko fleckig …« klingt.

Beide sehen an seinem langen, etwas schlaksigen Körper hinab, und er rückt mit einem Hüsteln seine intelligente Brille zurecht. Diese plötzliche Unbeholfenheit findet Erica irgendwie putzig, sie bringt den großen Redakteur ein wenig auf die Erde zurück. Erica hat sogar den Eindruck, als hätte sich eine feine Röte in sein Gesicht geschlichen. Da aber beide nun nicht so recht weiterwissen, entsteht eine verlegene Gesprächspause – keiner hat den passenden Kommentar auf den Lippen, aber einfach wegdrehen und nach vorne schauen ist auch keine Option. Erica spürt eine fast teeniehafte, angenehme Aufgeregtheit in sich, die ihr vor sich selbst äußerst peinlich ist. Sie schiebt sie entschieden weg.

»Sag mal, wusstest du eigentlich, dass es das letzte Mal in Nürnberg auch Freisprüche gab?«, fragt Tom schließlich. »Vergisst man immer!«

»Du hast Angst um Eilers, stimmt's? Dass es ihm heute an den Kragen geht …«

»Ach was!«, sagt Tom und winkt belustigt ab. Die Small-Talk-Klippe ist damit erfolgreich umschifft und beide können wieder nach vorne sehen.

Tatsächlich ist Erica selbst etwas besorgt, als Eilers bald darauf unter dem Raunen der Zuschauer den Saal betritt. Einzelne klatschen, ein paar buhen. Nach seinem Coup beim Prozessauftakt war es still um ihn geworden, obwohl er bislang keine Verhandlungsminute verpasst hat. Hin und wieder schreibt er in sein papiernes Notizbuch, ansonsten folgt er stumm dem Prozess. Auch heute scheint er ohne Anwalt hier zu sein, wenn man einmal von seinem Pflichtverteidiger absieht.

Eine der großen Online-Klatsch-Plattformen hat heute Morgen mit einem Umfrageergebnis getitelt, wonach zwei von drei Bundesbürgern mit Eilers sympathisieren. Und das paradoxerweise bei der gleichzeitig fast ebenso großen Grundsympathie für die PfG! Diese Schlagzeile ist an den Wänden der Bushäuschen, auf den Lehnen der Sitzbänke und auf dem Gehweg unter allen Laternen, die Erica an diesem Morgen passiert hat, wie wild auf und ab gehüpft. Die Umfrage ist zwar bestimmt nicht repräsentativ, doch Erica hat das Gefühl, dass sie die landesweite Stimmung wirklich treffend wiedergibt. Der jung gebliebene Rentner

Eilers hatte Mut bewiesen und seinen grauen Lockenkopf nach Al-Gore, ins Auge des Sturms, getragen. Nun fürchtet man, Perec würde dieses Haupt dem trotteligen Kriebl heute auf einem Silbertablett servieren und Eilers' seniorigen Körper ihren Assistenten zum Fraß vorwerfen. Erica selbst teilt diese Sorge. Sie würde gerne auch ihre PfG-nahe Nachbarin links befragen, wie es in ihrem Inneren bezüglich Eilers aussieht, aber sie kommt erst wieder auf die allerletzte Sekunde, als Kriebl die Verhandlung schon eröffnet und »den Angeklagten Jochen Eilers« nach vorne ruft.

Eilers' Pflichtverteidiger raunt seinem Mandanten etwas zu, vielleicht »Alles Gute« oder »Viel Glück«, und erntet dafür nur einen frostigen Blick. Im Blitzlichtgewitter geht Eilers mit undurchschaubarer Miene zu dem einzelnen Stuhl ganz im Zentrum des Saals. Als er Platz genommen hat, sind keine Fotos mehr erlaubt, die Kameras jedoch laufen weiter. Eilers sitzt sehr aufrecht und blickt konzentriert nach vorne. Richter Kriebl ergreift das Wort.

»Sie sind der Angeklagte Jochen Eilers, geboren am 21.02.1980 in Stuttgart, wohnhaft in 10243 Berlin, Rapinoe-Weg 13?«

»Ja.«

»Sie sind in Stuttgart aufgewachsen. Dort haben Sie die Grundschule und anschließend das Gymnasium besucht. Bereits im Grundschulalter sind Sie zum ersten Mal Gokart gefahren. Ist dies so weit korrekt?«

»Ist korrekt.«

Eilers macht jetzt einen entspannteren Eindruck und hält den Kopf etwas schief, so als würde er den Prozess untersuchen und nicht umgekehrt der Prozess seinen Fall.

»Wie kam es zu diesem ersten Kontakt mit dem Rennsport?«

»Mein Vater war bereits ein begeisterter Rennfahrer, wenn auch nur als Amateur. Er hat mir das Gokartfahren beigebracht, als ich etwa acht Jahre alt war.«

»War dies damals ein weit verbreiteter Sport?«

»Im praktischen Sinne nicht, der Aufwand und somit auch die Kosten waren durchaus beträchtlich. Rennsport im Fernsehen zu verfolgen ist jedoch sehr verbreitet gewesen, vor allem die Formel 1.«

»Dorthin zog es Sie dann selbst. Nach dem Abitur konzentrierten Sie sich ganz auf eine Karriere als Rennfahrer. Sie haben in unteren Ligen begonnen und sind mit 23 schließlich in dieser Formel 1 angekommen. Dort waren Sie insgesamt 13 Jahre aktiv und wurden zweimal Weltmeister. Ist dies korrekt?«

»Ja, doch statt von ›Ligen‹ hat man im Rennsport von ›Rennserien‹ gesprochen.«

Eilers scheint von dieser Befragung sogar belustigt zu sein.

»Ist notiert, vielen Dank. Anschließend haben Sie sich an der Organisation von solchen ›Rennserien‹ beteiligt, zunächst wieder auf eher unteren Ebenen. Im Jahr 2024 dann sind sie Geschäftsführer der Formel 1 geworden. Den Posten bekleideten Sie bis zum EU-weiten Verbot professionellen Motorsports im Jahr 2032. In dieser Funktion wurden Sie als Stimme des Autorennsports wahrgenommen und fanden weltweit Beachtung. Nach 2032 waren Sie nicht mehr erwerbstätig und haben sich dauerhaft in Berlin, äh, niedergelassen. Ist das richtig?«

Verhaltenes Gelächter im Saal. Eilers' Party- und Frauen-Eskapaden in der Zeit nach '32 sind vielen noch aus der Boulevardpresse in Erinnerung.

»Kann man so sagen.«

»Dies sind, stark komprimiert, die für die Vernehmung relevanten Rahmendaten Ihres Lebenslaufs. Ist etwas von Bedeutung noch nicht zur Sprache gekommen?«

»Nichts, was mit Blick auf diese Veranstaltung von Belang wäre.«

»Dann übergebe ich an die Frau Staatsanwältin.«

Eilers dreht sich auf dem Stuhl etwas, seine Körperhaltung verrät zugleich Spannung und Gefasstheit. Jeder im Saal scheint sich etwas nach vorne zu lehnen. Perec erhebt sich betont langsam, blickt auf die Unterlagen, dann auf Eilers.

»Herr Eilers, können Sie sich erinnern, wann Sie das erste Mal die Begriffe ›Klimawandel‹ oder ›Umweltkrise‹ hörten?«

»Natürlich nicht, wie sollte ich?«

»Liegt dies daran, dass diese Begriffe bereits in Ihrer Kindheit omnipräsent waren?«

»Über das ›omni‹ ließe sich streiten, aber sie waren damals schon präsent, ja.«

»Sind Sie damals auch selbst davon ausgegangen, dass ein Klimawandel stattfindet, oder haben Sie dies bezweifelt?«

Zum ersten Mal macht Eilers eine Pause. Er scheint ernsthaft zu überlegen.

»Irgendwie weder noch, glaube ich.«

»Wie ist das zu verstehen?«

»Ich denke, wir haben das als Kinder und Jugendliche damals einfach so hingenommen und überhaupt nicht groß darüber nachgedacht.«

»Wurde bei Ihnen im häuslichen Umfeld über das Thema gesprochen?«

»Nein. Außer vielleicht indirekt, wenn mein Vater über die Vegetarier, Veganer, Radfahrer und so weiter hergezogen hat. Er hat sie alle aus tiefster Seele gehasst.«

Eilers lächelt versonnen.

»Wie haben Sie dann als Jugendlicher und junger Erwachsener über die Themen Umweltschutz und Klimawandel gedacht?«

»Ich habe mich damit weiterhin kaum beschäftigt. Es war eine sehr stressige Zeit, wie Sie sich vorstellen können. Wenn überhaupt, habe ich das Umweltthema zu diesem Zeitpunkt höchstens als Randproblem wahrgenommen. Und danach, wohl so in den späten 2010er- und vor allem dann in den 2020er-Jahren, als der Klimawandel erstmals real spürbar wurde, dachte ich – wie viele meiner Kollegen und Freunde auch –, der menschliche Einfluss auf das Klima sei eher gering.«

Bislang hatte Perec ein wenig schief, fast lässig gestanden. Nun plötzlich steht sie kerzengerade, ihre Stimme ist schneidend.

»Halten Sie heute, im Jahr 2049, die Umwelt- und Klimakrise für ein primär menschengemachtes Problem? Halten Sie den Menschen für die Hauptursache unserer Probleme?«

Eilers blickt sie ungläubig an.

»Natürlich! Was denken Sie von mir? Ihre Fragen haben sich auf Einstellungen bezogen, die mehrere Jahrzehnte zurückliegen.«

»Wann hat sich dieser Wandel Ihrer ›Einstellungen‹ vollzogen? Seien Sie bitte so konkret wie möglich!«

Wieder nimmt sich Eilers einen Moment des Nachdenkens. Schließlich antwortet er zögerlich.

»Wie gesagt, die ersten Folgen der Klimakrise waren ja spätestens in den 2020er-Jahren nicht mehr zu übersehen. Hinzu kamen immer stärkere wissenschaftliche Argumente, die den menschlichen Einfluss auf das Klima belegten. So ganz eingestanden habe ich es mir aber erst in den 2030ern, nach meiner Zeit in der Geschäftsführung der Formel 1.«

»Sie sagten, sie hätten sich diesen Fakt ›eingestanden‹. Ich bitte das Gericht, diese Wortwahl zu vermerken. Herr Eilers: Zweifeln Sie an der Einstein'schen Relativitätstheorie? $E = mc^2$ und so weiter?«

»An …? Nein, natürlich nicht. Worauf wollen sie hinaus?«

»Können Sie die Richtigkeit der Aussagen Einsteins denn selbst nachprüfen?«

»Ach so. Ich ahne, wohin das führen soll. Sie scheinen zu vergessen, dass es im Fall des Klimawandels eine Vielzahl an Forschern gegeben hat, die eine andere Meinung vertreten haben als die, die sich heute wissenschaftlich durchgesetzt hat.«

»Haben Sie sich denn jemals längerfristig und intensiver mit Klimaforschung auseinandergesetzt?«

»Ehrlich gesagt eigentlich nicht.« Eilers hat jetzt Trotz in der Stimme.

»Ich habe je ein aufwendiges wissenschaftliches Gutachten beim Physikalischen Institut der Humboldt-Universität Berlin und beim Departement für Wissenschaftsgeschichte der LMU München in Auftrag gegeben. Ein Vergleich der beiden Gutachten zeigt, dass der Anteil von professionellen Physikern, die heute an Teilen der Allgemeinen oder Speziellen Relativitätstheorie zweifeln, größer ist als der Anteil an professionellen Klimaforschern, die genau dreißig Jahre früher, 2019, an dem massiven Einfluss zweifelten, den der Mensch auf die Klimaerwärmung hat.«

Sie wendet sich zufrieden an eine der Kameras und weist darauf hin, dass alle Fakten zum Verhandlungstag wie immer in Echtzeit der Öffentlichkeit zugänglich gemacht würden.

»Wir sind nun am Kern dessen angelangt, was Ihren Fall, Herr Eilers, ausmacht. Ihr Argument der sich verändernden wissenschaftlichen Faktenlage ist nichts als ein taktisches Manöver – Sie haben sich bloß an die für Sie bequemste Anschauung geklammert, und zwar so lange es Ihnen irgend möglich war. Aus purem Egoismus haben Sie eine Art Verdrängung betrieben – mit einer veränderten Faktenlage hatte dies nicht das Geringste zu tun. Herr Eilers, wir befinden uns hier im Nürnberger Al-Gore-Saal. Können Sie sich an das Erscheinen des Films *An Inconvenient Truth* erinnern?«

»Ganz dunkel. Ich habe damals Bekannte darüber sprechen hören, glaube ich, habe selbst den Film aber erst Jahrzehnte später gesehen.«

»Der Film erschien im Jahr 2006, Sie waren damals 26 und verfügten über eine überdurchschnittliche Schulbildung und Intelligenz. Ist es nicht so, dass Sie bereits während der 2000er-Jahre genug über die zukünftigen Umweltrisiken in Erfahrung hätten bringen können, um angemessener zu agieren? Der erwähnte Film ist hier natürlich nur einer von unzähligen potenziellen Belegen für diese These.«

»Also das ist doch jetzt wirklich alles viel zu kurzgegriffen! Sie stellen es dar, als wären wir früher Autorennen gefahren, während um uns herum die Welt untergegangen ist. Vom Klimawandel hat man damals *nichts* gemerkt und *nichts* Sicheres gewusst! Und ganz abgesehen davon ist der Einfluss von Rennwägen auf das Weltklima unwahrscheinlich gering gewesen. Ich habe hierüber mit Experten gesprochen, die sagten mir, man könne diesen Einfluss mathematisch kaum ausdrücken, so klein sei der. Und Sie kommen jetzt mit diesem uralten Film an und wollen mir allen Ernstes daraus einen Strick drehen, dass ich danach noch im Rennsport aktiv war?! Das ist doch lächerlich!«

Eilers lehnt sich voller Entrüstung zurück, Perec dagegen lacht kurz und anscheinend unwillkürlich auf.

»Letztlich werden andere darüber zu befinden haben, Herr Eilers. Aber meinetwegen, lassen wir die 2000er-Jahre beiseite, sogar die 2010er seien Ihnen vorerst erlassen. Konzentrieren wir uns auf Ihre Zeit als Geschäftsführer der sogenannten Formel 1, also primär auf die 2020er-Jahre. Während um Sie herum die frühen Ausläufer des Klimawandels immer stärker sichtbar werden – ein Rekordsommer jagt den nächsten, der Meeresspiegel steigt messbar und immer schneller an –, schwingen Sie sich zum Cheflobbyisten eines ›Sports‹ auf, der einzig darin besteht, mit absurd hochgetunten Verbrennungsmotoren möglichst schnell im Kreis zu fahren. Herr Eilers, man nimmt näherungsweise an, dass jeder Euro, der in den 2020er-Jahren bereits in den Umweltschutz investiert worden ist, in den 2050er-Jahren einen zehnfachen Ertrag für die Gemeinschaft abwirft. Aber anders ausgedrückt: Jeder Euro, der dem dringend nötigen Umweltschutz damals entzogen wurde, kommt uns heute zehnfach teuer zu stehen! Stimmen Sie mir daher zu, dass es sehr wünschenswert gewesen wäre, wenn ein substanzieller Umweltschutz besser vorgestern als gestern eingesetzt hätte?«

Eilers lässt seine Hand ungeduldig auf sein Tischchen fallen.

»Natürlich kann man das aus heutiger Sicht leicht sagen. Ich muss noch einmal fragen, ob Sie mich für beschränkt halten.«

»Welchen Einfluss hatten Sie und Ihre Rennserie damals wohl auf das Problembewusstsein der Öffentlichkeit, als

Sie trotz bereits einsetzender Umweltkrise weiterhin unter dem Jubel der Zuschauer Ihre Kreise gedreht haben?«

Eilers schweigt einen langen Moment, bevor er antwortet.

»Es ist unbestreitbar, dass ich kein Umweltschützer der ersten Stunde war. Wahrscheinlich war ich sogar eher auf der späteren Seite, bitte schön. Ich gebe das zu, es ist nicht zu leugnen. Aber ist das ein Verbrechen? Rechtfertigt das diese öffentliche Bloßstellung und diesen skandalösen Prozess? Wegen genau dieser Fragen lasse ich mir das ganze Theater hier gefallen.«

Perec fährt völlig ungerührt fort, ihre Stimme ist schneidend klar.

»Herr Eilers, ich möchte Ihnen und dem Gericht einige Zitate aus Ihrer Zeit als Geschäftsführer der Formel 1 vorlegen. Zu Ihrer Amtseinführung im Jahr 2024 antworteten Sie einem Journalisten auf die kritische Frage nach Ihrer Vorbildfunktion folgendermaßen, Zitat: ›Es ist doch besser, wenn sonntags 20 Autos fahren und weltweit 200 Millionen dafür zu Hause stehen bleiben.‹ Ende des Zitats. Wie stehen Sie heute zu dieser Aussage?«

Im Publikum macht sich Empörung breit, einzelne Zuschauer lachen. Eilers blickt geradeaus in den freien Raum zwischen sich und der Richterbank, seine Augen fokussieren nichts.

»Eine 25 Jahre alte, unglückliche Aussage. Bitte schön.«

»Ende der 2020er-Jahre nahm aus offensichtlichen Gründen der internationale Druck auf die Rennserien und insbesondere auf Ihre Formel 1 dramatisch zu. Im Jahr 2028 präsentierten Sie daher einen Maßnahmenkatalog und propagierten die Formel 1 als ›Formel Clean‹. Im Zuge dessen sagten Sie wörtlich: ›Durch die extreme Wettkampfsituation ist der Rennsport seit jeher ein Innovationsmotor der Mobilität gewesen. Wer aus Gründen des Umweltschutzes an der Existenz unseres Sports rüttelt, hat nichts begriffen und stellt sich selbst ein Bein. Wer Clean Mobility möchte, braucht die Formel 1 dringender denn je.‹ Im Jahr 2028 verbrauchte ein Rennwagen Ihrer ›Formel Clean‹ im Schnitt übrigens immer noch 43 Liter Benzin auf 100 Kilometer. Einen Umstieg auf Elektroautos lehnten sie mit dem Argument ab, ›die Formel 1 lebe nun mal auch von ihrem geilen Benzingeruch‹.«

Das Publikum heult empört auf und buht.

»Im Jahr 2032 wird professioneller Motorsport dann aufgrund des mittlerweile enormen Drucks aus weiten Teilen der Bevölkerung schließlich EU-weit verboten. Die betroffenen Rennserien verfassten einen gemeinsamen offenen Protestbrief, deren prominentester Unterzeichner Sie, Herr Eilers, waren. Darin wird beklagt, die Institutionen der EU seien jämmerlich eingeknickt im Angesicht eines, Zitat, ›immer radikaleren Ökoterrorismus‹. Die Begriffe ›Ökoterrorismus‹ beziehungsweise ›Ökoterroristen‹ fallen in diesem Dokument insgesamt sieben Mal. Herr Eilers, was sagen Sie den Millionen Menschen, die allein in Deutschland persönlich von der Umweltkrise betroffen sind, angesichts dieser damaligen Wortwahl? Herr Eilers? Sie haben das Wort.«

In Eilers' Rücken hat sich ein Sturm zusammengebraut. Er fährt mit seinem Kugelschreiber die Linien auf seinem Block nach. Erst als Richter Kriebl bereits zu sprechen ansetzt, um die Sitzung zu beenden, sagt er gedämpft: »Vielleicht habe ich früher tatsächlich Dinge gesagt, die aus heutiger Sicht falsch waren. Ich habe den Motorsport geliebt. Er war mein Leben. Ich bitte auch das zu berücksichtigen.«

Perec schüttelt kaum sichtbar den Kopf, dann setzt sie sich, ohne ein weiteres Wort zu sagen. Kriebl erkundigt sich bei der Verteidigung nach Fragen an den Angeklagten. Keine. Der Verhandlungstag ist beendet. Als Eilers durch den Mittelgang den Raum verlässt, fragt Erica sich unwillkürlich, ob es in Al-Gore eigentlich Personenschutz gibt.

⬡

Oma Doros Heim liegt am anderen Ende der Stadt, direkt neben dem Südfriedhof (»Wie überaus praktisch«, hatte Philly beim ersten Besuch gesagt). Mit der U-Bahn geht es noch ein paar Stationen über das Forum Francorum hinaus. Es fühlt sich für Erica an, als würde die Fahrt ewig dauern. Ihr Vater Klaus trägt ein Hemd, Dingo seine einzige gute Hose. Philly hat sich, in scharfem Kontrast zum Grün der seitlichen Haarstoppeln, den Bart pink gefärbt, in die linke Wange ist sehr gründlich ein mittelgroßes Herz rasiert. Dazu ein noch üppigerer Ausschnitt als sonst.

Die letzten Tage sind für Erica extrem belastend gewesen. Dingo hat mehrmals beteuert, sich an die späteren Partystunden einfach nicht erinnern zu können. Auch Philly hat halbherzig abgestritten, mit Dingo geschlafen zu haben, aber Phillys eigentlicher argumentativer Eifer hat immer auf der Frage gelegen, was denn an einem solchen Fall eigentlich so schlimm gewesen wäre. Philly hat mehrfach erklärt, die überkommenen Wertvorstellungen Ericas und ihre mittelalterliche Prüderie (»medieval prudery«) müssten einem einfach nur noch leidtun.

Für Erica hat sich ein unlösbares Dilemma ergeben: Der eigene Freund zerknirscht, doch angeblich ahnungslos, das eigene Geschwister uneinsichtig und aggressiv, der eigentliche Hergang des Partyabends unter diesen Umständen nicht rekonstruierbar. Und das sollte jetzt für immer in dieser Schwebe bleiben? Und sie sollte den beiden auch noch ständig ins Gesicht sehen, so als sei nichts gewesen? Weil sie aber keinen Ausweg aus der unerträglichen Situation sieht, hat sie sich zu Hause immer weiter in sich zurückgezogen und sich emotional eingekapselt wie in einen imaginären Kokon. Als Überlebensstrategie.

Während der Fahrt fällt Erica auf, dass Philly sich immer rechts von Dingo aufzuhalten scheint, also immer mit dem Herzchen voraus. Oder ist Dingo immer links von Philly? Die beiden haben nach der Party nicht mehr viel miteinander gesprochen. Und wenn, dann nur ganz Oberflächliches – zumindest soweit Erica das eben beurteilen kann.

Erica blickt auf Dingos Schuhe: hässlich, schwarze Treter zur gelben Hose. Sie muss unwillkürlich an Tom aus dem Gericht und seine überraschende Verlegenheit bezüglich seiner Kleidung denken, was sie noch wütender macht.

Es wird kaum gesprochen.

Zwei Jugendliche gehen durch den Wagen, einer spielt Akkordeon, der zweite hält die Mütze auf. Das überdeckt zumindest für kurze Zeit das lastende Schweigen zwischen den Familienmitgliedern. Weil ein Rentnerehepaar leise ein paar abfällige Bemerkungen macht (die beiden sind nicht nur laut, sondern dazu noch »of Color« …), gibt Philly ihnen Kleingeld. Als die beiden am Hauptbahnhof wieder aussteigen, setzt sich Erica für die letzten Stationen ihre alten Ear-Plugs gegen das Schweigen ein und wählt das Lied, an das sie schon seit Tagen immer wieder denken muss.

But February made me shiver
With every paper I'd deliver
Bad news on the doorstep
I couldn't take one more step

I can't remember if I cried
When I read about his widowed bride
Something touched me deep inside
That day the music died
So

Bye, bye Miss American Pie
Drove my Chevy to the levee but the levee was dry
And them good ole boys were drinking whiskey and rye
Singin' this'll be the day that I die
This'll be the day that I die

Bei diesem Lied bekommt sie immer Heimweh nach Zeiten, die sie nie miterlebt hat. Sie schaut auf Ecosia nach dem Veröffentlichungsjahr: 1971. Die USA noch ganz in ihrer dekadenten Blüte. Wie viele Jahre vor Oma Doros Geburt war das? Sie rechnet und erschrickt: Oma Doro war damals ja schon zwölf!

Der Oldie nimmt Fahrt auf und das Heimweh ist diesmal stärker als je zuvor. Sie möchte mit einer jüngeren Oma Doro auf einem endlosen Highway in einem roten, nein, einem ganz weißen Chevy fahren, ohne Verdeck, und um ihre Haare haben sie diese leichten Tücher gebunden, die im Fahrtwind flattern. Das Lied ist zu lang für die restliche U-Bahn-Fahrt, sie behält die Ear-Plugs trotzdem drinnen, und bald stehen sie im Eingangsbereich des Altenheims.

»Da kann man wirklich nichts sagen!«, sagt Ericas Mutter Tanja kurz darauf zum wiederholten Male anerkennend. Klaus pflichtet ihr bei, das Heim sei wirklich tadellos sauber, alles in bester Ordnung, Oma Doro hier gut aufgehoben, alles stehe zum Besten. Oma Doro lebt seit ein paar Jahren in einem staatlichen Altenheim. Was nach Abzug ihres Grundeinkommens noch an Geld für ihre Unterbringungskosten fehlt – und das ist nicht wenig –, übernimmt die Sozialkasse. Mehr ist nicht drin.

Vor Oma Doros Zimmertür gibt es einen kleinen Moment des zögerlichen Innehaltens, bevor Klaus beherzt anklopft, die Tür öffnet, »Hallo? Wohnt hier etwa ein Geburtstagskind?« ruft und dann doch Tanja den Vortritt lässt. Auf merkwürdige Weise wirkt Oma Doro, die aufrecht sitzend auf einem am Bett fixierten Tablet herumdrückt, weder überrascht noch nicht überrascht über den Besuch. Sie sieht die Gruppe freundlich an. Erica ist nicht sicher, ob sie erkannt werden. Nach ihren Eltern ist sie mit Umarmen dran, sie atmet zum Zeitpunkt des maximalen Körperkontakts zur Sicherheit aus und nicht ein. Dann kommt Philly dran und Oma Doro kichert dabei, als hätte man einer Zwölfjährigen einen schmutzigen Witz erzählt. Dann bringt Dingo seine schwarzen, krausen Haare neben die weißen, ungepflegten Strähnen und die Jubilarin kichert erneut.

»Ist sie …?«, raunt Philly Tanja zu und deutet mit den Augen starkes Schielen an.

Erica blickt sich im Zweibettzimmer um, in dem es noch stärker als im Flur nach Desinfektionsmittel und Schlimmerem riecht. Ein stark in die Jahre gekommener Pflegeroboter steht an der Wand und scannt im Stand-by-Modus das Geschehen, sonst ist niemand da.

»Das trifft sich ja gut, deine Zimmergenossin ist offenbar spazieren, dann haben wir das Zimmer für uns alleine«, sagt Tanja laut mit Blick auf das zweite, leere Bett im Raum, statt auf Philly einzugehen.

»Spazieren oder …«, kommentiert Philly. Nur Dingo gluckst etwas.

Weil im Zimmer nur zwei Stühle stehen, holen Klaus und Dingo drei weitere von der Sitzgruppe im Flur.

»Vielleicht können wir den hier noch rausfahren lassen, damit es etwas gemütlicher wird?« Tanja nickt mit dem Kopf in Richtung des elektrischen Pflegers.

»Wer soll rausfahren?«, fragt Oma Doro verwirrt.

»Der da!« Tanja deutet jetzt mit ausgestrecktem Arm auf den Roboter.

Das Geburtstagskind gackert jetzt förmlich vor Erheiterung, sagt zwischen den Glucksern aber laut: »Hans, raus!«, woraufhin die Pflegekraft sein Betriebssystem hochfährt und kommentarlos zur Tür rollt. Philly gibt ihm noch einen aufmunternden Klaps, dann setzen sich alle in einem Halbkreis um das Bett. Tanja und Klaus auf Höhe von Oma Doros Kopf, Erica ihnen gegenüber. Weiter weg, am Fußende, Philly und Dingo. Dingo schon wieder zur Linken von Philly, das Herzchen direkt auf ihn gerichtet!

Tanja und Klaus gehen die Standardfragen durch: Wie schmeckt das Essen, kannst du nachts schlafen, ist dir oft langweilig, kommst du mit der Zimmergenossin zurecht? Ja, natürlich. Ja, warum auch nicht. Wieso langweilig? Welche Zimmergenossin?

Tanja überreicht das Geschenk der mittleren Generation, ein großes Poster mit ihr, Klaus, Philly und Erica, das sie gleich mit Tesa an die Wand hängt. Das Bild ist einige Jahre alt. Philly, ganz schwarz gekleidet und mit irrer Frisur, sieht aus wie gewaltsam im Bild festgehalten, Erica dagegen wie das leibhaftige Schneewittchen, das mit honigsüßem Lächeln den Kuss des Prinzen erwartet. Oder war das Aschenputtel? Ihre Eltern sehen aus wie immer. Oma Doro verfällt beim Anblick des Bildes erneut in unbestimmtes Gekicher, was alle zunehmend unruhig macht. Phillys Herz strahlt vor Zorn über die dreiste Bildauswahl rötlicher als der pinke Bart außen herum. Erica dagegen lobt das von ihrer Mutter ausgesuchte Motiv überschwänglich.

Dann übergibt sie das Geschenk der Enkel: ein Fotobuch mit der Überschrift *90 Jahre Oma Doro! Wow! Unglaublich und phänomenal! Woohooohooohooooooo!* Da die Überschrift die Coverseite komplett einnimmt, muss man aufblättern, um die ersten Bilder sehen zu können. Nach ein paar Seiten scheint Oma Doro jedoch das Interesse zu verlieren und legt das Buch beiseite. Die Unterhaltung plätschert vor sich hin, Philly, immer noch zornrot, angelt sich das Fotobuch und blättert es durch. Während Klaus gerade eine Anekdote aus seinem früheren Berufsleben erzählt (eher an Dingo gerichtet als an Oma Doro), unterbricht ihn Philly in unregelmäßigen Abständen mit Kommentaren wie »Schickes Auto, fast ein kleiner Lkw«, »Wie schön, meine Eltern und Großeltern auf einem Wochenendtrip in St. Petersburg« oder »Nette Grillparty – hat Papa das Schwein selbst geschlachtet?«.

Weil niemand darauf eingeht, fragt Philly unüberhörbar: »Hattet ihr früher eigentlich noch andere Hobbys als Umweltzerstörung?«

Oma Doro lacht laut auf, als hätte Philly einen besonders guten Witz erzählt. Klaus schießt einen wirklich bösen Blick in Phillys Richtung und beendet seine Anekdote in Kurzfassung.

Tanja steht auf. Sie und Papa müssten wegen Oma Doros Zustand einmal kurz eine Pflegekraft suchen. Also eine, die nachts nicht an der Steckdose hängt.

»Seit wann sympathisierst denn ausgerechnet *du* mit der PfG?«, fragt Erica Philly, nachdem die Eltern das Zimmer verlassen haben.

»Was soll das heißen: ›Ausgerechnet *du*‹?«

»Ich dachte nur, du kannst mich gerne mal zum Prozess begleiten – also, ich meine, wenn Dingo dich während meiner Abwesenheit zu Hause mal ein bisschen entbehren kann …«

Philly springt auf und stößt ein lautes »Fuck off!« aus, während Erica bereits auf Philly zustürzt und ihren Emotionen endlich freien Lauf lassen will. Dingo ist ebenfalls auf den Beinen und schüttelt entsetzt den Kopf, während er seinen Körper mühsam als Trennwand zwischen die Geschwister schiebt.

Als Tanja und Klaus das Zimmer wieder betreten, sitzen alle da wie wenige Minuten zuvor, doch die Raumtemperatur scheint während dieser kurzen Zeit um ein Beträchtliches gefallen zu sein.

»Und«, fragt Erica unwirsch, »jemanden erwischt?«

»Man hat uns gesagt, die Dinge hier würden ihren normalen Gang gehen.«

»Hmpf« machen Erica und Philly gleichzeitig und erschrecken über diese Harmonie.

Während der weiteren zähen Unterhaltung blättert jeder, außer Oma Doro, mal im Fotobuch, um der angespannten Situation zu entkommen. Als Letzte nimmt sich auch Erica das Album, obwohl sie es vor Kurzem selbst designt hat.

Oma Doro als schwarz-weißes Baby in prähistorischer Zeit. Dann die Einschulung. Alles adrett, spießig und furchtbar deutsch. Pech gehabt, auf der falschen Seite des Atlantiks geboren. Oma Doros wilde Jugendphase. Das müssten dann also die späten 1970er gewesen sein … Bye, bye Miss German Apfelkuchen. Hochzeit mit so einem echten, weißen Kleid. »Kirchliche Trauung« hieß das damals. So gut wie kein Bildmaterial bis zur Geburt der Kinder. Dann ein paar Zufallsfunde aus den späteren Jahrzehnten. Die von Philly angeprangerten Bilder. Der Kurztrip nach Petersburg. Dann zu Hause Oma und Opa neben Mama und Papa vor einem riesigen, silbernen, kastenförmigen Auto.

»Hey Papa«, fragt Erica, »wie nannte man diesen raumschiffartigen Autotyp früher?«

Klaus blickt widerwillig auf die ihm zugedrehte Seite.

»Geländewagen?«

»Nee.«

»Ähm … SUV?«

»›SUV‹, genau, das meinte ich! War das nicht diese Abkürzung mit ›Sport‹ drinnen?«

»Das versteht ihr heute nicht mehr …«, sagt ihr Vater etwas eingeschnappt und mit genervtem Blick.

»Kann man wohl sagen! Aus welchem Jahr ist das Foto ungefähr?«

Ihm ist die Unterhaltung sichtlich unangenehm.

»Das war ganz knapp vor Phillys Geburt. Müsste also so ’20 oder ’21 sein.«

Die Runde schweigt betreten, Erica blättert die letzten Seiten durch. Philly im Arm von Oma Doro. Was für ein süßes Mädchen Philly damals war mit ihrem rosa Häubchen! Sie teilt diesen Gedanken mit den anderen.

Endlich steht der Abschied an, das Geburtstagskind wird noch mal in der gleichen Reihenfolge wie am Anfang gedrückt. Als Erica sich gerade losmacht, sagt Oma Doro plötzlich mit ernster Stimme: »Schau doch nicht immer so finster drein, Erica, bist doch so ein hübsches Mädel! Aber immer so traurig!«

Erica weicht überrascht einen Schritt zurück, alle im Raum blicken sich verwundert an. Philly ist mit der Umarmung an der Reihe.

»Das gilt auch für Sie, junger Herr! Bunter Herr!«, sagt Oma Doro kichernd.

Philly wäre vor Fassungslosigkeit fast in Erica hineingestolpert. Dingo bekommt keine gesonderten Abschiedsworte, wird aber wie jeder andere herzlich umarmt. Klaus lässt Hans, den Pflegeroboter, wieder seinen Posten beziehen, und Oma Doro schaltet selbstständig das Seniorentablet ein. Als Klaus bereits die Türklinke in der Hand hat und schon alle verdattert aus dem Raum gehen wollen, sieht Oma Doro noch mal vom Tablet hoch und sagt: »Ihr seid übrigens so ein süßes Paar!«

Auf dem Weg nach draußen hängt jeder seinen Gedanken nach. Philly fragt Dingo, ob er wusste, dass Hans auch der Name ihres früh verstorbenen Opas war. Wusste er nicht. In der U-Bahn setzt Erica diesmal gleich ihre Ear-Plugs ein …

Did you write the book of love
And do you have faith in God above
If the Bible tells you so?
Do you believe in rock 'n' roll?

Can music save your mortal soul?
And can you teach me how to dance real slow?

Well, I know that you're in love with him
'Cause I saw you dancin' in the gym …

⬡

Richter Bernhard Kriebl macht es sich auf seiner Couch bequem, seine Frau Kitty bringt Schnittchen und Bier, bevor sie wieder in der Küche verschwindet. Er tippt eine Weile auf seiner Armbanduhr herum und der große, schwarz gerahmte Bilderrahmen an der Wand zeigt schließlich nicht mehr Kittys Landschaftsbilder, sondern van Dyke neben einer adrett frisierten Journalistin mittleren Alters. Das Interview muss gerade losgegangen sein.

JOURNALISTIN:

… daher eine große Freude.

VAN DYKE:

Ganz meinerseits!

JOURNALISTIN:

Herr Bundeskanzler, der Prozess in Nürnberg, die »Bundeskunstaktion«, ist kürzlich bei einem Drittel der angesetzten Sitzungstage angekommen. Wie fällt die erste Zwischenbilanz aus Ihrer Sicht aus?

VAN DYKE:

Nun, zunächst das Wichtigste: Es gibt einen Prozess und damit auch eine stabile Regierung, die gute Arbeit leistet. Der Prozess selbst läuft in den mit den Koalitionspartnern vereinbarten Bahnen.

JOURNALISTIN:

Dabei sah es während der Prozesseröffnung noch nach einem totalen Fiasko aus. Was ging Ihnen während Eilers' Überrumpelung der Richter durch den Kopf? Hatten Sie Sorge um den Fortbestand der Koalition?

VAN DYKE:

Zunächst war ich natürlich überrascht wie alle anderen auch. Die ersten Prozesstage waren in der Tat etwas holprig, aber mittlerweile hatte jeder der Beteiligten genügend Zeit, sich auf die neue Situation einzustellen. Die verstärkte Präsenz Perecs innerhalb des Verfahrens hat natürlich wesentlich zu dieser Stabilisierung beigetragen.

JOURNALISTIN (etwas schelmisch):

Immerhin diese Personalie also eine gute Wahl!

VAN DYKE (lachend):

In der Tat! Und ich bin froh darum, wie Sie sich vorstellen können.

JOURNALISTIN:

Zurück zum Wesentlichen. Es ist ein offenes Geheimnis, dass Sie persönlich der Aktion äußerst kritisch gegenüberstehen, dennoch waren Sie, als Bundeskanzler der Bundesrepublik Deutschland, offiziell bei der Prozesseröffnung anwesend, und Sie werden dies auch wieder bei der Verkündung der Urteile sein. Ist das nicht ein gewaltiger Widerspruch?

VAN DYKE:

Ich stehe zu dem riesigen Paket an Koalitionsvereinbarungen insgesamt und habe keine Probleme, auch im Detail dafür geradezustehen.

JOURNALISTIN:

Na ja. Wie viele andere Beobachter hatte ich zu Prozessbeginn eher den Eindruck, dass Sie sich auf der Tribüne höchst unwohl gefühlt haben.

VAN DYKE:

Subjektive Eindrücke. In heiklen Situationen gilt allgemein: Ein Mann muss tun, was ein Mann eben tun muss. Respektive natürlich eine Frau oder was auch immer (er deutet eine Verbeugung in die Kamera an).

JOURNALISTIN:

Muss ein Staat auch bezahlen, was ein Staat eben bezahlen muss? Ich spiele auf die immensen Kosten der Kunstaktion an …

VAN DYKE:

Moment, Moment, also von »immensen Kosten« zu sprechen wird der ganzen Sache überhaupt nicht gerecht. Sie können versichert sein, dass sich die Gesamtkosten auf ein überschaubares Maß belaufen. Gerade vor dem Hintergrund der nationalen Bedeutung dieses Prozesses scheint mir der finanzielle Aufwand mehr als angemessen. Sie erwecken ja fast den Eindruck, der Prozess würde den halben Bundeshaushalt des Jahres '49 verschlingen!

JOURNALISTIN (hellhörig):

Wie viel verschlingt er denn genau?

VAN DYKE:

Er »verschlingt« überhaupt nichts, für ihn sind momentan, wie Sie wissen, knapp 100 Millionen Euro im Bundeshaushalt vorgesehen.

JOURNALISTIN:

Wäre es nicht sinnvoller und der Sache viel dienlicher gewesen, dieses Geld an die vom Klimawandel am schlimmsten Betroffenen zu verteilen?

VAN DYKE (etwas gequält):

Diese Frage kann man natürlich bei jedem Großprojekt stellen … Ich bleibe dabei: Wir brauchen diesen Prozess und wir können ihn uns auch leisten.

JOURNALISTIN:

Eine tagesaktuelle Frage, da wir gerade beim Thema Finanzen sind: Die USA sind volkswirtschaftlich in eine gravierende Schieflage geraten und brauchen dringend höhere Steuereinnahmen. Vor wenigen Stunden haben sie daher beim Ständigen Rat der G8-Staaten den Antrag gestellt, für die Unternehmenssteuer sowie für die Robotersteuer die international vereinbarten Untergrenzen deutlich anzuheben. Werden Sie sich dieser Forderung der Amerikaner anschließen?

VAN DYKE:

Oh nein, denn das ist kurzfristiges und zu stark vereinfachtes Denken. Die Amerikaner vergessen in ihrer Not wieder einmal, wie wichtig diese verbindlichen

Untergrenzen gerade für die sogenannten »alten« G8-Partner, also die USA und die EU, sind. Wenn wir die Steueruntergrenzen noch weiter anheben, könnte es sein, dass Indien, Brasilien, Iran und vielleicht sogar China aus dem gemeinsamen Regulierungssystem aussteigen, und dann würde der alte Konkurrenzkampf zwischen den G8-Nationen wieder losbrechen. Die großen Konzerne würden uns dadurch wieder auf der Nase herumtanzen und ihre Firmensitze einfach dorthin verlegen, wo die Steuersätze am niedrigsten sind. Und die Staaten würden wieder anfangen, sich gegenseitig zu unterbieten, so wie es früher immer passiert ist – so lange bis die gigantischen Gewinne der internationalen Großkonzerne dann irgendwann bekanntlich fast gar nicht mehr besteuert werden konnten. Was den Staaten früher an Ressourcen verloren gegangen ist! Aber gerade deswegen müssen wir extrem vorsichtig sein, dieses überaus wichtige Instrument der internationalen Steuerabsprachen nicht überzustrapazieren.

JOURNALISTIN (frech):

Haben Sie denn kein Interesse an höheren Staatseinnahmen? Etwa, um die Bundeskunstaktion zu refinanzieren?

VAN DYKE:

Leider ist mir bei diesem Thema überhaupt nicht nach Scherzen zumute. Wenn die internationale Steuerpolitik zerbricht, wäre das eine Katastrophe für unseren Staatshaushalt. Das hieße dann: weiterer Anstieg der Arbeitslosenzahlen, Ende des Grundeinkommens in seiner jetzigen Form, Verwahrlosung der Flüchtlingslager und so weiter. Eine eher moderate Steueruntergrenze bietet dagegen die Chance, das System der international abgestimmten Steuerpolitik auf lange Sicht auf die gesamten G20 ausweiten zu können. Und damit wäre natürlich wahnsinnig viel gewonnen.

JOURNALISTIN:

Kommen wir zurück zum Prozess. Seit der Befragung durch Perec hat sich die allgemeine Stimmung gegen den Angeklagten Eilers gedreht. Bildet das auch Ihre persönliche Stimmungslage ab?

VAN DYKE:

Meine persönlichen Stimmungen sind in dieser Frage völlig unerheblich.

JOURNALISTIN:

Hat Sie Eilers' Auftreten zu Beginn ebenfalls beeindruckt? Konnte Perec auch Ihren inneren Daumen zuungunsten Eilers' senken?

(VAN DYKE schweigt)

JOURNALISTIN:

Nun gut, werden wir wieder etwas allgemeiner. Vor allem der Vorsitzende Richter Bernhard Kriebl hat während der ersten Prozesstage häufig einen inkompetenten, überforderten Eindruck gemacht. Sehen Sie das im Hinblick auf die zu erwartenden Urteile mit Sorge?

VAN DYKE:

Ich vertraue nach wie vor auf die von unserem Koalitionspartner federführend ausgewählten Prozessbeteiligten.

JOURNALISTIN:

Welche Form von Urteilen erhoffen Sie sich generell?

VAN DYKE:

Ich erhoffe mir gerechte Urteile.

JOURNALISTIN:

Wie sähe aus Ihrer Perspektive ein gerechtes Urteil zum Beispiel im Fall Eilers aus?

VAN DYKE:

Gerechte Urteile erkennt man häufig an ihrer allgemeinen Akzeptanz. Natürlich nicht immer.

JOURNALISTIN:

Und im konkreten Fall bedeutet das …?

(VAN DYKE sieht die Journalistin genervt an)

JOURNALISTIN:

In Ordnung, noch eine letzte Frage. Gegen die Bundeskunstaktion wurde Klage vor dem Bundesgerichtshof eingereicht, ein Urteil wird allerdings erst weit nach Abschluss des Prozesses erwartet. Befürchten Sie dennoch, der Prozess könnte sich im Nachhinein als unrechtmäßig herausstellen?

VAN DYKE:

Jetzt läuft der Prozess erst einmal. Für alles Weitere gilt der alte Spruch: »Vorhersagen sind schwierig, vor allem, wenn sie sich auf die Zukunft beziehen.«

JOURNALISTIN:

Herr Bundeskanzler, herzlichen Dank für das Interview!

Liebe Zuschauer und Zuschauerinnen, nun folgt der Schlagerstadel der Volksmusik von und mit Gastgeberin Helene F…

Bernhard Kriebl schaltet den Bildschirm ab und stößt die Schnittchen von sich: »Arschlöcher!«

Die Smart-Citys der Klimaflüchtlinge sind Städte in der Stadt, aber es sind keine Gettos. Man kann ihre Grenzen jederzeit überschreiten und die Stimmung ist auch nachts meistens entspannt. Die Region Nürnberg-Fürth verfügt über drei Lager, das älteste und kleinste befindet sich im Südwesten Nürnbergs, dann folgt das Fürther Lager im Stadtteil Dambach und schließlich das große Lager zwischen dem Kothbrunngraben und Buchenbühl. Die Lager sind bis ins Detail rational und rechtwinklig angelegt, die Straßen, Unterkünfte, Verwaltungsbauten verfügen ausnahmslos über 90°-Winkel, Rundungen statt Kanten finden sich erst auf Kieselsteinebene.

Genau betrachtet ist die Bezeichnung »Klimaflüchtling« eine Vereinfachung, weil es auch andere Gründe gibt, das Heimatland zu verlassen, aber da letztlich doch jeder der Bewohner vor einem ihm oder ihr unzuträglichen »Klima« geflüchtet ist, hat sich der Begriff durchgesetzt. Die Aussage, dass die Hauptfluchtursache der Bewohner entweder zu viel oder zu wenig Wasser ist, klingt paradox und ist im Kern dennoch richtig. Dazu kommen die Kriege, die mit Knappheit immer einhergehen. Die meisten der Flüchtlinge stammen aus den nördlichen und mittleren Gebieten Afrikas, daneben gibt es aber auch eine Vielzahl an Personen aus der Türkei, aus Georgien, Syrien, Jordanien, Kasachstan, Usbekistan, dem Iran, dem Jemen und neuerdings auch verstärkt aus Pakistan und Indien. Es ist natürlich ein Klischee, dass alle Geflüchteten oder deren Eltern früher Kleinbauern waren, die ihre Scholle nun nicht mehr trägt, aber wie jedes Klischee ist auch dieses ungefähr genau zur Hälfte wahr.

Außer den dort Untergebrachten bewegen sich auf den rechtwinkligen Straßen der Smart-Citys vor allem Sozialarbeiter, Pädagogen, Sicherheitspersonal und Ehrenamtliche. Eine solche Ehrenamtliche ist Bonnie Freitag, die zwei- bis dreimal pro Woche Deutschkurse gibt, seit die Stadt die Kurse für die Erwachsenen gestrichen hat. Manchmal kommt es ihr aber auch irgendwie so vor, als hätte die Stadt die offiziellen Kurse erst eingespart, seit ehrenamtliche Gruppen diese Aufgabe übernehmen? In den Kursen werden Männer und Frauen getrennt unterrichtet, das löst Probleme, bevor sie entstehen.

Die erwachsenen Bewohner sind in der Regel nicht erwerbstätig und besuchen die Sprachkurse freiwillig. Es ist für beide Seiten eine mühselige Angelegenheit, da sich nach der Anfangseuphorie schnell das Gefühl umfassender Überforderung und Sinnlosigkeit einstellt. Bonnie ist 38 und unterrichtet in den Unterkünften ehrenamtlich eine Frauengruppe mit schwankender Teilnehmerzahl.

Die Kinder und Jugendlichen brauchen keine solchen Sprachkurse, weil sie ohnehin bis zum 16. Lebensjahr schulpflichtig und bis zum 21. Lebensjahr schulberechtigt sind. Die meisten von ihnen versuchen, die Hochschulreife zu erreichen. Es gibt innerhalb der Lager allerdings eigene Schulklassen für neu angekommene Kinder. Wenn dann ein gewisses Sprach- und Schreibniveau vorhanden ist, wechseln die Kinder auf eine reguläre Schule.

Die Bewohner des Lagers erhalten, da sie keine Staatsbürger eines EU-Mitgliedslandes sind, kein Grundeinkommen, sondern eher ein Taschengeld sowie ausreichend Sachgutscheine. Unter van Dyke wurden die ohnehin strengen Abschieberegelungen bei straffälligen Flüchtlingen noch weiter verschärft, um den Wählerstrom zu den verschiedenen Abschotter-Parteien zu stoppen. Auch Bonnie leugnet nicht, dass es weiterhin Schwierigkeiten gibt, vor allem bei der Zwangsprostitution ist innerhalb und außerhalb der Lagergrenzen von einer hohen Dunkelziffer auszugehen.

Gelingt es einer Bewohnerin oder einem Bewohner, sich auf dem Arbeitsmarkt gegen die immense deutsche, europäische und vor allem elektronische Konkurrenz durchzusetzen, so erhält diese Person nach fünf Jahren einen deutschen Pass, Grundeinkommen neben dem Gehalt und verlässt üblicherweise das Lager mit der Familie. Andernfalls bleiben die Klimaflüchtlinge meist auf unbestimmte Zeit in den Unterkünften. Jeder Einzelne der Lagerbewohner könnte sich jederzeit auf Staatskosten binnen eines Monats zurück in die Hauptstadt seines Heimatlandes ausfliegen lassen – Bonnie kennt jedoch keinen einzigen Fall, in dem von diesem überaus großzügigen Angebot Gebrauch gemacht worden wäre, da die Situation in den Herkunftsländern meist desolat ist. Ein Gutteil »Afrasiens« ist in den letzten Jahren endgültig unter chinesischen Einfluss geraten, dort sorgen nun meist Marionettenregimes für eine angespannte Ruhe. Der Rest des ohnehin wackeligen Doppelkontinents ist unter dem Druck der Klimakatastrophe im Chaos versunken, nur ein paar Länder können sich noch alleine behaupten: Südafrika, Japan, Südkorea und die Staaten zwischen Thailand und Indonesien. Indien hält sich bislang ebenfalls noch, wankt unter dem immensen Bevölkerungsdruck aber bedrohlich.

Die Lagerbewohner sind selbstverständlich nicht zu verwechseln mit den Personen, die legal über das große europäische Zuwanderungsprogramm *DevPro (Development Programme between the European Union and Cooperating Partners)* in die EU bzw. nach Nürnberg eingereist sind. Diese haben sich bereits vor Reiseantritt erfolgreich auf einen Ausbildungs- oder Arbeitsplatz in Nürnberg beworben, gehen dieser Tätigkeit fünf Jahre lang nach und leben während dieser Zeit im ganzen Stadtgebiet in den noch relativ günstigen Wohnungen der Brennpunktstadtteile. In einer zweiten Phase gehen sie in ihr Heimatland zurück und arbeiten dort fünf weitere Jahre, insbesondere im Ausbildungsbereich. Danach dürfen sie in die EU zurückkehren und erhalten den vollgültigen Pass ihrer Wahlheimat.

Die Lagerbewohner sind stattdessen illegal in die EU eingereist. Die Außengrenze des Schengen-Raums wird zwar streng kontrolliert, aber bei diesem Migrationsdruck …

Bonnie ist gegen die Abschiebung aller Klimaflüchtlinge. Sie vertritt die Auffassung, der Westen könne nicht jahrhundertelang nach Wohlstand streben, dabei das Klima ruinieren und sich dann, wenn es insbesondere für die anderen bitter wird, nicht zuständig fühlen. Indessen findet die Forderung nach einem »Neuen Eisernen Vorhang« immer mehr Zustimmung. Den Begriff hatte zunächst van Dyke als Kritik gegen die Abschotter eingesetzt, kurz darauf wurde er aber auch von Lilienthal als Kampfbegriff verwendet und hat sich seitdem in beiden politischen Lagern eingebürgert. Eine ganz ähnliche Umwertung versuchen Bonnies Gesinnungsgenossen gerade mit dem Begriff »Gutmensch«, die Erfolge sind aber bestenfalls so lala.

Man kann als Fazit festhalten: Bonnies Lager ist für die Lager.

Weil es ein schöner Abend ist und sie auf dem Nachhauseweg noch etwas Zeit zum Nachdenken haben möchte, steigt Erica eine U-Bahn-Station früher aus. Der Frühling geht allmählich in den Sommer über, die größeren Plätze sind bereits mit gewaltigen, strahlenabweisenden Sonnensegeln überspannt, und die solarbetriebenen Riesen-Ventilatoren sorgen darunter für den nötigen Lufthauch. Philly ist seit einiger Zeit wieder in Leipzig, die Zeichen stehen daher überwiegend auf Entspannung, auch wenn Dingo neuerdings irgendwie viel seltener zu Hause ist als früher, was Erica ebenfalls beunruhigt.

Es ist ein langer Prozesstag gewesen, dabei inhaltlich sehr komplex. Tom ist wegen »privater Verpflichtungen« ein paar Tage lang nicht da, was immer das heißen mag. Sie denkt beim Heimgehen darüber nach, warum das ein Gefühl von Enttäuschung in ihr auslöst. Wird ein Prozesstag durch seine Abwesenheit so viel langweiliger? In letzter Zeit haben sie tatsächlich immer öfter während der zäheren Verhandlungsteile miteinander geplaudert. Und sie denkt darüber nach, warum es ihr unangenehm ist, dass ihr das Fehlen Toms unangenehm ist. Und dann könnte man sich natürlich wieder fragen, warum … Bevor die Gedankenkette völlig aus dem Ruder läuft, steht sie vor dem kleinen Reihenhäuschen ihrer Familie.

Bereits hier draußen riecht es nach Öl, Zwiebeln und Knoblauch. Seit sie tagsüber meistens beim Prozess ist, kocht ihr Vater nicht mehr mittags, sondern abends. Sie sperrt die Haustür auf und jetzt ist der Essensgeruch wirklich intensiv. Ihre Eltern kochen zu zweit: »Mit Graupen gefüllte Zucchini in Tomaten-Rotweinsoße, dazu Rosmarinkartoffeln«, wie ihr Vater nicht ohne Stolz verkündet.

»Paradoxerweise hat sich die Versorgungslage in diesem Hause sehr gebessert, seit hier niemand mehr zur Arbeit geht«, sagt Erica in ihrer Soziologinnen-Stimme.

»Kommst du nicht gerade selbst von der Arbeit?«

»Korrigiere: Seit hier niemand mehr ernsthaft Geld verdient.«

Ihr Vater blickt sie plötzlich müde an, die Finanzen der Familie sind seit Jahren ein Problem.

»Reiß solche Witze besser nicht vor deiner Mutter! Und was ich eigentlich wissen wollte: Kommt Dingo noch rechtzeitig? Wir haben jetzt einfach mal auf Verdacht angefangen zu kochen.«

Erica hat den merkwürdigen Eindruck, als würde ein Aufzug kurz nach unten sacken, als wären all ihre inneren Organe plötzlich dreimal so schwer und würden sie nach unten ziehen. Erst eine oder zwei Sekunden später entsteht in ihrem Brustkorb ein heftiges Krisengefühl und verbreitet sich von dort in den ganzen restlichen Körper.

»Er ist nicht da?«

»Müsste ich mich schon schwer täuschen.«

»Wann ist er gegangen?«

»Schon bevor die ersten Flieger gekommen sind. Tanja war noch gar nicht wach. Wir dachten, du wüsstest, wo er sich rumtreibt. Und vor allem, wie lange noch. Es ist noch nichts im Ofen, wir können …«

Erica hört das Ende nicht mehr, sie ist wortlos an ihrem Vater vorbei nach oben gegangen. Dort genügt ein Blick: kein Dingo. Schon wieder. Auch auf dem Handy hat sie den Tag über keine einzige Nachricht von ihm empfangen. Stattdessen sitzt Lynn auf Ericas Bett und sieht erschrocken hoch.

»Ist was passiert?«

»Weißt du, wo Dingo ist?«

»Keine Ahnung, hat er dir nichts gesagt?«

Erica setzt sich zu Lynn, vergräbt das Gesicht in den Händen und schüttelt verneinend den Kopf.

»In letzter Zeit ist Dingo oft tagelang weg gewesen und behauptet anschließend immer, bei seinen Jungs gewesen zu sein. Aber wenn ich dann frage, warum er sich momentan so oft und vor allem so lange mit ihnen trifft, dann kommen nur faule Ausreden. Du weißt, was für ein erbärmlich schlechter Lügner er immer schon gewesen ist …«

»Meinst du etwa …«, sagt Lynn vorsichtig, »… und dann ausgerechnet mit Philly? Das kann ich einfach nicht glauben!«

»Ich weiß gar nicht mehr, was ich noch glauben kann …«

Erica lehnt sich an Lynn und legt den Kopf an ihre Schulter. Dann gehen sie noch einmal alles durch, die Party, die angespannte Zeit danach, die ganze unerklärliche, untypische Abwesenheit jetzt.

Als sie eine halbe Stunde später nach unten kommen, weil nach ihnen gerufen worden ist, deckt Tanja gerade den Tisch und Klaus verteilt den für die Soße angebrochenen Rotwein auf fünf einfache Gläser ohne Stiel. Die beiden haben sich wirklich ins Zeug gelegt, in der Küche herrscht ein ganz schönes Chaos.

Als Klaus gerade die Kartoffeln auf die Teller verteilt, wird die Haustür aufgesperrt.

»Ah, genau richtig«, sagt Dingo und setzt sich neben Erica, ohne sich die Hände zu waschen oder auch nur die Schuhe auszuziehen.

Wieder kein Wort von seinem Tag, auch auf Tanjas Nachfrage nur ausweichende, verlegene Antworten. Erica will nicht vom Prozess erzählen, aber da auch Lynn nicht reden möchte und Tanja und Klaus aus ihrem eintönigen Grundeinkommensalltag erst recht keine Tischunterhaltung zusammenbekommen, muss sie es doch tun. Sie ist dabei aber nicht wirklich bei der Sache, weil ihre Gedanken ständig um Dingos seltsame Geheimniskrämerei kreisen.

»Heute wurde über den Fall einer Volkswirtschaftlerin verhandelt, eine früher offenbar wichtige Politikberaterin«, berichtet Erica. »War in einem sehr merkwürdigen Gremium, das sich ›Wirtschaftsweise‹ genannt hat.«

»Wirtschaftsweiße?« Dingo blickt ernsthaft verwirrt in die Runde.

»Wirtschafts*weise*, wie die drei Weisen aus dem Morgenland«, hilft ihm Tanja. »Was wirft man diesen ehemals Weisen denn genau vor?«

»Sollen wohl exemplarisch für das überkommene Wirtschaftssystem von früher stehen. War heute leider alles ziemlich kompliziert. Meine Prozessnachbarin hat die Angeklagte mir gegenüber als ›typische Konsumterroristin von früher‹ bezeichnet.«

Für einen Moment spricht niemand. Erica denkt an die irren Villen im Stadtteil Wetzendorf und an die Gerüchte über den klimakriminellen Luxus hinter den dortigen Haustüren. Ihr Vater reißt sie aus ihren Gedanken: »Konsumterroristin … in meinem Kopf läuft da pausenlos eine Szene, in der in einem riesigen weihnachtlichen Einkaufszentrum eine als Grinch verkleidete alte Frau herumläuft und alle Kunden, vor allem aber Kinder, mit hübsch verpackten Geschenken bombardiert.«

»Witzig«, sagt Tanja, »ich war gedanklich auch bei Weihnachten!«

Lynn drückt Ericas Oberschenkel unter dem Tisch so fest, dass es wehtut, sagt aber nichts. Vermutlich kann sie bei all der Heiterkeit nur dadurch ein Zornbeben unterdrücken.

»Wieso denn jetzt plötzlich Weihnachten?« Dingo ist schon wieder verwirrt.

»Du bist heute gedanklich wohl ein bisschen woanders, kann das sein?«, fragt Erica sarkastisch.

Wieder springt ihm Tanja zur Seite: »Das ist früher oft ein bisschen aus dem Ruder gelaufen.«

»Wie kann Weihnachten denn aus dem Ruder laufen?«

»Also jetzt stell dich doch nicht dümmer, als du bist!« Erica hat mit der Faust auf den Tisch geschlagen und schaut ihren Freund bitterböse an. Um die Stimmung zu entschärfen, bittet Tanja ihre Tochter sehr höflich, schon einmal an das kleine Vorratsschränkchen im Wohnzimmer zu gehen, obwohl dieser Teil des Abendprogramms noch überhaupt nicht ansteht. Als Erica mit dem Gras zurückkommt und es wortlos vor sie wirft, ist die Stimmung immer noch gedrückt. Länger traut sich niemand etwas zu sagen und alle konzentrieren sich betont auf das Essen. Doch dann grinst Klaus unwillkürlich in sich hinein, und auf die fragenden Blicke sagt er: »Mir ist gerade ein weihnachtlicher Werbeslogan von früher eingefallen: ›Alexa, mach die Lichterkette an!‹ Das kann ich im Nachhinein selber kaum mehr glauben.«

Auch Tanja schüttelt den Kopf: »Jaja, verdammt lang her … Unser Kühlschrank hat selbstständig Butter nachbestellt.«

In Erica kocht es nun auch.

»Bei diesem ganzen vergangenheitsduseligen Gerede werde ich immer mehr zur PfG-Sympathisantin!«, sagt sie und bringt nun ihrerseits Dingo gegen sich auf: »Erzähl nicht so eine Scheiße und zieh die Stimmung nicht grundlos runter! Sei lieber froh, dass deine Eltern so toll gekocht haben und überhaupt so viel für uns machen. Und mich hier bei euch wohnen lassen …«

Lynn holt scharf Luft und Erica verdreht die Augen, doch Klaus prostet Dingo dankbar zu: »Der Klimawandel hat immerhin dem deutschen Rotwein sehr gutgetan, ich sage das ohne jede Ironie und ohne politischen Hintergedanken. Der war früher nur schwer erträglich.«

Da niemand Lust auf den Abwasch hat, bleiben alle einfach vor den leeren Tellern sitzen. Klaus sagt, er würde das abendliche Kochen gerne beibehalten, auch falls Erica nach Abschluss des Prozesses mittags wieder zu Hause sein sollte. Die Stimmung sei abends einfach gemütlicher, auch wenn der werktätige Teil der Familie momentan offenbar etwas sensibler sei als gewöhnlich. Er blickt Erica besorgt an, sagt aber nichts weiter. Zu offensives Nachbohren bei persönlichen Problemen hat Philly den beiden bereits vor über zehn Jahren ein für alle Mal ausgetrieben.

Erica muss sich eingestehen, dass die Stimmung unter anderen Umständen wirklich schön sein könnte, so wie sie alle dasitzen, während draußen einer der längsten Tage des Jahres immer mehr zur Nacht und die Lampe über ihnen zur einzigen Lichtquelle wird. Sie kann sich noch ganz entfernt an die Zeit erinnern, als die Leute klatschten, wenn sie das Licht anschalten wollten. Dingo kann das wahrscheinlich nicht, obwohl er ein paar Jahre älter ist als sie. Sie hat keine Lust, ihn zu fragen.

Schließlich verabschiedet sich Lynn. Sie habe eine Verabredung mit einer Freundin, sagt sie beim Hinausgehen, doch kurz nachdem sie weg ist, empfängt Erica eine Nachricht von ihr: *Redet miteinander!* Dingo zeigt Klaus gerade noch einmal geduldig seine ausgefeilte Joint-Drehtechnik. Erica erträgt die ganze Harmonie nicht mehr und stellt ihr Glas so fest auf den Tisch, dass der letzte Schluck eine Fontäne bildet. Sie hat die Küche verlassen, noch bevor die höchsten Tropfen wieder unten angekommen sind.

Oben im Dachgeschoß weiß sie nicht, wohin mit sich. Sie fängt an, ihre Unterlagen zu sortieren, einzuordnen und wegzuwerfen. Wenn unten gesprochen wird und es oben leise ist, kriegt man normalerweise zumindest mit, *dass* gesprochen wird. Jetzt hört man von unten gar nichts – bestimmt erkundigen sich die Alten verstohlen bei Dingo, was nur mit ihr los ist.

Als es am Schreibtisch absolut nichts mehr zu tun gibt, steht sie auf, dreht sich im kleinen Zimmer zweimal ziellos im Kreis und breitet dann ihre Sportmatte über Lynns, um ein paar Bauch-Beine-Po-Übungen gegen die Unruhe zu machen. Irgendwann kommt Dingo von unten, setzt sich aufs Bett und schaut ihr auf den Rücken.

»Alles klar bei dir?«

»Logo.«

»Wirkst aber gar nicht so.«

»Echt nicht?«

»Rede doch mal vernünftig mit mir!«

»Stress mit dem nächsten Artikel.«

Dingo bleibt eine Weile in ihrem Rücken sitzen, dann wirft er sich resignierend aufs Bett, setzt die Ear-Plugs ein und hört Musik. Erica beendet ihre Übungen penibel nach Plan. Da sie schon länger nicht mehr trainiert hat, ist das ziemlich anstrengend, sie schwitzt. Als sie fertig ist, bleibt sie am Boden sitzen, das Bett und Dingo noch immer in ihrem Rücken.

»Weißt du zufällig, ob es in Hof gute Hotels gibt?«, fragt sie ziemlich laut.

Dingo macht seine Ohren frei.

»Hast du was gesagt?«

»Ich habe gefragt, ob du zufällig weißt, ob es in Hof gute Hotels gibt.« Sie dreht sich um.

Er blickt verdattert. »Wieso willst du nach Hof? Und seit wann kannst du dir gute Hotels leisten?«

»Wusstest du, dass man von hier aus mit dem Zug nur eine knappe Stunde nach Hof braucht?«

»Ich frage noch mal: Wieso willst du nach *fucking* Hof?«

»Ich meine ja nur, es ist viel besser angebunden, als man immer denkt. Von Leipzig aus bräuchte man auch nicht viel länger als eine Stunde.«

Noch eine Sekunde lang spielt Dingo den Unschuldigen: »Wieso …«

Versteht er wirklich nicht? Doch dann braust er auf, schreit sie an, fuchtelt mit den Händen, schreit sie immer noch an. Und dann ist er bei der Tür, auf der Treppe, an der Haustür und schließlich wieder verschwunden.

Noch ganz verschwitzt wirft Erica sich aufs Bett und blickt ins Leere. Aus purem Trotz entscheidet sie sich, ein wenig mehr über diesen Tom in Erfahrung zu bringen.

13.03.2049

Ist das Kunst oder muss das weg?

Zum Wesen und Unwesen des Nürnberger Schauprozesses

NÜRNBERG
Die Kunst ist frei – und das ist gut so. Die Freiheit künstlerischen Schaffens ist ein unverzichtbarer Bestandteil funktionierender Demokratien.

Mit dem als »Kunstaktion« getarnten Schauprozess von Nürnberg hat das alles freilich nicht viel zu tun. Hinter dem Prozess steht eine immense, weit verbreitete und vor allem gut nachvollziehbare Wut auf eine Generation, der man mit Recht jede Menge Versäumnisse vorwerfen kann. Diese Versäumnisse sind jedoch nicht strafbar und dadurch wird die Wut ohnmächtig, ziellos und führt zu einem Gefühl von Ungerechtigkeit, das ebenfalls gut nachvollzogen werden kann.

Normalerweise trägt die Justiz eines funktionierenden Rechtsstaats entscheidend zum Gerechtigkeitsempfinden der Bevölkerung bei, weil Verfehlungen bestraft und die öffentliche Ordnung dadurch aufrechterhalten wird. Allerdings können die Gerichte dies immer nur im Rahmen klarer Begrenzungen tun: »Keine Strafe ohne Gesetz« ist einer dieser elementaren Rechtsgrundsätze, die die Justiz davor schützt, in Willkürherrschaft umzuschlagen. Die in Nürnberg angeprangerten, weit zurückliegenden Taten waren jedoch zum Zeitpunkt ihrer Ausführung nicht verboten, so moralisch falsch sie bereits damals gewesen sein mögen. Die heutige deutsche Justiz kann diese Verfehlungen der Vergangenheit also aus genau diesem Grund nicht als Verbrechen strafen, wenn sie sich nicht selbst schuldig machen will. In dieser besonderen Situation stehen sich daher die Aufrechterhaltung der Rechtsstaatlichkeit und die Wiederherstellung des allgemeinen Gerechtigkeitsempfindens unvereinbar gegenüber, anstatt sich wie sonst zu verbinden.

Der Zweck des Nürnberger Volkstheaters ist es nun, der ohnmächtigen, allgemeinen Wut durch immerhin symbolische Urteile eine Art Ersatzventil zu geben. Dabei sollte zunächst festgehalten werden, dass bei dieser sogenannten »Kunstaktion« also das zentrale Element von Kunst fehlt, nämlich ein »Kunst-Wollen«, ein ästhetisches Streben. Das Ziel der Kunst ist zuvorderst die Kunst. In Nürnberg spielt dieser Aspekt jedoch nicht die kleinste Rolle. Auch die Rahmenbedingungen zerstören das Kunst-Argument: Provinzrichter Kriebl erhält für die Dauer des Prozesses die Bezüge eines BGH-Präsidenten, die pflichtverteidigenden Jura-Student*innen werden wie reguläre

Pflichtverteidiger*innen entlohnt. (Nur Gloria Perec bezieht weiterhin ihr Honorar als Staranwältin und nicht den Satz einer Staatsanwältin. Ein Schelm, wer Böses dabei denkt.) Und finanziert wird dieses Nürnberger Bauerntheater bekanntlich durch den extra aufgestockten Bundesetat für Kulturförderung.

Die Kunst als Feigenblatt einer grotesken politischen Aktion – und die Freiheit der Kunst soll dabei noch als Schutzschild dienen. Vermutlich wird sich vor echten Gerichten die Durchführung der »Kunstaktion« nachträglich als illegal erweisen, nur wen kümmert das dann noch? Die Ablehnung der Eilanträge gegen den Prozess, wohl unter höchstem politischem Druck, war zweifelsohne eine der schlimmsten Niederlagen des deutschen Rechtsstaats der vergangenen Jahrzehnte. Nicht einmal die ultimative Provokation, die Ansetzung der »Bundeskunstaktion« in Nürnberg »aus logistischen Gründen«, konnte diese Niederlage verhindern oder die öffentliche Meinung drehen. Denn folgt man dieser hochgradig aggressiven und dummen historischen Analogie, welche symbolischen Urteile sollen dann die schwersten »Verbrecher« erhalten? Spätestens hier wird der Schauprozess, der ein verletztes Gerechtigkeitsempfinden wiederherstellen soll, selbst kriminell.

Dass ein deutscher Bundeskanzler eine solche Veranstaltung durch seine Anwesenheit am ersten und letzten Verhandlungstag adelt, ist unerträglich.

Dass ein deutscher Bundeskanzler dies tun muss, weil sonst aller Voraussicht nach die PfG einer Abschotter-Koalition unter Marina Lilienthal zur Mehrheit im Bundestag verholfen hätte, ist eine Katastrophe.

Die sogenannte Kunstaktion macht dies dennoch nicht besser. Denn wenn man nur spielt, man würde spielen, dann ist es ernst.

Tom Bohnenkamp

www.baz.de/istdaskunst/tombohnenkamp

Im Jahre 1756 ereilte die Familie des russischen Kleinkrämers Iwan Petrowitsch Ritschakow aus dem nordsibirischen Ort Obdorsk ein schwerer Schicksalsschlag. Iwan Petrowitsch war mit seinen beiden Söhnen nach Norden gezogen, um mit den Fischern, Jägern und Holzfällern, die in dem endlosen Gebiet verstreut lebten, seinen Handel zu treiben. Als sie längst den Fluss Ob, der ihrer Heimatstadt den Namen gab, überquert hatten und bereits über hundert Werst nördlich davon waren, gelangten sie an ein Arbeitslager, in das die milde Zarin Elisabeth Untertanen schickte, die sie vor der Todesstrafe bewahrt hatte. Der Händler verbrachte mit seinen Söhnen drei Tage und zwei Nächte im Lager und feilschte währenddessen mit den Aufsehern und auch mit manchen Inhaftierten. Einige von ihnen waren neu im Lager eingetroffen und noch nicht für das sibirische Klima ausgerüstet. Seine Söhne, der schöne Bogdan, sein Erster, und Timofej, sein Zweiter, vertrieben sich die Zeit, indem sie sich von den Soldaten und Gefangenen vom übrigen Russland erzählen ließen, seiner unermesslichen Pracht in Moskau und Petersburg und seiner unermesslichen Weite außen herum. Nach den drei Tagen zogen sie von diesem Arbeitslager aus weiter in östlicher Richtung, zu einer Siedlung von Rentierzüchtern, wo Iwan Petrowitsch Teile seiner Waren gegen gute, warme Felle tauschen wollte. Die beschwerliche Reise dorthin dauerte mehrere Tage, an die sich wieder ein kurzer Aufenthalt in der Siedlung anschloss. Als sich Iwan am Tag der Weiterreise mit seinen Söhnen noch nicht einmal drei Werst in südöstlicher Richtung von dem Dörfchen der Rentierzüchter entfernt hatte, fing sein ältester und tüchtigster Sohn, der von allen nur liebevoll Bogdascha gerufen wurde, plötzlich an zu glühen. Sofort kehrte der Vater um. Nach wenigen Tagen sank das Fieber, doch Bogdascha bekam einen heftigen Ausschlag. Dann stieg die Temperatur plötzlich wieder stark an, Bogdascha durchlebte in seinem Krankenlager einen Tag und eine Nacht lang entsetzliche Fieberträume, wurde zum Morgen hin ruhiger und starb schließlich gegen Mittag.

Unter unendlichen Mühen grub Iwan mit seinem verbliebenen Sohn Timofej etwas außerhalb der Siedlung ein Loch in den hart gefrorenen Boden, das tief genug war, den Leichnam des geliebten Bogdascha aufzunehmen. Der Tote ließ in seiner Heimat Obdorsk nicht nur seine Mutter und seine Schwestern, sondern auch eine junge Verlobte zurück. Mit Tränen in den Augen legte der Vater das schwarze Halstuch mit dem roten Rand in die Hand des Sohnes, das dieser vor der Abreise von seiner Verlobten zum Geschenk bekommen hatte. Da kein Priester in der Nähe war, musste die Beerdigung ohne geistlichen Beistand erfolgen.

Dann arbeiteten die Strafgefangenen viele hundert Jahre lang und die Rentierzüchter zogen ihren Tieren viele hundert Jahre lang das Fell über die Ohren. In und um Bogdascha, überall in seinem kalten Grab, wartete es während all dieser Zeit geduldig.

Irgendwann wurde die Strafkolonie aufgelöst und die Rentierzüchter legten sich motorisierte Schneemobile zu. Und noch etwas später, im Frühjahr des Jahres 2034, hielten zwei sibirische Bauarbeiter erschrocken inne, als ihre Baggerschaufel, die mühelos durch den angetauten Boden pflügte, ein teilweise verwestes menschliches Bein zutage förderte. Mit Handschaufeln legten sie die gesamten Überreste des jungen Bogdascha frei. Seine Kleidung war noch recht gut erhalten, ebenso das schwarze Halstuch mit dem roten Rand. Die Bauarbeiter riefen die Polizei in Nowy Port, diese schickte im Laufe des Tages einen Helikopter, der die Leiche mit sich nahm. Als Spezialtransport wurde Bogdascha zur archäologischen Untersuchung nach Moskau in die von der Zarin Elisabeth gegründete Lomonossow-Universität geschafft. Drei Professoren untersuchten den erstaunlich gut konservierten Leichnam, eine junge Doktorandin hatte das Privileg, bei diesem Vorgang assistieren zu dürfen.

Kurz darauf besuchte diese Doktorandin einen archäologischen Forschungskongress in Paris. Am Tag der geplanten Heimreise bekam sie Fieber und war nach wenigen Schritten so geschwächt, dass sie sich auf ihren Rollkoffer setzen musste. Mit dem Taxi ließ sie sich statt zum Flughafen zum nächsten Krankenhaus fahren, wo sie im Sommer des Jahres 2034 als erste Pockentote des 21. Jahrhunderts verstarb.

Carola Freitag und ihr Mann Bernd bemerkten auf ihrer Parisreise zunächst nichts Ungewöhnliches. Carola hatte sich beim Kochen im kleinen Ferienappartement tief in den linken Daumen geschnitten und musste, da die Blutung nicht aufhören wollte, ins Krankenhaus. In der Notaufnahme unterhielt sie sich kurz mit der armen, sichtlich geschwächten Russin. Carola zeigte zu Hause in Nürnberg die ersten Symptome. Sie starb nur wenige Tage später und hinterließ neben ihrem Mann Bernd die 2011 geborene Tochter Bonnie.

An einem herrlichen Junitag des Jahres 2049 bricht indessen einige hundert Kilometer südöstlich von Bogdaschas Fundstelle eine weitere, noch viel ältere Variola-Variante, die zuvor noch nie Kontakt zu *homo sapiens sapiens* hatte, zu ihrer großen Weltreise auf.

Die Zuschauerreihen füllen sich allmählich und auch die Pressetribüne ist schon gut besetzt. Tom ist offenbar noch immer anderweitig beschäftigt, aber Ericas Nachbarin zur Linken ist bereits da und grüßt wie immer freundlich lächelnd. Erica nutzt die Zeit bis zum Verhandlungsbeginn, um dem Büro von TT eine etwas drängendere Mail zu schreiben. Ihr wurde ein Gespräch im Laufe des Prozesses versprochen, und sie wird es so lange einfordern, bis sie es bekommt. Sie blickt weiter nach links, TT sitzt Luftlinie keine fünfzig Meter von ihr entfernt.

Er kommt stets als einer der Ersten und verlässt den Saal immer erst nach dem offiziellen Ende der Verhandlung. Er hat, soweit Erica das beurteilen kann, noch nicht eine Prozessminute verpasst. Ob dem Minister ohne festen Zuständigkeitsbereich wohl sehr langweilig sein wird, wenn der Prozess abgeschlossen ist? Bekäme sie endlich das Gespräch, könnte sie ihn fragen.

Bald darauf erscheinen die Hauptakteure, pünktlich und in der gewohnten Reihenfolge. Kriebl eröffnet die Verhandlung. Das Gericht hat sich in den letzten Wochen mühsam weiter durch die Liste der exemplarisch Angeklagten gearbeitet. Heute startet die Verhandlung im Fall eines in vergangenen Zeiten sehr bedeutenden, langjährigen Mitglieds der Bundesregierung. Vom Wirtschaftsministerium ins Umweltministerium befördert, von dort aus weiter ins Verkehrsministerium. Hier dann als Staatssekretär jahrzehntelang Strippenzieher hinter den wechselnden Ministern und Ministerinnen gewesen. Als Kriebl gerade mit dem zuständigen Pflichtverteidiger die biografischen Rahmendaten durchgeht, erscheint Tom doch noch auf der Pressetribüne und kämpft sich eilig zu seinem Platz vor. Ericas Puls gerät durch die Ausschüttung einer erstklassigen Endorphin-Adrenalin-Mischung ins Stolpern. Unangenehm berührt, hält sie ihren Blick besonders konzentriert auf Kriebl gerichtet.

»Moin, moin!«, grüßt Tom atemlos, aber gut gelaunt nach links.

Erica reißt sich von einer sehr spannenden, imaginären Beobachtung los.

»Auch mal wieder im Lande?«, flüstert sie und zieht eine Augenbraue nach oben.

»Grüß dich!«, raunt unerwartet auch die Journalistin neben Erica. Tom nickt ihr ebenfalls freundlich zu und fragt: »Na, habe ich die letzten Tage was verpasst?«

Bevor sich Erica für eine Antwort entscheiden kann, wird links bereits geantwortet. Oh ja, die Sitzungen gegen den Vorstandschef eines großen deutschen Chemiekonzerns hätten bislang zu den bewegendsten gehört: systematische Verschleierung von Risiken, moralische Abgründe, teilweise furchtbare Bilder.

Tom möchte wissen, ob diesmal eine nennenswerte Verteidigung durch den zuständigen Jura-Studenten stattgefunden habe. Die Kollegin flüstert, es seien diesbezüglich nur kurz einige Anmerkungen erfolgt und ansonsten sei mit Blick auf die Beweislage nicht groß versucht worden, die Dinge zu beschönigen. Tom schüttelt den Kopf und murmelt sarkastisch etwas, das nach »Untergang des Abendlandes …« klingt. Erica denkt wieder an den kritischen Artikel, den sie von Tom über den Prozess gelesen hat, und an ihren eigenen. Eigentlich war sie über ihren ersten Bericht recht stolz gewesen, doch je öfter sie ihn jetzt überfliegt, desto mehr schämt sie sich für ihren emotionalen Ansatz, den sie mittlerweile als unreif empfindet.

Unten ist inzwischen Perec an der Reihe und zieht alle Aufmerksamkeit auf sich. Sie wirft dem abwesenden Ex-Regierungsmitglied vor, substanziellen Umweltschutz nur im Kleinen – im oft sehr Kleinen, wie sie nachschiebt – vorangetrieben zu haben. Ansonsten habe der Angeklagte sich durch das bloße Vortäuschen einer grünen Agenda in großem Stil schuldig gemacht. Durch Alibi-Aktionismus und wohlfeile Sonntagsrhetorik. Erica sinkt tiefer in ihren Sitz. Man kann sagen, was man will, aber eine Perec in Fahrt legt immer einen großen Auftritt hin. Diese Strategie hat Erica mittlerweile durchschaut. In der ersten Sitzung jedes neuen Falls wird der Angeklagte mit Feuereifer angegriffen, dann werden die Verhandlungstage ruhiger und faktenlastiger, auch Perecs Assistententeam kommt hier zu Wort, und zum Schluss wird der Delinquent noch einmal von der Chefin persönlich in die Tonne getreten. Aktuell läuft Phase eins.

»Schöne Ferien gehabt?«, fragt Erica irgendwann gedämpft nach rechts.

»Ferien, ach je, hast du ’ne Ahnung …« Tom verdreht die Augen.

»Warst du ein paar Tage im Kreise deiner Liebsten?«

»Im Kreise meiner …? Ne, also, ich war tatsächlich bei der Familie, aber was hat das damit zu tun?«

Erica ahmt Munchs *Schrei*-Gesicht nach. Tom muss lachen und klärt sie auf: »War bei meiner Mutter in Frankfurt, sie ist endlich ins Heim gezogen. Besser so, Stimmung aber eher mäßig. Dann noch ein paar Tage bei meinem Bruder geblieben, fünften Geburtstag meines Neffen abgewartet. Blöderweise drei Tage bei den Renovierungsarbeiten helfen müssen. Die ziehen in die frei gewordene Wohnung.« Auch er macht das *Schrei*-Gesicht und grinst sie schief an. Ericas Puls legt zwei Gänge zu.

»Kisten schleppen und Wohnung weißeln? Du? Das muss ja ein sehr amüsanter Anblick gewesen sein!«, versucht sie ihn zu provozieren.

Tom winkt in gespielter Entrüstung ab und blickt nach vorne. Erica glaubt aber wieder, diese leichte Röte in seinem Gesicht zu erkennen. Mit einem feinen Lächeln auf den Lippen hört sie zu, wie die Staranwältin ihren Anfangsfuror abrundet: »… denn als Regierender die Verantwortung für das Landeswohl zu tragen schließt die Sorge um den zukünftigen Zustand des Landes mit ein und daher …«

Nein, Erica ist heute entschieden nicht bei der Sache. All ihre positiven Gefühle für Dingo sind immer noch da – gerade das verliebte Brennen zwischen Brustkorb und Magengegend hat sich in der turbulenten Zeit eher noch intensiviert –, aber sie ist gleichzeitig so unglaublich wütend auf ihn, ohne zu wissen, ob mit Recht oder aus übertriebener Eifersucht. Und dann geht ihr dieser verfluchte Tom einfach nicht aus dem Kopf, trotz all seines blasierten Journalistengetues.

Als Perec geendet hat, wird der Verteidigung das Wort zu einer ersten Gegenrede übergeben. Eine im Angesicht der vielen Kameras sichtlich nervöse junge Pflichtverteidigerin bittet zu bedenken, dass das ja nun alles nicht so einfach sei in einer Bundesregierung, dass natürlich auch andere Erwägungen eine Rolle spielen müssten, etwa die der Schaffung von Arbeitsplätzen und Infrastruktur, dass der Angeklagte nicht alleine verantwortlich gewesen sei – dass dies aber natürlich nicht heißen solle, es seien keine Fehler gemacht worden und so weiter und so weiter. Tom raunt sarkastisch in Ericas Richtung, ob aus diesen Argumenten wohl vielleicht noch ein klitzekleines bisschen mehr Entlastungspotenzial herauszuholen gewesen wäre. Erica raunt zurück, man habe es im Gegenteil mit einer der engagiertesten Verteidigungsreden der letzten Tage zu tun. Nachdem die Pflichtverteidigung beendet ist, verabschiedet Kriebl sich in die Mittagspause. Noch am selben Nachmittag soll dann bereits die Vernehmung von ersten Zeugen und Sachverständigen beginnen. Die Prozessleitung ist dazu angehalten, alle Verfahren straff durchzuziehen.

Die Kollegin links macht sich trotz der Verhandlungspause noch immer eifrig Notizen, Erica hat nur pflichtschuldig den Laptop herausgeholt, aber kaum etwas notiert, und Tom hat sein OCD gar nicht erst zur Entfaltung gebracht.

»Na, hat dir der Prozess sehr gefehlt?«, fragt sie ihn im allgemeinen Aufbruchstrubel um sie herum.

»Habe mich jede Nacht in den Schlaf geweint …« Tom grinst.

»Du wirst doch nicht etwa einsam gewesen sein, im fernen Frankfurt?«

Flirtet sie gerade? Sie denkt an ihre letzten Tage hier in Nürnberg.

Tom überlegt einen winzigen Moment. »Wie gesagt, war ja viel Familie da.«

»Wo wohnst du denn sonst eigentlich?«

»Berlin. Berufsbedingt.«

»Mit Frau und Kind und Reihenhaus?«

Tom lacht: »Weder noch. Bist du zum investigativen Journalismus gewechselt?«

Jetzt befürchtet Erica, verlegen auszusehen und zögert einen Moment mit der Antwort.

»So ein Schwein, was?«, bringt sich die Kollegin links in das Gespräch ein und klappt ihren Laptop zu. Weil Erica sichtlich verwirrt ist, sagt Tom mit einer leichten Verbeugung:

»*Er war von je ein Bösewicht / Ihn traf des Himmels Strafgericht.*«

Ach so, der Angeklagte! Toms Sarkasmus war unüberhörbar, doch die Kollegin ist das von ihm wohl schon gewohnt.

Es wird Zeit zu gehen, die Pressetribüne ist schon fast leer.

»Wie wär's, gehen wir nach einer Sitzung mal zusammen rauf in die Bar auf der Dachterrasse?«, fragt Tom.

Bevor sich Erica für eine Antwort entscheiden kann, wird in ihrem Rücken bereits geantwortet: »Klar, gerne, wieso nicht!«

Erica nickt daraufhin nur. Als sie bereits Richtung Tür gehen, bleibt Tom noch einmal stehen.

»Darf ich übrigens vorstellen: Bonnie Freitag. Erica Mazur.«

»Angenehm.«

»Gleichfalls.«

Bumm, das Blut schießt ihr so heftig in den Kopf, dass die Ohren leise davon dröhnen. Woher zum Teufel kennt er ihren Nachnamen?!

Mittlerweile ist Bonnie Ende 30, aber das völlig unerwartete Ableben ihrer Mutter, dessen nähere Umstände und vor allem die daraus resultierenden Konflikte mit ihrem Vater lasten nach wie vor schwer auf ihr. An Tagen wie heute, an denen sie das Grab besucht, ist sie oft besonders niedergeschlagen und gedankenverloren. Es ist schon öfter vorgekommen, dass sie hinterher nicht mehr zurück ins Haus konnte, weil sie ohne Schlüssel Richtung Friedhof aufgebrochen ist. Nun liegt ein Ersatzschlüssel in dem kleinen Garten, der sie immer am schrecklichsten daran erinnert, dass sie inzwischen im Haus ihres Vaters lebt.

Bonnie prüft den Inhalt ihrer Handtasche, zieht sich die Straßenschuhe an und geht dann doch noch einmal ins Bad, um sich Sonnencreme zu holen. Es ist ein furchtbar heißer Tag ohne jede Wolke am Himmel. Im Inneren der Wohnung hat sie durch eine Komplettrenovierung jede sichtbare Erinnerung an ihren Vater getilgt.

Als Bonnie endlich das Haus verlässt, versucht sie sich dagegen zu wehren, dass es wieder ihr Vater ist, der ihr pausenlos durch den Kopf geht. Er ist seit fast drei Jahren tot – höchste Zeit, endlich aus ihrem Gehirn zu verschwinden. Seit den frühen 2040er-Jahren haben beide kein Wort mehr miteinander gesprochen. Wie manche Menschen, die eine zentrale Bezugsperson durch Krebs verlieren und sich ab dann voll und ganz dem Kampf gegen Krebs widmen, ist Bonnie nach dem Tod ihrer Mutter zu einer fast schon militanten Umweltaktivistin geworden. Ihr Vater hat dies stets als Wichtigtuerei und seine Tochter in altem Fränkisch als »gschreierte Schnepfen« bezeichnet.

Bonnie sieht sich wieder in ebendiesem Haus stehen, doch es ist viele Jahre her, sie und ihr Vater brüllen sich an, beschimpfen sich. Ihr Vater hat einen ganz roten Kopf, seine kleinen Augen funkeln voll Aggressivität und Zorn, während ihre eigene Stimme immer lauter und hysterischer wird. An den konkreten Auslöser kann sie sich nicht erinnern, vielleicht Benzin, vielleicht Plastik, vielleicht Wurst. Dann einige Jahre später, sie in Polizeigewahrsam, weil sie ihre Presseakkreditierung genutzt hat, um eine faule Tomate auf einen Politiker zu werfen. Ihr Vater am Telefon, der ihr eiskalt sagt, die Kaution nicht übernehmen zu wollen, der einen kleinen Haftaufenthalt offenbar als willkommene Erziehungshilfe für die fast dreißigjährige Tochter betrachtet. Dann noch ein paar Jahre später, der vollständige Bruch. Schließlich der Anruf in der Redaktion, ihr Vater sei gestorben.

Am Friedhof angekommen, bemerkt Bonnie erschrocken, dass sie sich erneut nicht an die Fahrt hierher erinnern kann, so sehr ist sie in Gedanken gewesen. Besonders energisch nimmt sie eine gefüllte Gießkanne mit zum Grab. Wegen der heißen Sommertage ist die Erde bestimmt ganz ausgetrocknet. Eine klapprige Rentnerin mit erdigen Gartenhandschuhen ist vor ihr am Wasserhahn und versucht ein Gespräch anzubahnen, doch Bonnie hat dafür jetzt keine Nerven und geht nicht drauf ein. Ohnehin völlig verrückt, in dem Alter und bei diesen Temperaturen am Grab zu arbeiten. Nachdem sie die Kanne an das Grab getragen und die Blumen gegossen hat, bleibt sie wie immer eine längere Zeit dort stehen und blickt auf den Grabstein.

Familie Freitag
*1982 Carola Freitag †2034
*1974 Bernd Freitag †2046

Hinter sich hört sie ein Schlurfen, das sich langsam nähert. Sie versucht, nicht darauf zu achten, doch dann hält sie es nicht mehr aus und dreht sich um. Es ist die Alte, die mit ihren Gartenhandschuhen auf sie zusteuert. Bonnie seufzt innerlich auf. Die Frau bleibt direkt neben ihr stehen und schaut mit auf das Grab. So, als hätte man sich dazu verabredet.

»Schöne Pflänzla, muss ich schon sagen!« Die Seniorin spricht noch mit einem hörbaren Dialekt.

»Danke.«

»Mein Mann liegt da drüben …«, sie deutet vage in die Richtung, aus der sie gekommen ist.

»Ah ja.«

»So ein Grab macht ja schon viel Arbeit. Und in meinem Alter …«

»Jaja.«

Eine lange Pause. Bonnie gibt sich einen Ruck.

»Ihr Mann ist schon lange tot?«

»Seit über zehn Jahren. Multiresistente Keime.« Die Alte schaut auf den Grabstein: »Recht alt ist ihre Frau Mutter ja leider nicht worden …«

»Ja, leider. Ist mit Anfang fünfzig an den Pocken gestorben, verrückte Geschichte.«

»Nein, wirklich? An den Pocken?! Waren die '34?«

»Ja, '34, als die weltweit umgegangen sind. Der Impfstoff war ja dann allerdings schnell wieder zur Hand.«

»Gottlob, ja! Aber die Pocken: Wo hat sie die bloß hergehabt?«

»Im Endeffekt von einem jungen Russen aus der Aufklärungszeit. Permafrostboden abgetaut und so weiter …«

»Nein, Sachen gibt's!« Die Alte schlägt die behandschuhten Hände zusammen.

»Ging im Sommer 2016 schon los, da ist ein Junge in Nordsibirien völlig aus dem Nichts an Milzbrand gestorben. Die Erreger waren seit Jahrzehnten tiefgefroren. Seit der Boden dort oben auftaut, entweicht nicht nur jede Menge Kohlenstoff, sondern es kommen auch immer wieder ein paar andere Überraschungen zum Vorschein.«

»Mei, des hätt's früher alles nicht gegeben!«

Bonnie lacht trocken auf, sagt aber lieber nichts.

Die Rentnerin sieht sie von unten her an: »Besuchen Sie oft das Grab von Ihren Eltern?«

»Das meiner Mutter, ja.«

Die Alte stutzt und blickt etwas verwirrt auf den Grabstein: »Und dieser Bernd Freitag ist nicht Ihr leiblicher Vater?«

»Doch.«

Nach längerem Nachdenken ist Dingo zu dem Schluss gekommen, dass Orte, an denen man zur Verständigung laut schreien muss, paradoxerweise besonders abhörsicher sein müssten. So treffen sie sich im hip-schmuddeligen *Galaxy-Café*, das jeden Abend brechend voll ist. Das *Galaxy* ist ein sympathischer Schuppen mit einem lang gezogenen, aber sehr engen Barbereich unten, an dessen Ende eine metallische Wendeltreppe nach oben führt, wo ein paar vereinzelte Tische und Stühle aus den 00er- oder 10er-Jahren nostalgisches Flair verbreiten. Die freie Fläche im Obergeschoss zwischen den Tischen und den Toiletten wird im Laufe der Abende immer voller, sodass die sehr niedrigen Tische zu Inseln in einem Meer aus Hintern werden. Vor allem aber liegt über dem *Galaxy* durchgehend ein intensiver Arabtechtro-Beat, dessen Lautstärke höher gedreht wird, je voller die Bar ist.

Um ganz sicher noch einen der wenigen Tische zu bekommen, sind alle bereits kurz nach Öffnung des Lokals da gewesen. Jetzt heißt es lange warten und wenig trinken, zumindest wenig Alkohol. Nachdem die Planung trotz vieler intensiver Treffen an einen toten Punkt gelangt ist, hat Mika den Kontakt zu einem hoffentlich ebenso verschwiegenen wie versierten Experten hergestellt. Der will sie angeblich heute im *Galaxy* treffen, irgendwann nach Mitternacht. Alle wirken angespannt und unruhig.

Über den Plan wird nicht gesprochen, auch über den Experten kaum. Wer das ist, darf Mika den anderen unter keinen Umständen verraten, auch nichts zur Kontaktaufnahme oder zu dessen eigentlichem Tätigkeitsfeld. Nur so viel: Die Person möchte für die kleine Hilfestellung keine Gegenleistung, sondern handelt gewissermaßen aus Idealismus. Dingo findet das nobel, Spex eher verdächtig.

Der Abend wird den Jungs unglaublich lang. Es ist erst kurz nach 11, ein wirkliches Gespräch über Unverfängliches ergibt sich nicht. Hin und wieder macht jemand einen Kommentar über die anderen Barbesucher, der Rest lacht matt oder macht »hm«. Alle paar Minuten sieht jemand auf die Uhr. Dingo findet es erstaunlich, dass sie, die bis vor Kurzem eigentlich nichts anderes getan haben, als herumzusitzen, herumzustehen oder herumzuliegen, nun offenbar kaum in der Lage sind, ein paar Stunden in einer Bar totzuschlagen. Spex verschwindet schon zum zweiten Mal hinter der Tür mit der Halb-Rock-halb-Hose-Person. Das *Galaxy* ist mittlerweile brechend voll und wer nahe der tischfreien Fläche sitzt, bekommt öfter mal ein Becken gegen den Hinterkopf. Faris hat das zweifelhafte Los gezogen.

Es wird Mitternacht, Faris holt eine Runde alkoholfreies Bier.

Es ist kurz nach eins, Dingo holt eine Runde echtes Bier. Mittlerweile ist auch er nervös und fürchtet, Mikas Experte werde sie hängen lassen.

Deutlich nach halb zwei fragt plötzlich ein Mann undefinierbaren Alters, »ob da noch was frei ist«. Im schummrigen *Galaxy* trägt er eine Sonnenbrille, hat eine Cap tief nach unten gezogen und einen riesigen, unecht wirkenden Schnauzbart, der sein halbes Gesicht verdeckt. In seinem ganzen Leben, sämtliche Filme eingeschlossen, hat Dingo nie einen Menschen gesehen, der auf den ersten Blick einen verdächtigeren Eindruck gemacht hätte. Dieser Gedanke kommt ihm unmittelbar, nachdem der Fremde aufgetaucht ist, gefolgt von einem zweiten: »Wir haben ja gar keinen Stuhl mehr frei!«

Tatsächlich war in all den Stunden des angespannten Wartens niemandem aufgefallen, dass der Experte auch einen Platz brauchen wird, am Tisch also in jedem Fall ein Stuhl frei gehalten werden musste. Dingo springt auf, beordert Faris auf seinen Platz, damit der falsche Schnauzbart mit dem Rücken zu den übrigen Bargästen sitzen kann. Er selbst schiebt sich durch zu einem der Nebentische, die aber natürlich längst auch keinen freien Stuhl mehr haben. Erst als Dingo seine alte Smartwatch an die eines anderen Gastes hält und zwanzig Euro transferiert, ändert sich die Lage. Auch sehr unauffällig, denkt er, aber was soll's.

Der Anblick des Schnauzbarts hat im fragilen Nervenkostüm des armen Spex offenbar etwas ins Rutschen gebracht. Er schwitzt plötzlich stark und wippt mit dem ganzen Oberkörper im Takt seines beständigen, leichten Kopfschüttelns. Der Experte sieht ihn an und macht den Eindruck, jeden Moment wieder abhauen zu wollen. Als

Dingo gerade das Gefühl hat, die Situation sei nicht mehr zu retten, packt Faris das schlenkernde Gesicht sehr grob mit der rechten Hand und sagt zur erschrockenen Spexgrimasse, er solle sich jetzt verdammt noch mal am Riemen reißen, sonst könne er was erleben. Alle sind von dieser Wendung völlig überrascht, Spex räuspert sich, nimmt einen Schluck Bier und entschuldigt sich.

Was niemand weiß: Seit die intensive Planungsphase läuft und das Adrenalinlevel mit jedem Treffen steigt, kommt Faris oft mehrere Tage hintereinander ohne jeden Porno aus, was er schon seit Jahren nicht mehr geschafft hat. Er zieht seine Hand wieder zurück, behält Spex aber scharf im Auge. Dann beginnt der Schnauzbart in den Lärm zu rufen: »Nur dass eines klar ist: Ich werde, wenn's schiefgeht, hinterher immer abstreiten, euch je gesehen zu haben oder auch nur das kleinste bisschen mit der ganzen Sache zu tun gehabt zu haben. Ok?«

Alle nicken Zustimmung.

»Ich habe in meiner Jackeninnentasche einen von Hand gezeichneten technischen Detailplan. Auf dem Plan sind mehrere strategisch relevante Punkte rot markiert. Wenn ihr an denen ansetzt, solltet ihr den größten Effekt haben.« Dann sieht er zu Dingo, den er als Anführer erkannt hat. »Ich hole jetzt den gefalteten Plan aus meiner Jacke, gebe ihn dir und du steckst ihn sofort in deine Tasche. Ok?«

»Ok.«

»Du faltest ihn auf keinen Fall hier drinnen auf.«

»Klar.«

»Steckst ihn gleich in die Tasche.«

»Wie gesagt.«

»Bist du so weit?«

»Bin so weit.«

»Alles klar?«

»Ja doch!«

Der Vorgang dauert knapp zwei Sekunden. Raus, rüber, wieder rein. Alle schauen den Experten fragend an. War's das jetzt schon? Der lehnt sich zurück und ruft, er wäre bereit, mündlich alle eingezeichneten strategischen Punkte durchzugehen, nachdem er sich ein Bier geholt hat. Alle bieten sich an, dem Schnauzbart diesen Gang zu ersparen. Schließlich macht sich Faris auf den Weg. Ein bisschen das Bad in der Menge nehmen, wie er sagt.

Danach erweist sich der Experte tatsächlich als Meister seines Fachs, zumindest macht er auf die Jungs diesen Eindruck. Minutiös wird jeder Ansatzpunkt einzeln in seinen Besonderheiten besprochen. Die technische Komponente. Die Tarnungskomponente. Zugänglichkeit. Sicherheit. Möglichkeiten des raschen Verschwindens. Nach ungefähr zwei Stunden wird der Schnauzbart vom Schreien allmählich heiser, fährt aber dennoch unbeirrt fort.

Letztlich hätte es wohl auch gereicht, die ganzen internen Planungssitzungen sein zu lassen, so wohldurchdacht ist das immer angestrengter vorgestellte Konzept. Zumindest verglichen mit allem, was sie vorher ausgeklügelt hatten. Am Ende, es ist mittlerweile schon nach vier Uhr früh, fragt Dingo, welchen Effekt das denn nun ganz genau hätte, wenn man das alles wie besprochen durchziehen würde. Womit man also gewissermaßen rechnen dürfe und müsse. Der Experte schweigt einen Moment, dann zuckt er die Achseln und krächzt: »Kann ich dir nicht mit letzter Sicherheit sagen. Ist ja nicht unbedingt ein Routineeingriff.«

Ein Lächeln zeigt sich hinter dem Schnauzbart.

Tom, Bonnie und Erica betreten das gediegene *Queens & Drones* auf der Dachterrasse des Forums. Kriebl hat gerade eine der letzten zähen Phase-II-Sitzungen beendet und alle sind noch ein wenig erschlagen von der hohen Faktendichte. Langsam wird es ernst im Prozess, in gut einer Woche ist noch einmal eine etwas längere Verhandlungspause anberaumt, um Anklage und Verteidigung Zeit zur Ausarbeitung der abschließenden Plädoyers zu geben.

Nach den Verhandlungstagen herrscht in der Bar immer ein großer Andrang, doch Tom hat glücklicherweise einen schönen Tisch halb unter dem Vordach und halb unter freiem Himmel reserviert. Es ist früher Abend, die Sonne steht noch recht hoch, sie bestellen vor dem Abendessen einen sommerlichen Aperitif und plaudern. Tom sagt, dass er während der letzten Prozessferien nach München fahren wird, um für ein anderes Projekt zu recherchieren. Als Bonnie schon etwas erwidern will, lacht er los: »Wem mache ich eigentlich etwas vor? Es gibt gar kein anderes Projekt, ich habe nur mal wieder richtig Lust auf die gute alte Zeit. München ist ja noch eine ganz andere Welt und ich habe dort Bekannte, bei denen ich übernachten kann.«

Er fragt, ob Bonnie und Erica schon einmal in München waren. Als Nürnbergerinnen waren sie das natürlich schon, die letzten Besuche sind aber schon lange her. Sie tauschen sich ein wenig über die Landeshauptstadt aus, Bonnie findet das geistige Klima dort unerträglich. Tom sagt, das sei ja gerade das Tolle. Er sieht heute irgendwie ein bisschen anders aus, findet Erica. Als Filmschauspieler wäre er plötzlich geeignet für Romanzen nach dem Schema *gewöhnungsbedürftige Schale, aber liebenswerter Kern.*

Bald kommen die Getränke. Da Erica nur ganz selten Cocktails trinkt, hat sie sich bei der Auswahl von Tom beraten lassen. Nach dem ersten Schluck zieht sich ihr Gesicht zusammen. Warum er ihr einen Cocktail als »sommerlichen Aperitif« empfehle, der in Wirklichkeit wie flüssiger Tannenbaum mit Benzin schmecke? Tom lacht und bestellt noch eine Flasche Soda zu ihrem Negroni. Er legt ihr leicht die Hand auf die Schulter und meint neckisch, zumindest bezüglich der Drogenresistenzen stehe die junge Generation doch eigentlich glänzend da, ob sie da etwa eine Ausnahme sei?

»Tu nicht so verdammt großväterlich«, ist Ericas einziger Kommentar. Das Zeug geht über den nüchternen Magen direkt in die Blutbahn, ihr ist etwas schwindelig, aber auf eine angenehme Weise.

Tom macht Konversation und erkundigt sich bei Bonnie, ob sie generell mit dem Prozessverlauf zufrieden sei. Bonnie lässt sich Zeit mit der Antwort und meint dann, der Prozess sei für sie ganz persönlich eine starke Belastung und gleichzeitig eine immense Entlastung. Psychisch, seelisch. Erica sieht von einer Nachfrage, wie diese Dialektik zu verstehen ist, ab. Bonnie findet außerdem, dass Eilers' frühere Taten auf keinen Fall von seiner heute netten Fassade überdeckt werden dürften.

»Dieser Eilers«, wendet Tom sich an Erica, »das war früher eigentlich ein ziemlich gewiefter Kopf, trotz aller Eskapaden, und ich fand es schon sehr überraschend, dass er sich von Perec derartig hat überrollen lassen, Staranwältin hin oder her.«

»Na ja«, erwidert Erica, »üblicherweise hat im Strafprozess der Angeklagte ja das letzte Wort und Eilers also noch eine zweite Chance.«

Tom verdreht gequält die Augen: »Also bei diesem Prozess wäre ich mir da nicht so sicher …«

Er blickt entschuldigend zu Bonnie, die seine kritischen Ansichten aber bereits kennt. Zusammen tauschen sich die beiden Älteren ein wenig über ihre Erinnerung an Eilers als Formel-1-Geschäftsführer und seine wilden Jahre im Anschluss daran aus.

»Ist es nicht ein merkwürdiges Gefühl, wenn man bedenkt, dass auch ganz viele Völkische größte Sympathien für die PfG haben?«, fragt Erica irgendwann und ihr fast leeres Negroni-Glas entschuldigt hoffentlich den abrupten Gedankensprung.

Bonnie seufzt ein wenig und nippt an ihrem noch gut gefüllten Cocktail. »Tja, die Rechten«, sagt sie, »wer ein Problem mit Fremdheit hat, der leidet unter dem Klimawandel natürlich besonders. Dafür kann aber der Prozess nichts.«

»Jaja«, fügt Tom gedankenschwer hinzu, »es kommt mir wie eine böse Ironie der Menschheitsgeschichte vor, dass die Völkischen aller westlichen Länder so lange nicht erkannt haben, dass der, der keine Masseneinwanderung will, am besten vorgestern mit dem Klimaschutz hätte beginnen sollen. Das hätte damals ja auch ganz anders kommen können. Aber so ist es jetzt wie … wie der Umstand, dass Christentum und Sozialismus erst näher zueinander gefunden haben, als es für beide schon zu spät war.«

Erica prustet los: »Nicht alles, was hinkt, ist ein Vergleich! Du scheinst mir den Drink nicht so gut zu vertragen, soll ich dir vielleicht ein Soda bestellen? Und überhaupt: Die Rechtsnationalen können doch froh sein, dass es genau so gelaufen ist. Die vielen rechten Regierungsübernahmen in den westlichen Ländern hätte es doch unter anderen Umständen gar nicht gegeben. Was glaubt ihr, wie viel Zeit bleibt uns in Deutschland noch bis Lilienthal?«

Hierauf seufzt Bonnie nur vielsagend und Tom blickt betreten auf seine Hände, mit denen er eben noch sein Cocktailglas ganz leicht hin und her geschoben hat. Erica ärgert sich über ihre Unüberlegtheit, sie wollte die Stimmung nicht so herunterziehen. Bonnie sagt, noch mehr Sorgen mache sie sich momentan über die Gerüchte bezüglich eines neuen Erregers aus der russischen Tundra, der das Zeug zu einer ernsthaften Pandemie habe.

Bevor das Gespräch einen Knacks abbekommt, wechseln sie lieber schnell das Thema und bestellen Abendessen. Für Tom und Erica außerdem jeweils einen weiteren Drink. Tom erzählt von seiner Studentenzeit in Hamburg, als er in einer Lokalredaktion gejobbt hat. Es sind lustige Geschichten, Erica amüsiert sich, vieles hat sie bereits ähnlich erlebt. Einmal vergisst sie kurz, ihre Hand von Toms Arm zu nehmen, nachdem sie lachend seine Erzählung für eine eigene Anekdote unterbrochen hat. Toms Körperhaltung gerät für einen kleinen Augenblick in einen eigentümlichen Spannungszustand und erst dadurch bemerkt Erica ihr Versehen und zieht die Hand möglichst beiläufig zurück. Dass ihre nur für einen Moment unachtsam abgelegte Hand einen solchen Effekt auf ihn hat, gefällt ihr verdammt gut. Die neuen Drinks kommen, kurz darauf das Essen. Bonnie berichtet von ihrer ehrenamtlichen Tätigkeit im Lager der Klimaflüchtlinge. Erica erzählt ein bisschen von sich, von ihrem Studium und so weiter. So gut wie nichts von zu Hause und überhaupt nichts von der ganzen Dingo-Philly-Scheiße. Tom ist ein interessierter Zuhörer, der aber nie unangenehm nachbohrt. Erica wundert sich nicht zum ersten Mal, wie empathisch der anfangs so schroffe Enddreißiger sein kann.

Immer wieder zieht der Prozess die Unterhaltung wie ein Magnet auf sich und in der Regel ist es dann nach kurzer Zeit Tom, der vorschlägt, wieder von erfreulicheren oder zumindest von anderen Dingen zu sprechen. Als es jedoch um die Frage geht, welche Urteile am Ende der ganzen Aktion zu erwarten, zu erhoffen oder zu befürchten sind, lässt auch er sich in die Debatte ziehen. In allen Medien ist dieses Thema in den letzten Wochen höchst kontrovers diskutiert worden. Tom, Bonnie und Erica stellen überrascht fest, dass sie eigentlich gar nicht so recht wissen, wie die Urteile überhaupt zustande kommen. Fällt wirklich das Richterkollegium ein unabhängiges Urteil, wie von der Regierung behauptet? Entscheidet Kriebl alleine? Wird einfach unterschrieben, was Perec vorlegt, von wem auch immer? Oder standen die Urteile von Beginn an fest, weil sie in PfG-Büros ausgeheckt worden sind?

Von der letzten Option will Bonnie nichts wissen. Unter keinen Umständen könne sie sich das vorstellen. Stattdessen nehme sie an, die acht Richter werden gemeinsam und unabhängig ein angemessenes Urteil ausarbeiten.

Erica und Tom sind beide mittlerweile ziemlich angetrunken und werfen sich einen schnellen, skeptischen Blick zu. Erica blickt weiter in Toms Richtung und sieht, wie die Sonne in seinem Rücken untergeht. Von hinten angestrahlt, treten seine scharfen Gesichtszüge, die Erica so gefallen, noch stärker hervor. Es weht ein leichter Wind, der seine braunen, gewellten Haare immer wieder aufstellt und unsortiert zurücklässt. Er versucht dann jedes Mal rasch, die Grundordnung wiederherzustellen, immer wieder von vorne.

Irgendwann hält Erica es nicht mehr aus, sie ist zermürbt davon, seit Wochen aufregende Frischverliebtheitsgefühle abzuwehren und hinunterdrücken zu müssen. Und durch die hochprozentigen Drinks gießt sie noch zusätzliches Öl ins Feuer. Der unsichere Zorn über Dingo, der ebenfalls seit Wochen schwelt, verschwindet dagegen mit jedem Schluck etwas mehr und sie fühlt sich so unbeschwert wie lange nicht. Mit dem Zorn über Dingo verschwindet aber auch Dingo selbst, wird in ihrem Kopf immer weiter nach hinten geschoben und schließlich an ihrem Schädelknochen zerrieben.

Erica wartet geduldig Toms Ordnungsmaßnahmen nach dem nächsten kleinen Windstoß ab, dann weist sie ihn auf die letzten Sonnenstrahlen in seinem Rücken hin und zerstört ihm, der sich arglos umgedreht hat, die Frisur mit ein paar schnellen Handbewegungen endgültig. Was ihn nachhaltig verdattert, wie sie äußerst zufrieden feststellt.

Bald darauf verabschiedet sich Bonnie, weil sie noch an einem Artikel arbeiten will, und während sie bezahlt, bestellen Tom und Erica ihren dritten Drink.

Die Dachterrasse der Bar liegt inzwischen völlig im Dunkeln, nur ein paar flirrende Lichter an den Tischen brennen. Sollen das Glühwürmchen sein? Wie auch immer. Erica fragt, wie das Leben in Berlin so ist. Tom zuckt mit den Achseln: »In old Berlin? Na ja. Immerhin nicht so anstrengend wie im gehypten Leipzig.« Er erkundigt sich, wie es Erica in Nürnberg gefällt. Sie muss über die Frage lachen.

»Ich wohne noch bei meinen Eltern, dann kannst du es dir ja vorstellen.« Sie hofft, noch keine verwaschene Aussprache zu haben.

»Bezahlung beim Lokalblatt reicht vorne und hinten nicht zum Ausziehen, stimmt's?« Er sieht sie aufrichtig mitfühlend an. Und lallt definitiv schon ein bisschen. Erica nickt und schaut melancholisch durch die Glühwürmchenlichter. Tom meint, der ganze Grundeinkommenszauber sei böse verflogen, er könne sich noch gut an den rauschenden Anfang erinnern. »Aber andererseits«, sagt er, »stell dir mal vor, wir hätten's nicht!« Er schüttelt seine Hand, als hätte er sie verbrannt.

»Ich habe ja gar keinen so wirklich großen Konsumwunsch«, sie schaut immer noch durch die Glühwürmchen, »mehr so einen, so einen Machenswunsch. Mein Gott, klingt das platt!« Sie stößt ihre Stirn an seine Schulter und weiß, dass sie betrunken wirkt. Macht nichts, ist sie ja auch.

Tom ist von diesem plötzlichen Stimmungsumschwung ziemlich überfordert, er sagt »Na ja, na ja« und »Wird schon«, klingt aber überhaupt nicht so, als würde er sich selber glauben. Als Erica sagt, aus ihrer Sicht zerfalle die Welt in BWLer, Robotiker und Grundeinkommler, und sie habe nur entscheiden können, in welchem Drittel sie unglücklich werden möchte, hat sie ganz kurz den Eindruck, er wolle seinen Arm um sie legen. Er bricht die Bewegung aber noch im Ansatz ab und fährt sich stattdessen schon wieder durch die Haare. Dann schlägt er vor, noch einen letzten Absacker zu trinken.

Weil jeder für sich keinen Cocktail mehr trinken kann, teilen sie sich die Spezialität des Hauses: Spicy Honey. Der Drink ist wahnsinnig süß, scharf und stark. Tom sieht nach seinem ersten Schluck aus, als würde ihm Dampf aus den Ohren kommen. Erica ignoriert den Impuls, ihn zu küssen, und boxt ihm stattdessen aufmunternd die Schulter. So viel also zu den Drogenresistenzen …

Zu zweit trinken sie langsam und abwechselnd aus dem Glas, das aussieht, als wären vier Honigwaben zu einer riesigen Eistüte zusammengeleimt. Sie sind fast die letzten Gäste in der Bar, nur ganz vorne sitzen noch zwei Gestalten im Halbdunkel, die heftig herumknutschen. Weil es inzwischen doch ein wenig frisch geworden ist, macht Erica ihre Jacke zu. Tom sagt, es wäre vielleicht gut für sie, auch einmal ein bisschen wegzufahren und das ganze Nürnberg hinter sich zu lassen. Auch den schwachsinnigen Prozess. Den Kopf frei kriegen.

Erica spürt ihr Herz bis in den Hals hinauf pochen und mustert ihn, so genau sie es noch kann. Dann fragt sie: »Meinst du zum Beispiel nach München?«

Schwer zu sagen, ob er überrascht ist. Überrascht ja, aber aufgrund der Idee oder nur, weil sie sie ausgesprochen hat? Ihr Herz scheint endgültig in ihre untere Halsgegend gewandert zu sein, was ihr vor ihr selbst peinlich ist.

Er sieht sie sehr aufmerksam an: »Würdest du das denn wollen?«

Beim Bezahlen bemerkt Erica, dass sie sich nicht erinnern kann, was sie gegessen hat. Sie weiß, dass sie hier mit Tom und Bonnie gesessen und gegessen hat, aber was es gewesen ist: völlig weg.

Es ist nicht so, dass nicht auch andere Kombinationen versucht worden wären. Das Grundproblem ist, dass Klaus, wenn er alleine shoppen geht, zwar in ausgeglichener Stimmung zurückkommt, seine Garderobe davon aber überhaupt nicht profitiert. Wenn Tanja ihn begleitet, profitiert zwar seine Garderobe, die Beziehung zwischen den Eheleuten kann hinterher allerdings nur als zwischenzeitlich zerrüttet bezeichnet werden. Das eine Mal, als Klaus mit Philly losgezogen ist, erwies sich dagegen sowohl in Bezug auf die Stimmung als auch auf die Garderobe als solch episches Desaster, dass der Versuch nie wiederholt worden ist. Und da es noch nie jemand übers Herz gebracht hat, Dingo mit dem Problem zu betrauen, betritt an diesem Samstag Erica mit ihrem Vater erneut die große Shoppingmall am Nordostbahnhof. Sie kann bei diesen ungefähr halbjährlich stattfindenden Höllentrips anstellen, was sie will, immer erzielt sie spielend das höchste »Stimmungs-Garderoben-Produkt«, wie sie sich selbst einmal ausgedrückt hat.

Klaus und Erica gehen stets in das erstbeste, also das von ihnen aus nächstgelegene Einkaufszentrum, das *Mercado.* Es ist schon reichlich in die Jahre gekommen, kürzlich aber grundsaniert und umgestaltet worden, sodass es viel von seiner bedrückenden 00er-Jahre-Architektur verloren hat. Ein Teil des ursprünglich noch deutlich größeren Einkaufszentrums ist dabei gleich ganz abgerissen worden, weil vorher viel Verkaufsfläche einfach leer gestanden hat.

Etwas mehr als die Hälfte der noch bestehenden Läden dort sind gut sortierte Secondhandshops, die die beiden bei ihren gemeinsamen Einkaufstouren fast ausschließlich ansteuern. Vater und Tochter kommen von dem mit der U-Bahn-Station verbundenen Eingang und rollen das Feld traditionell von unten nach oben auf. Weil Samstag ist, ist deutlich mehr los als sonst, aber da Erica unter der Woche ja momentan nicht zu Hause ist, bleibt ihnen keine Wahl. Klaus ist gleich ganz erschlagen von der geschäftigen Atmosphäre und sieht sich verloren nach der Standortübersicht um.

Lasset die Spiele beginnen, denkt Erica, als sie kurz darauf den recht gediegenen *Couture Spinner* betreten. Zielgruppe fünfundvierzig aufwärts. Klaus hat sich schon auf dem Weg zur U-Bahn bedankt, dass Erica sich aufopfert, ihren »alten und offenbar völlig vertrottelten Vater so einzukleiden, dass er den hohen Ansprüchen seiner jung gebliebenen Gattin zumindest ansatzweise weiter genügen kann«.

Im *Couture Spinner* kaufen sie nichts, dafür schlagen sie im *HERRliche Zeiten* mit einer Hose und drei wirklich schönen Hemden richtig zu. Als sie im *Never Look Back* noch eine sommerliche Jacke finden, ist die von Tanja geschriebene Liste noch vor dem Mittagssnack fast komplett abgearbeitet und Klaus unversehens in Hochstimmung. Seinem Diätplan zum Hohn kauft er für Erica und sich Pizzaecken und große Kein-Wort-zu-deiner-Mutter-Softdrinks (ein einst von Philly geprägter Begriff). Erica freut sich, weil sie heute in Gegenwart ihres Papas endlich wieder einmal unbefangen ist und nicht ständig über die großen Schuldfragen ihrer Epoche nachdenken muss. Außerdem lenkt die Tour sie von den kleinen, noch viel schwerwiegenderen Schuldfragen ab: Dingo ist gestern erneut erst nach ihr nach Hause gekommen, und dann ist er am Morgen schon mit ihr zusammen aufgestanden, als Ericas Wecker geklingelt hat, weil er angeblich eh nicht mehr schlafen konnte. An seinem merkwürdigen Verhalten hat sich auch in der letzten Zeit nichts geändert und eine wirklich glaubhafte Erklärung ist er ihr trotz allen Nachbohrens schuldig geblieben. Fremdgehen als Fulltime-Job?! Ab heute Nacht wird Dingo bis auf Weiteres nicht mehr in ihrem Bett schlafen.

Als sie gegessen haben, fragt Erica, ob sie die Gunst der Stunde nutzen und in einen etwas cooleren Laden schauen wollen. Misstrauisch nimmt Klaus einen tiefen Schluck von seinem Softdrink: »Was für ein Laden soll das denn sein?«

»Warst du schon mal im *Second-Handed Bandit*?« Erica muss bei der Vorstellung selber lachen. Klaus war dort natürlich noch nie, möchte aber nicht als Spielverderber dastehen und gibt grünes Licht.

Der *Bandit* ist recht klein und dunkel, ein lauter Beat kommt aus verborgenen Boxen. Klaus fragt seine Tochter, ob er in diesem zwielichtigen Schuppen wirklich einkaufen oder nicht doch eher tanzen und Ecstasy nehmen soll. Erica antwortet nicht, weil sie sich schon durch ein Regal hipper oder ehemals hipper oder wieder hipper Pullover wühlt.

»Sag mal, Papa, hat man so ein Zeug nicht in deiner Jugend angezogen?«, ruft sie aus einer der hinteren, mit Kuriositäten vollgestellten Ecke.

Klaus streitet zwar ab, jemals dergleichen getragen zu haben, bekommt von Erica aber trotzdem einen hellbraunen, runden Hut in die Hand gedrückt, dazu eine sehr auffällige Hornbrille, die in einem anderen Zeitalter offenbar *shímáo* war, ein kariertes Holzfällerhemd, eine ebenfalls karierte Fliege »mit fürchterlich konkurrierendem Muster!« (Klaus), einfarbige Hosenträger und eine blassbeige Hose.

Als er alles angezogen hat, weigert er sich, die Umkleidekabine zu verlassen. Erst als Erica droht, notfalls hereinzukommen, tritt er zögerlich nach draußen. Erica staunt: Ihr alter Herr sieht gleichzeitig ziemlich dämlich und doch auch ziemlich gut aus. Wie in so einem alten Ryan-Gosling-Streifen. Sie rückt den zu ernst aufgesetzten Hut weiter nach hinten und mustert ihn. Irgendwas fehlt noch. Ja, richtig, die Hose etwas hochkrempeln und knallbunte Socken anziehen, dann wieder rein in die Schuhe. Sie macht einige Beweisfotos.

»Und so seid ihr früher alle rumgelaufen, Paps?«

»Niemals ist irgendjemand in so einem bescheuerten Aufzug frei herumgelaufen!«

Als andere Kunden ihm Komplimente machen und ebenfalls anfangen, ihn mit ihren AiO-Watches zu fotografieren, flüchtet Klaus schnell zurück in seine Kabine. Kurze Zeit später ist er wieder der Alte, verlässt zielstrebig den

Bandit, ohne etwas zu kaufen, und kramt draußen wieder die Liste aus der Tasche.

Nachdem der Limo-induzierte Zuckerrausch verflogen ist, fallen beide in ein kleines Loch. Sie gehen noch einmal zurück in den *Couture Spinner*, kaufen ziemlich wahllos ein paar braune Schuhe, um den letzten Punkt der Liste erledigt zu haben, und setzen sich zum Abschluss in das Café in der Mitte des *Mercado*. Klaus holt Getreidekaffee und Kuchen für Erica, für sich keinen Kuchen, aber echten Bohnenkaffee. Erica sagt ganz bewusst nichts dazu.

Lieber zeigt sie ihrem alten Herrn die Bilder seines kurzfristigen Umstylings. Fasziniert von den Fotos, rührt Klaus in seiner Tasse.

»Es hat wohl tatsächlich einmal eine Phase gegeben, in der sich manche Leute so oder zumindest so ähnlich angezogen haben«, sagt er schließlich.

»Und du hast diesen Trend einfach ignoriert?«

»Ach, damals dürfte ich ja schon so an die vierzig gewesen sein. Weißt du eigentlich, dass ich sogar ein paar Jahre älter bin als Eilers?«

Erica zieht die Augenbrauen zusammen, die gute Stimmung zwischen ihnen ist nun akut gefährdet.

»Wie kommst du denn jetzt auf Eilers?«

Erica ist wirklich überrascht. Ihr Vater rührt mit besorgtem Gesicht in der Tasse weiter.

»Na ja, Eilers scheint sich ja durch seine Mitwirkung am Prozess zum Staatsfeind Nummer 1 gemacht zu haben. Du weißt, dass wir, deine Mutter und ich, früher gelebt haben wie alle anderen auch? Die gleichen Fehler gemacht haben und so. Wir haben deinen Artikel gelesen …«

Eine Zeit lang sagt niemand etwas, Erica isst ein wenig Kuchen.

»Wir haben uns im Fernsehen übrigens auch weite Teile des Prozesses angeschaut. Bei manchen Kameraschwenks sieht man unsere kleine Erica aufmerksam mitschreiben. Immer häufiger sieht man sie aber auch mit ihrem Banknachbarn schwätzen.«

»Echt wahr?« Auf diese Idee ist Erica noch gar nicht so recht gekommen. Vielleicht sollte sie vor dem Finale des Prozesses auch noch einmal selbst shoppen gehen? Im Forum entstehen immerhin Bilder, die noch in hundert Jahren von Bedeutung sein werden. Sie legt die Kuchengabel beiseite.

Klaus zuckt wieder mit den Schultern: »Haben in letzter Zeit viel darüber gesprochen, ob wir im Nachhinein etwas ändern würden.«

»Und?«

»Ja, natürlich. Aber das kann man jetzt leicht sagen.«

»Wusstet ihr denn früher wirklich schon so viel über das ganze Umweltthema, wie Perec immer behauptet?«

»Hmm, tja … also wenn ich ehrlich bin, eigentlich schon.«

Erica schnaubt: »Man kann für ihn nur hoffen, dass Eilers bei dem Verteidigungsplädoyer, das er angekündigt hat, ein bisschen überzeugender auftritt als du! Kam euch denn dann euer Überholspur-Leben nicht damals schon recht dekadent vor?«

Klaus macht nun endgültig ein gequältes Gesicht, das er unter einem Lächeln zu verbergen sucht. Erica merkt den Anflug eines schlechten Gewissens bei sich, obwohl sie mit dem Thema ja überhaupt nicht angefangen hat.

Er seufzt: »Es ist ja nicht so, dass man das heute überhaupt nicht erklären könnte. Diesen Unwillen, sich einzuschränken. Wieso ausgerechnet *ich*? Wieso gerade *wir*? Perec hat letztens doch von staatlichen Alibi-Aktionen zur Gewissensberuhigung gesprochen. Die hat es damals auch im Privaten gegeben. Auch mal im Bio-Laden einkaufen, auch mal die Grünen wählen. Ha! Aber wirklich etwas zu ändern wäre schon ein ziemlicher Einschnitt in die Lebensqualität gewesen. Und letztlich, tja, letztlich sind wir im tiefsten Inneren doch alle schwach …«

Er zieht Ericas halb gegessenen Kuchen zu sich und sticht mit seinem Kaffeelöffel beherzt hinein.

⬡

Ziemlich abgehetzt klettern Tom und Erica in den Zug. Eigentlich wollten sie vor der Abfahrt noch beim Bäcker vorbeigehen und ein wenig Proviant für die Fahrt einkaufen, aber weil sich der letzte Prozesstag vor der Pause viel länger gezogen hat als gedacht, sind sie froh, überhaupt rechtzeitig zum Hauptbahnhof gekommen zu sein. Tom hebt ihre Tasche mühelos auf die Ablage – was braucht man schon für ein paar Tage –, und Erica zieht ihn wegen dieses ritterlichen Verhaltens auf, schnappt sich seinen Koffer und deponiert ihn daneben.

Er ist heute während der Sitzung ein kleines bisschen anders gewesen als sonst, findet sie. Unruhiger, ein wenig aufgedreht, weswegen er sich den ganzen Tag besonders entspannt gegeben hat. Erica mag diese Unfähigkeit, die eigenen Emotionen einfach hinter einer Maske verstecken zu können. Sie denkt an van Dyke und TT während der Prozesseröffnung, an die undurchdringlichen Blicke.

Sie sitzen einander gegenüber, an den Fensterplätzen eines Sechserabteils. Als der Zug schon losgerollt ist, betritt ein Mann mit einem an die Brust gebundenen Säugling das Abteil, kurz danach noch eine ältere Frau. Sie setzen sich auf die Plätze am Gang, die zwei übrigen Sitze bleiben leer. Erica streckt sich trotz des ruckelnden Zuges weit nach oben, durchwühlt noch einmal ihre Tasche und zieht eine Schachtel Bio-Küsschen heraus. Sie sagt, ihr Mitbringsel für Toms Kumpel sei ohnehin viel zu mickrig gewesen, da könne man es auch gleich vorher essen, als Ersatz für den verpassten Bäcker. In München werde sie den Gastgebern dann etwas Vernünftiges kaufen, vielleicht einen Hut mit Gamsbart? Während sie die Schachtel öffnet und auf den kleinen Fenstertisch stellt, meint Tom, darüber würde sich sein alter Studienkollege bestimmt irre freuen, allerdings sei so etwas leider völlig unbezahlbar. Sie fachsimpeln mit den gebrechlichen Stimmen sehr alter Leute über den dramatischen Preisanstieg bayerischer Folklorewaren (»Und erst die Trachtenjanker … na, na, na, dieses Jahr schon wieder teurer!«). Die Frau im Abteil sieht kurz und wenig begeistert herüber, während der Zug mit großer Geschwindigkeit auf die südliche Nürnberger Stadtgrenze zufährt. Erica freut sich, weil sie merkt, dass Tom sich Mühe gibt, witzig und unterhaltsam zu sein. Und sogar das Geblödel über Trachtenkitsch hat ihre Lust auf den München-Trip weiter gesteigert. Aufgrund ihrer finanziellen Lage hat sie kaum die Möglichkeit zur Horizonterweiterung, da lässt man sich eine solche Gelegenheit nicht entgehen. Über ihre sonstigen Beweggründe für die Fahrt denkt sie besser nicht so genau nach.

Strahlen der immer noch kräftigen Abendsonne fallen in das Abteil. Dem Küsschen ganz vorne links in der Schachtel zwischen den beiden Reisenden wird plötzlich sehr warm, es merkt, wie es schwitzt, wie sich das Papier immer enger an seine alleräußerste, weich gewordene Schokoladenschicht klebt.

Tom sieht zu, wie draußen die ersten Felder vorbeiziehen, sieht die tiefen Rillen, die die riesigen Bewässerungssysteme in die Landschaft gegraben haben. Wie in einer alten Inka-Siedlung. Daneben mächtige Windkraft- und Solaranlagen. Schön, so ins Licht getaucht!

Er fragt Erica, ob sie bestimmte Wünsche bei der Programmgestaltung habe. Da Gabriel und seine Freundin erst ab morgen Zeit hätten, vielleicht heute etwas eher Touristisches für den Anfang? Erica hat ihr reizendes, jugendliches Gesicht spöttisch verzogen: »An was hast du denn gedacht? Gehen wir mit unseren Gamsbärten und Trachtenjankern in dieses Hofbräuhaus?«

»Warst du da schon mal?«

»Nee – taugt das was?«

»Als wäre die Zeit stehen geblieben. Absolut urige Stimmung, Essen wie früher, sozusagen die volle Ladung bayerische Gemütlichkeit. München ist ja an sich schon so eine wunderbare Zeitreise, und dort ist das alles noch einmal konzentriert.«

Tom hat den Eindruck, dass sie der Typ vom anderen Ende des Abteils her etwas schräg ansieht. Kümmere dich um deine eigenen Probleme, denkt er und erzählt weiter vom Hofbräuhaus. Er muss keine große Überzeugungsarbeit leisten, Erica ist schnell einverstanden, dort abendessen zu gehen, sobald sie ihr Gepäck bei Toms Freund losgeworden sind. Sie muss etwas gegen die Sonne blinzeln, und er findet diesen Anblick so anziehend, dass er lieber noch einmal ein wenig aus dem Fenster sieht.

Erica isst ein Küsschen und holt sich prompt klebrige Finger. Aus den Augenwinkeln sieht er erst einen Moment lang zu, wie sie mit der Schokolade kämpft, und reicht ihr dann ein Taschentuch. Plötzlich fällt ihm ein, woran sie ihn immer unterschwellig erinnert. Ist sie mit ihren langen schwarzen Haaren, ihrer blassen Haut und ihrem kräftigen Mund, an dem man jetzt an einer Stelle noch ein bisschen Schokolade sieht, nicht wie das leibhaftige Schneewittchen? Natürlich! Aber wieso kommt er denn gerade jetzt darauf? Wegen Schneewittchens Unfall beim Apfelessen? Oder weil die Finger leicht dunkel verschmiert sind wie nach dem Stich mit der Spindel? Durch die Sonne ist es im Abteil recht warm geworden und er zieht sein sommerliches Sakko aus. Er hat das leise Gefühl, irgendetwas durcheinanderzubringen.

Am Hauptbahnhof angekommen, sind es bis zur Wohnung von Gabriel und seiner Familie nur ein paar Stationen mit der Straßenbahn. Die Stationen werden auf Deutsch angezeigt und auf Bayerisch angesagt. Wunderbar traditionell! »Hoizapfestrass'«, das ist Gabriels Station. Erica amüsiert das sichtlich, und er freut sich darüber.

Gabriel selbst ist mit seiner IT-Nerd-Brille und seinem noch ganz leicht norddeutsch gefärbten Dialekt weniger ein volkstümliches Vorzeigeobjekt. Tom umarmt ihn zur Begrüßung herzlich, er hat ihn seit fast eineinhalb Jahren nicht mehr gesehen. Dann seine Lebensgefährtin Lucie, hallo hallo. Erica tut es ihm gleich und überreicht anschließend die kleine Auswahl an Original-Frankenweinen, die sie gerade eben am Münchner Hauptbahnhof gekauft hat. Dann bestaunen sie zusammen den nicht ganz einjährigen Tian in seinem Babybett – auf Zehenspitzen, weil er gerade schläft. Schließlich zeigt Gabriel ihnen das improvisierte Gästezimmer, und wie bei den letzten Besuchen fragt Tom sich wieder, ob er damals nicht auch von Journalismus auf IT hätte umsatteln sollen. Eine solche Wohnung mitten in der Stadt … der Schuft!

Gabriel hat sich bei Tom im Vorfeld erkundigt, wie »Signore Bohnenkamp« das Arrangement der Matratzen wünsche, so hat er sich ausgedrückt. Noch durch die smileyfreien Textnachrichten hindurch hat Tom den Eindruck gehabt, die hochgezogenen Augenbrauen seines Freundes förmlich sehen zu können. Aha, mit möglichst viel Raum dazwischen. Hm, hm, okay. Wie alt die erwähnte Kollegin gleich noch einmal sei? Soso, ungefähr Mitte 20, schön, schön. So Richtung 26, 27? Ach, von der anderen Seite her kommend, selbstverständlich. Ob man den kleinen Tian für die paar Nächte zu den Eltern und dadurch ein weiteres Zimmer und so weiter? Ah, nicht nötig, keine Umstände, gut gut.

Zu viert stehen sie jetzt in Gabriels und Lucies Fernseh-/Yoga-/Gästezimmer, eine Matratze liegt ganz links an der Wand, die andere ganz rechts, dazwischen ein wenig freier Raum. In der Mitte der Wand hängt der Fernsehbilderrahmen. Erica macht einen völlig entspannten Eindruck und wirft ihre Tasche beiläufig auf eine der Matratzen. Sie lassen Erica im Zimmer zurück, die schnell ihr Oberteil wechseln möchte.

Tom fühlt sich bereits abendtauglich angezogen. Er sagt, es sei schade, dass Gabriel und seine Freundin erst morgen mit von der Partie sein könnten, und hofft, dass er auch halbwegs nach Bedauern klingt. Die Gastgeber wiederholen pflichtschuldig die bereits bekannten Entschuldigungen und Tom dreht sich um in Richtung Badezimmer, ein heimliches Lächeln auf den Lippen. Als er die Tür öffnet, sieht er aber kein Badezimmer vor sich, sondern die vollgestopfteste Rumpelkammer, die man sich überhaupt nur vorstellen kann: Berge von Toilettenpapier, Nudeln, Reis, Mund-Nase-Masken und Desinfektionsmittel quellen ihm entgegen. Und Konserven, Konserven, Konserven. Schnell schließt er die Tür wieder. Lucie und Gabriel blicken betreten zu Boden. Auch er schweigt lieber.

Zu viert würde man es damit Wochen lang aushalten, denkt er beklommen, als er endlich im richtigen Zimmer angekommen ist und die Tür hinter sich abgesperrt hat. Zu zweit mit Kleinkind bestimmt sogar mehrere Monate … Er schiebt den Gedanken gewaltsam beiseite.

Kurz darauf stürzen sie sich zu zweit in den Münchner Sommerabend. Mit der Straßenbahn fahren sie zurück zum Hauptbahnhof und ein paar Stationen darüber hinaus. Vom Nationaltheater sind es dann nur ein paar Minuten zum Platzl, wo auch das Hofbräuhaus steht. Sie gehen durch die schweren Schwingtüren am Eingang und laufen gegen eine Wand aus Kraut-, Fett- und Bierdunst. Erica scheint es nichts auszumachen, sie mustert interessiert die bemalten Decken.

»Please Wait to be Seated!, sagt das Schild am Eingang, und sie warten. Ziemlich lange. Endlich kommt eine Bedienung herangerauscht, sie trägt ein Dirndl mit dem ungeheuerlichsten Ausschnitt, den Tom je in seinem Leben gesehen hat.

»Do you have a reservation?«

»Nein, leider nicht, wir wussten nicht genau, bis wann wir hier sein würden.«

»Wir sind leider total voll, nix zu machen.«

Die Bedienung dreht sich weg und droht zu verschwinden. Ziemlich drängend sagt Tom: »Ähh, kann man da wirklich gar nichts machen? Wir hätten ziemlichen Hunger und Durst!«

Die Bedienung überlegt einen Moment.

»Wenn Sie auch was essen, dann setz ich Sie an einen Tisch mit dazu, wenn das für Sie okay ist.«

»Ist okay!«, sagt Tom, und sie rennen der bereits wieder entschwindenden Bedienung hinterher. Mit Händen und Füßen gibt diese einer Gruppe Chinesen zu verstehen, am Tisch bitte schön etwas näher zusammenzurücken.

»Zwei Maß für Sie?«

Tom sieht Erica fragend an, die nickt. Während sie sich setzen, hebt die Bedienung zwei gut eingeschenkte Bierkrüge von einem der metallenen Roboterwägen, die immer in Reichweite stehen. Die männlichen Chinesen filmen die Szene mit den High-End-Geräten an ihren Handgelenken.

Noch bevor die Neuankömmlinge ganz sitzen, ist die Bedienung weitergerauscht. Mit der blechernen Unterstützung schafft sie alleine weit mehr als hundert Gäste. Tom kann sich noch an seinen Besuch auf dem Oktoberfest erinnern, als es dort noch keinen einzigen Roboter gegeben hat, und fühlt sich in Gegenwart der jungen Kollegin plötzlich furchtbar alt. Der Bierroboter in ihrer Nähe scannt die Umgebung und die eigene Befüllung, daraufhin entscheidet er sich, zur Schenke zurückzufahren.

Tom und Erica stoßen mit ihren frischen Maßkrügen an, die Chinesen machen mit ihren halb vollen Gläsern begeistert mit. Es entsteht ein ziemliches Handgemenge und viel wohlwollendes Zunicken. Tom lehnt sich wohlig zurück, das Bier versetzt ihn sofort wieder in eine Stimmung allergrößter Gelassenheit. Erica hat ihr Glas erst mit einer und dann doch lieber mit beiden Händen gegriffen und taucht deswegen etwas verspätet wieder auf. Sie hat Schaum an der Nasenspitze und Tom ist so frei, ihn ihr sanft mit dem Zeigefinger wegzuwischen.

Plötzlich knallt es mehrmals laut und alle drehen sich erschrocken um. Auf einer kleinen Bühne an der Wand steht ein Mann mit Lederhose, Trachtenjanker und gamsbärtigem Hut, der wie irre eine Peitsche knallen lässt. Die Chinesen am Tisch filmen wieder begeistert mit. Nach einer guten Minute greift der Gamsbart zu einem Mikrofon und ruft »Oans, zwoa, drei, gsuffa!« durch den weiten Saal. Hier und da wird seine Parole schwach erwidert, Tom und Erica zwinkern und prosten sich zu. Als die Chinesen begreifen, dass sie anstoßen sollen, blicken sie schnell von ihren Handgelenken hoch und schon geht wieder alles von vorne los. »Das kann ja heiter werden«, schreit Erica über den Lärm hinweg.

Toms All-in-One-Watch hat das Betreten des Lokals natürlich registriert und gleich automatisch die dazugehörige Service-App heruntergeladen. Er entfaltet das Display seiner Uhr zur maximalen Größe, öffnet die Speisekarte und lässt Erica mit hineinsehen, wofür sie nah an ihn heranrücken muss. Schließlich entscheiden sie sich für altdeutsche Spezialitäten: Schupfnudeln mit Sauerkraut, Spätzle und Knödel mit Soße, dazu Blaukraut. Zur Feier des Tages bestellt er auch ein kleines Stück Braten, von dem er Erica mindestens die Hälfte abgeben wird. Plötzlich wird die Volksmusik im Hintergrund sehr laut, die Gespräche verstummen und alle blicken zu dem Gamsbart, der schon begonnen hat, einen Schuhplattler aufzuführen.

»Ein richtiger Tausendsassa!«, ruft Erica über die Musik.

»Siehst du hier irgendwo ein Alphorn? Das fehlt uns noch zum Brauchtumsbingo.« Tom merkt, dass er sich selbst heute unheimlich witzig findet, sieht sein Bier an und nimmt sich vor, sich lieber ein wenig zu zügeln. *Know thyself* …

Als der Animateur mit seiner Aufführung fertig ist, nimmt er wieder das Mikro zur Hand und ruft aus voller Kehle: »一二三喝醉了!«

»喝醉了!!!«, ruft das ganze Hofbräuhaus zurück, und auch die Chinesen an ihrem Tisch machen kräftig mit. Acht

Mal drückt einer von ihnen auf das Maßkrugsymbol auf seiner Uhr und sofort kommen aus unterschiedlichen Richtungen zwei Bierbots angefahren, die sich neben dem Tisch positionieren. Bald darauf rauscht die Bedienung von vorhin heran und hält jeweils einen ihrer Zeigefinger auf die Leser. Die Wägen fahren blitzschnell ihre Glasdächer ein und die Biere sind frei. Die Bedienung drückt einen Knopf am Bierbot zu ihrer Linken und dieser schäumt mit kleinen, gewendelten Stäbchen innerhalb einer Sekunde das nicht mehr ganz frische Bier wieder auf. Dann hebt sie vier Maßkrüge auf einmal von einem der Wägen, drückt sie zum Abschied einmal fest an ihre üppige Brust und stellt sie mittig auf den Tisch. Dann noch einmal von vorne. Die Chinesen teilen den Clip noch vor dem Anstoßen mit ihren neidischen Bekannten zu Hause.

Tom und Erica reden über alles Mögliche, außer über den Prozess, das haben sie bereits während Kriebls fürchterlich langen und langweiligen Prozessordnungsausführungen ein paar Stunden zuvor so verabredet. Sie trinken etwas maßvoller als letztens im *Queens*, Tom erinnert sich ungern an den nächsten Morgen. Erica spricht dafür mehr als sonst, erzählt viel von ihren Eltern, auch eine Anekdote von ihrem ersten Besuch in München, als sie noch ein kleines Kind war.

Vor allem aber blendet Tom bewusst die beängstigenden Nachrichten über das neue Virus aus Russland mit der extremen Übertragungsrate aus. Das menschliche Immunsystem scheint angesichts des prähistorischen Erregers völlig überfordert zu sein und die Frage ist wohl nur, was in Deutschland zuerst ankommt, der Impfstoff oder die Pandemie. Tom versucht, nicht an die schrecklichen Bilder aus der sibirischen Stadt Nowy Urengoi zu denken, in der der Wettlauf bereits entschieden ist. Bestimmt hat Erica in den News auch die eilig mit Brennstoffen übergossenen und angezündeten Leichen gesehen, doch sie hat das Thema noch nicht angesprochen, und er wird sich hüten, es als Erster zu tun und dadurch die Stimmung zu verderben. Trotzdem rechnet er in seinem Kopf noch einmal nach: Laut Regierungssprecherin sollte der Impfstoff in Deutschland spätestens innerhalb der nächsten 72 Stunden zur Verfügung stehen. Diese Info ist mittlerweile gut 28 Stunden alt, was bedeuten würde, dass …

Der Servierroboter fährt mit dem Essen heran und sie warten hungrig auf die Bedienung. Erica trägt ein schwarzes Top, das um den Hals geschlossen ist und trotzdem ihre Figur betont. Ihre Haare sind zu einem nostalgischen Zopf geflochten. Im Vergleich zu ihr sieht die Bedienung aus wie die böse Königin, äh, wie die böse Fee natürlich … wie war das noch gleich? Jemand tippt ihm auf die Schulter und das unterbricht seinen Gedanken. Er sieht sich überrascht um. Es ist der Essenswagen, der seinen Teleskoparm jetzt wieder einfährt. Ah, ans Essen kommt man offenbar selber. Tom liest seine Smartwatch ein, gibt zwanzig Euro Trinkgeld für die Bedienung und das Essen wird freigegeben.

Beide haben einen riesigen Hunger und sind eine Zeit lang ganz in die bayerischen Spezialitäten vertieft, die nach dem Burger aus Heuschreckenprotein, den sich Tom mittags im *Queens & Drones* schnell einverleibt hat, wie eine Offenbarung schmecken. Sie bestellen noch eine Maß zum Teilen, danach wollen sie einen Spaziergang in Münchens abendlicher Altstadt unternehmen. Als sie gerade Schupfnudeln und Spätzle tauschen, meldet sich der Gamsbart wieder: »慕尼黑Hofbräuhaus向来自远东的客人表示祝贺，并与他们共同庆祝习近平的大跃进年。我们喝吧! 给您和您的家人带来幸福和健康！«

»幸福和健康 !«, wird ihm grölend geantwortet, Tom und Erica stoßen mit ihren Tischgenossen an. Erica erzählt, dass sie von der 7. bis zur 11. Klasse Chinesisch gelernt, jetzt aber kaum noch ein Wort außer Xi Jinping verstanden hat. Einen Tisch weiter sitzt eine Gruppe junger, ernsthaft betrunkener chinesischer Männer. Drei von ihnen haben schon den Kopf auf den Tisch gelegt und schlafen. Als einer von ihnen unter den Tisch kotzt, beschließen Tom und Erica zu gehen und er drückt auf das €-Symbol in der AiO-App. Die Bezahlung der Getränke läuft über die Angestellte mit Blutkreislauf und zentralem Nervensystem, dauert also etwas, und so bekommen sie noch mit, wie sich ein Notfallroboter hektisch nähert, mehreren Bedienrobotern signalisiert, sofort rechts ranzufahren, und sich um das Malheur des jungen Mannes kümmert, der gerade von zwei seiner Freunde an die frische Luft bugsiert wird.

Als die Bedienung schließlich da ist, besteht Erica vehement darauf, wenigstens die Getränke zu übernehmen, nachdem er schon das sündteure Essen bezahlt hat. Weil er sich ihre prekäre Finanzlage ausmalen kann, versucht er den schwierigen Spagat, auch diese Rechnung zu übernehmen, ohne dadurch chauvinistisch zu wirken. Als sie das Lokal verlassen, vollendet der Gamsbart gerade sein bayerisches Trivium. Er spielt allerdings nicht Alphorn, sondern jodelt.

Draußen ist der Himmel herrlich, er hat noch ein allerletztes, ganz dunkles Blau.

»Ich fühle mich gerade so unglaublich frei, so frei wie ewig nicht«, sagt Erica mit einem verklärten Blick nach oben. Sie breitet die Arme aus und dreht sich mit drei Hüpfern einmal im Kreis. Die andere Seite von Mitte 20, denkt Tom, gerade jetzt fällt ihm das plötzlich ziemlich stark auf. Sie beginnen ihren Spaziergang und Erica hakt sich bei ihm unter. Als sie nur wenige Minuten später an der Mariensäule ankommen, ist es Nacht.

Das Rathaus ist beleuchtet und strahlt seinen neogotischen Charme aus. Wenn sie so nahe bei ihm steht, merkt man erst, dass sie doch ein gutes Stück kleiner ist als er. Sie sprechen relativ wenig, Tom ist aufgeregt und beklommen zugleich. Gleich hinter dem Rathaus ist die Frauenkirche, um die sie einmal außen herum schlendern. Erica geht eng bei ihm. Wenn er hinüberblickt, sieht er nur ihre schwarzen Haare und ihre Nasenspitze. Als er gerade den Weg von der Frauenkirche Richtung Odeonsplatz einschlagen will, bleibt sie stehen. Bleibt einfach stehen und sieht ihn herausfordernd an. Weil sie noch immer bei ihm untergehakt und er einen Schritt weitergegangen ist, hat es ihn gedreht, und er steht nun fast genau vor ihr. Sie gibt seinen Arm frei und sieht ihn weiterhin an. Heilige Maria, Muttergottes … Sie macht noch einen winzigen Schritt auf ihn zu, legt ihre Arme leicht auf seine Hüften und dann küssen sie sich.

Ein bisschen verschämt am Anfang. Dann intensiver, direkt stürmisch. Seine Hände greifen automatisch nach ihrem Hintern, doch sie scheint nichts dagegen zu haben. Bevor es peinlich wird, gehen sie Hand in Hand weiter zum Odeonsplatz. Tom hat gedacht, die Route noch vom letzten Mal zu kennen, aber sie verirren sich heillos und müssen nachsehen. Außer über den Weg sprechen sie nichts, aber es ist kein lastendes, sondern ein euphorisches Schweigen. An der Feldherrnhalle angekommen, küssen sie sich wieder, diesmal langsamer, und drücken sich aneinander. Seine sommerliche Hose ist ziemlich dünn.

»Da, äh, da vorne …«, Tom deutet mit schnellem Atem auf die lange Straße in Ericas Rücken, »… da ist jetzt diese recht schöne Leonhardstraße. Da, äh, da können wir vorgehen. Also könnten wir, wenn wir wollen. Ziemlich weit vor geht die …«

»Soso! Und wollen wir das?«

Bildet er es sich ein oder spricht sie eine halbe Oktave tiefer als sonst?

»Also ich kenne das ja schon, also ich meine, ich war schon, also schon früher, beim letzten Mal, aber wegen mir können wir natürlich sehr gerne noch mal …«

»Ich bin ja eigentlich schon recht müde«, sagt sie und zieht ihn noch näher an sich heran.

Sie beeilen sich, nach Hause zu kommen.

Als sie ankommen, ist der verfluchte Gabriel noch wach. Er sitzt an seinem OCD und scheint allen Ernstes noch zu arbeiten.

»Ach, hab euch noch gar nicht zurückerwartet. Nächtlicher München-Bummel schon abgeschlossen?«

»Jaja«, sagt Tom und ist dabei sehr um Beiläufigkeit bemüht, »alles recht anstrengend gewesen, letzter Prozesstag, dann die Anreise und so. Morgen ist ja auch noch ein Tag.«

Erica huscht schon mit ihrer Zahnbürste in der Hand ins Bad und schließt die Tür hinter sich. Gabriel fragt ihn leise feixend, ob er jetzt plötzlich auch Unterstützer der Partei für *intergenerationale Befriedigung* sei. Statt einer Antwort deutet Tom auf das entfaltete OCD, gibt einen vielsagenden Blick zurück, der alles zwischen »Arbeite lieber weiter« und »Schau nicht so, du Arsch« beinhalten soll, und geht seine Zahnbürste suchen. Er wartet einen Moment vor dem Bad. Als Erica fertig ist, geht sie näher an ihm vorbei als nötig, oder? Tom spürt Gabriels Blick in seinem Rücken und schließt rasch hinter sich zu.

Den Augenblick kurz darauf, als sie Gabriel endlich Gute Nacht gesagt und die Tür zu ihrem Zimmer zugemacht haben, empfindet Tom als einen der diffizilsten, die er in der Abteilung Romantik je erlebt hat. Plötzlich wieder allein. Hat die Glut das Zähneputzen überdauert? Er steht etwas unschlüssig da und geht nur einen kleinen Schritt auf Erica zu. Die sieht ihn an und schüttelt leise lächelnd den Kopf. Sie hält den Zeigefinger vor die Lippen und macht mit dem Zeh das kleine Licht am Kopfende ihrer Matratze an. Tom ist immerhin so geistesgegenwärtig, ohne weitere Aufforderung die große Deckenlampe auszuschalten. Er geht noch einen zögerlichen Schritt auf sie zu, doch sie gibt ihm einen Stups in Richtung seiner Matratze. Er lässt sich sinken und will sie am Arm zu sich hinunterziehen, doch sie macht stattdessen einen Schritt nach hinten.

Tom schwant, dass ihm die qualvollste Nacht seines Lebens bevorsteht. Kann einem vor Enttäuschung schwindlig werden – und das im Sitzen?

Erica steht immer noch vor ihm und sieht ihn lächelnd an. Dann zieht sie mit einer einzigen fließenden Bewegung ihr enges Top über den Kopf. Tom sitzt atemlos da und denkt: Schwarzer BH. Er denkt eigentlich überhaupt nicht mehr, sein Gehirn konstatiert einfach nur noch: Schwarzer BH. Dann zieht sie die Jeans aus. Dann den BH. Dann das Höschen.

Von einer Sekunde auf die andere verfällt er von Starre in Aktionismus, springt auf, beißt leicht in ihren Hals und drückt sie heftig an sich. Sie presst ihren Zeigefinger so fest auf den Mund, dass die Lippen außen herum ihre rote Farbe verlieren. Psst! Leise!

Möglichst schnell und möglichst geräuscharm entledigt er sich seiner Klamotten. Aus seinem Koffer kramt er ein Kondom hervor und rollt es sich ziemlich hektisch und dadurch wohl etwas ungeschickt über. Fehlende Übung, denkt er. Erica bedeutet ihm, sich auf den Rücken zu legen. Vorsichtig setzt sie sich auf ihn. Bewegt sich ganz leise, aber immer schneller auf und ab. Bei dem Anblick muss er sie kurz bei sich unten halten, um sich wieder ein wenig zu fangen. Sie gibt ihm Zeit, und nur sehr langsam fängt sie wieder an, gleichzeitig lässt sie eine Hand von ihrem Bauchnabel aus nach unten sinken. Bald zittert sie und stöhnt fast unhörbar. Kurz darauf, beim Anblick ihres in den Nacken gelegten Kopfes, mit ihren langen Haaren in der Hand, kommt auch er.

Aus dem Esszimmer hört man gedämpfte, geschäftig sprechende Stimmen. Gabriel scheint noch fernzusehen. Sie ziehen sich lethargisch das Nötigste über, bleiben ansonsten aber beieinander liegen. Sie flüstern noch, er streicht ihr sanft übers Gesicht und hat das Gefühl, als würden sie bald einschlafen. Plötzlich aber neckt sie ihn wieder, kichert leise, knabbert ihn an. Flüsterphase, Kicherphase und dann wieder von vorne. Erica fängt einen seiner sanft streichelnden Finger unversehens mit dem Mund, hält ihn fest bei sich und nagt ihn an, sodass er unhörbar aufjault und ihr zur Vergeltung fest in die Hüften kneift. Nach ausreichender Vergeltung, Vergeltung der Vergeltung und so weiter schlafen sie schließlich doch ein.

Die Verwandlung

Bonnie Freitag über die letzten Vorbereitungen unmittelbar vor Beginn der großen »Bundeskunstaktion«

10.03.2049

Die Gänge unseres Frankenforums haben einen neuen Hall, das Licht hat eine sattere Farbe, die Räume ein anderes Aussehen. Ein neuer Geist, fast schon ein heiliger Ernst ist in diesen Tagen in das Forum eingezogen. An diesem ersten Begehungstag kurz vor Prozessbeginn spürt dies jede*r Beobachter*in, der*die schon vorher hier gewandelt ist, um von Konzerten, Vorträgen, Bürger*innenversammlungen und dergleichen zu berichten.

Die immer schon wimmelnde Geschäftigkeit auf den Gängen hat noch einmal zugenommen, vor allem aber trägt nun auch der*die einfache Arbeiter*in das Kinn ernst und stolz nach oben gereckt, in vollem Bewusstsein der Bedeutung seiner Aufgabe. Die auswärtigen Prozessbeobachter*innen, die wir in Nürnberg herzlich willkommen heißen, loben zwar Gestaltung, Akustik und den Faunal-Stil der Räume, die Verwandlung eines zarten Musentempels in einen bedeutungsschweren Ort des Rechts und der Gerechtigkeit bleibt ihnen aber verborgen.

Es ist, als wäre das Forum Francorum erst jetzt eröffnet worden, als würde sich nun seine tiefere Bestimmung dadurch erfüllen, den vielleicht wichtigsten Prozess unseres Jahrhunderts zu beherbergen. Auf den Trümmern der alten (Wirtschafts-) Welt, auf dem Boden überkommener Industrien, wurde es in den Jahren zwischen 2038 und 2044 errichtet. Seit der Fertigstellung gilt es über die Grenzen unseres schönen Nürnberg hinaus als Wunderwerk der Kosten- und Energieeffizienz, als Zeugnis, was der Mensch in sechs kurzen Jahren zu leisten imstande ist. Und nun also soll sich hier in den nächsten Monaten das Ringen um Wahrheit und Wahrhaftigkeit, um Recht und Gerechtigkeit vollziehen.

Es ist sachlich falsch und auf einer viel tieferen Ebene dennoch wahr: Tristan Trautmann, wohnhaft in Mannheim und bis vor Kurzem nie in Nürnberg gewesen, ist Bauherr, Architekt und Ingenieur des Forum Francorum. Durch die Ansetzung des Prozesses an diesem Ort ist er der eigentliche Schöpfer.

Wem es gelingt, ihn in dieser letzten, heißen Vorbereitungsphase zu sprechen, der ist tief bewegt von der Mischung aus Entspannung und totaler Entschlossenheit, die sich in seinem ganzen Wesen spiegelt. Trautmann empfängt seine Gäste in einem Nürnberger Hotelzimmer, sitzt lässig im Stuhl und plaudert ganz zwanglos über dieses und jenes. Fällt das Gespräch aber auf den Prozess, so sitzt er plötzlich aufrechter, geradezu majestätisch, und seine Augen verengen sich für die Bruchteile von Sekunden zu kleinen Schlitzen. Genau diese Entschlossenheit ist es, der sich seit Beginn der Gerechtigkeitsbewegung niemand zu entziehen und vor allem niemand entgegenzustellen vermag. Der Prozess von Nürnberg ist als Balsam für alle Betroffenen in diesem Land konzipiert, doch Trautmann macht mit jeder Regung deutlich: Das ist auch *sein* Prozess, seiner ganz persönlich, und er wird ihn sich von niemandem wegnehmen oder schlechtmachen lassen. Komme, was da wolle.

Und Trautmann hat das Forum nicht nur als Gerichtssaal, sondern auch als Bühne geschaffen, wie ja jedes Gericht durch seine Verhandlungen und Urteile auch öffentlich wirken muss. Nun, am Vorabend der Prozesseröffnung, ist die Bühne vor allem für die zwei Hauptprotagonist*innen bereitet, Gloria Perec und Bernhard Kriebl.

Die Anwältin Gloria Perec ist international wegen ihres messerscharfen Verstandes und ihres aggressiven Auftretens vor Gericht bekannt und gefürchtet. Ihre Aufgabe wird es sein, den Schuttberg an Verfehlungen, den die exemplarisch Angeklagten angehäuft haben, systematisch zu erfassen, allgemein verständlich zu erklären und dennoch jedes Detail mit unerbittlicher Härte anzuprangern. Sie ist Trautmanns *Gladius Dei*, das scharfe Schwert zur Verfolgung des Unrechts.

Doch trotz Perecs Ruhm kommt am Ende alles auf Bernhard Kriebl und sein Richterkollegium an. Es hat die historische Aufgabe, Recht zu sprechen. Ein Urteil zu fällen, das der Schwere der Schuld angemessen ist.

Niemand, der Kriebl im Vorfeld des Prozesses gesprochen hat, wird daran zweifeln, dass er für diese Aufgabe die ideale Wahl darstellt. Betritt man sein Büro, in dem er den zahlreichen Reporter*innen Interviews gibt, so umfängt einen unmittelbar eine Stimmung, oder besser eine Aura, von Ruhe und Gelehrsamkeit. Im Zentrum dieses Kraftfelds befindet sich Bernhard Kriebl selbst, Anfang 50, mit seinen bereits angegrauten Haaren und der goldgerahmten Brille. Er sitzt stets leicht nach vorne gebeugt, als wäre er gerade in das Studium wichtiger Unterlagen vertieft und sähe nur kurz zu seinen Gesprächspartner*innen auf. So blickt er aus tiefen, aber gütigen Augen zu uns herüber.

Dass seine Güte als Mensch einen Einfluss auf seine Urteile als Oberster Richter des Prozesses haben könnte, steht indessen nicht zu befürchten. Aus seiner Nähe zur PfG hat er nie einen Hehl gemacht: »Machen einen verdammt guten Job, die Jungs und Mädels dort«, ist so ein typischer, knackiger Kriebl-Kommentar zu diesem Thema. Gleichzeitig steht nach einer persönlichen Begegnung mit ihm außer Zweifel, dass gerade Kriebl das Ideal einer völlig blind agierenden Justitia wird erfüllen können, wo er doch ...

[weiterlesen ...]

www.frankenkurier.de/verwandlung/freitag

»›Die mit der Rücklaufsperre, bitte!‹ Ich fass' es nicht!«

Erica hält sich auf der Straße vor dem Verleih mit einer Hand an einem Straßenschild fest, sie hat Tränen in den Augen. Zusammen mit Gabriel und Lucie rechtfertigt Tom sich halbherzig.

»Haben wir halt früher so gelernt.«

»Viel kraftsparender so.«

»Wer zuletzt lacht …«

Erica winkt atemlos ab und schnallt sich Helm und Protektoren um: »Ihr fahrt vor, ich will mir das nicht entgehen lassen.«

Doch Tom schlägt ihr seinen Stock leicht auf den Hintern, macht »Uaaahrr!!« und jagt sie so den ersten Hang hoch. Der Anstieg ist ziemlich steil, bald kann er seinen gespielten Furor nicht mehr halten, sondern muss sich auf Technik und Atmung konzentrieren. Eins, zwei, eins, zwei, schön gleichmäßig. Als er, Gabriel und Lucie noch mit den letzten Metern kämpfen, ist Erica mit ihrem modernen Skating-Schritt bereits oben angekommen und blickt schnaufend auf ihr Verfolgerfeld. Immerhin scheint ihr die plötzliche Anstrengung das Lachen vorerst ausgetrieben zu haben.

Endlich auf dem höchsten Punkt der Donnersbergerbrücke angekommen, haben sie dafür einen wunderbaren

Blick über München in der Morgensonne. Rechts von ihnen kann man bis zur Frauenkirche sehen, wenn man gegen das Licht blickt. In der Mitte der früher vielspurigen, viel befahrenen Straße ziehen die zahlreichen Straßenbahnen und E-Busse vorbei, dann kommen links und rechts die Spuren für die Radfahrer und Outdoorsportler und ganz am Rand die immer noch sehr breiten Flächen für die vorbeispazierenden Fußgänger. In allen europäischen Städten haben sich nach der Verbannung der Autos aus den Stadtgebieten diese großen, breiten und vor allem hohen Brücken als neue Flaniermeilen etabliert, doch in München hat die jahrhundertelang geübte bayerische Gemütlichkeit aus einer jeden solchen Brücke einen kleinen Volksfestplatz gemacht. Tom sieht zufrieden, wie Erica interessiert die vielen kleinen Buden mustert, die Zuckerwatte, gebrannte Mandeln, frisch gezapftes Bier und allerlei Herzhaftes anbieten. Kinder laufen zwischen den dicht besetzten Bierbänken herum, auf denen die Münchner sitzen und in die Morgensonne blinzeln, genau dort, wo ein paar Jahrzehnte zuvor noch die Autos und Lkws entlanggedonnert sind. An einem schönen Samstag wie heute scheint die halbe Stadt auf den Brücken zu sein und sie verzichten darauf, die Rollski auszuziehen und sich ins Getümmel zu stürzen.

Stattdessen bleiben sie auf ihrer Spur und fahren auf dem Plateau der Brücke weiter, bis sie an einen Pace-Maker kommen, der gerade auf 22 steht. Sie bremsen ab und warten, 15, 10, 5 … Bei der grünen 0 fahren sie los und können so ihre Rollski ungebremst über die Kreuzung am Brückenende gleiten lassen. Der Schwung kommt sehr gelegen, denn so nehmen sie den nächsten, diesmal sanften Anstieg spielend. Es geht danach immer weiter nach Norden, Gabriel fährt neben Lucie, Erica neben Tom. Hinter Münchens historischem Olympiapark machen sie eine lang gezogene Rechtskurve, dann geht es wieder geradeaus. Hier sind deutlich weniger Busse, Straßenbahnen und vor allem Fußgänger unterwegs und so können sie sogar zu viert nebeneinander fahren, indem sie ihre Spur ein wenig großzügiger interpretieren. Erica sagt spöttisch, der alte Parallelstil sei zumindest sehr platzsparend. Schon sind sie im Englischen Garten und nehmen das Seehaus und den Chinesischen Turm im Vorbeifahren mit. Hier müssen sie viele chinesische Reisegruppen überholen, deren Mitglieder noch nie auf Rollskiern gestanden haben, aber Tom findet, das ständige Überholen gibt einem ein umso dynamischeres Gefühl. Am Monopteros, kurz vor dem Ende des Englischen Gartens, machen sie eine kleine Pause und legen sich ins Gras. Tom streckt sich behaglich aus, blickt sich ein wenig um und sagt, man könne hier ganz vergessen, warum in Nürnberg ein Prozess geführt werde. Gabriel blickt ihm scharf ins Gesicht.

»Weil wir im Monat ungefähr 500 Euro für hochwertig gefiltertes und aufbereitetes Baby-Wasser bezahlen und trotzdem nachts vor Sorgen kaum schlafen. Also zum Beispiel.«

Uff, das kam ein bisschen hart an. Wohl einen wunden Punkt erwischt, denkt Tom. Immer mehr Paare verzichten aufgrund der düsteren Langzeitprognosen inzwischen ganz auf Nachwuchs. Auch Erica blickt betreten drein. Doch bevor das anschließende Schweigen wirklich unangenehm wird, entschuldigt sich ihr Gastgeber, er habe ihn nicht angreifen wollen, das Thema belaste sie aber seit Langem. Lucie sagt, bei den monatlichen kinderärztlichen Voruntersuchungen sei bisher alles unauffällig gewesen, aber was heiße das schon. »Und jetzt auch noch die Sorgen wegen der drohenden Pandemie! Der Impfstoff müsste doch längst da sein!«, fügt sie mit feucht glänzenden Augen hinzu. Damit ist das Thema aus dem Sack. Tom wechselt einen schnellen Blick mit Erica, sie hat die Newsticker natürlich auch gelesen und weiß über den aktuellen Stand Bescheid. Erste Ausbrüche der Seuche in verschiedenen europäischen Ländern nahe Russland gemeldet. Massenhaftes Sterben in der Ukraine und Weißrussland. Tom klopft Lucie aufmunternd auf die Schulter. Gleichzeitig bemerkt er bei sich die gleiche Unruhe wie beim letzten Pandemie-Vorfall vor einigen Jahren, der erneut nicht viel fehlt, um in Panik umzuschlagen. Eine neue Generation Virologen kann nun zu Stars und Helden werden. Hoffentlich werden sie es auch tatsächlich.

Mit einer Beklommenheit, die überhaupt nicht zu dem tollen Ausflug zu passen scheint und die unausgesprochen zwischen ihnen lastet, brechen Sie bald wieder auf und fahren zurück Richtung Rollskiverleih. Insgesamt waren sie gut zwei Stunden unterwegs. Während die anderen schon einmal zum Duschen vorgehen, holt Gabriel den kleinen Tian aus der Samstagskita ab.

Beim Mittagssnack erkundigt sich dann eine wieder gefasstere Lucie höflich nach Ericas Studium, ihrem Einstieg in den Journalismus und vor allem ihre Rolle beim Prozess. Erica erzählt ein bisschen hiervon und ein bisschen davon, ohne groß ins Detail zu gehen. Nur als sie beim Interview mit TT angekommen ist, beim versprochenen Interview, das nun schon zum zweiten Mal verschoben worden ist, berichtet sie in ihrem Frust alles haarklein, obwohl es gerade hier eigentlich kaum etwas zu berichten gibt, außer dass TTs Büro sie schon wieder auf »später« vertröstet hat. Tom merkt, wie er sich in kollegialer Solidarität mit Erica ärgert, und knurrt, sie solle hartnäckig sein, immer dranbleiben, denen das nicht durchgehen lassen. Bevor das höfliche Interesse in Aushorchen umschlägt, erzählen Gabriel und Lucie von sich und ihrem Leben in München. Mietpreise, Kinderbetreuung und so weiter.

Tom macht ein paar Scherze über den neuen bayerischen Ministerpräsidenten, dessen ursprüngliche Agenda ja nur einen einzigen Punkt enthalten habe, nämlich die nationale Abschottung, die aber natürlich gar nicht in den Kompetenzbereich einer Landesregierung fällt. Er fragt die Gastgeber, wie es sich unter einer Landesregierung lebe, die daher auf ihrer ganzen Agenda nur noch einen einzigen mickrigen Ersatzpunkt stehen habe, nämlich öffentliches Stänkern. Da Gabriel zu einer großen Antwort ausholt, weist Lucie darauf hin, dass Nürnberg bekanntlich auch bayerisch sei, dass Tom dort selbst seit Monaten lebe und dass er diese Form des privaten, antibayerischen

Stänkerns im Übrigen auch jederzeit seiner jungen, fränkischen Kollegin gegenüber betreiben könne. Ob er das denn auch tue? Touché, das muss Tom zugeben, eine schlagfertige Parade.

Aus dem Augenwinkel blickt er zu der erwähnten jungen, fränkischen Kollegin hinüber, deren leichte Röte im Gesicht während des Essens immer weiter zugenommen hat und sich jetzt auch auf Nacken und Nase schleicht. Er drückt ihr seinen Finger leicht auf die Wange und als er ihn wegzieht, bleibt eine Sekunde lang ein schneeweißer Abdruck zurück. Für heute Nachmittag sollten sie sich besser nach Indoor-Aktivitäten umsehen.

Kurz darauf sitzt Erica im kleinen Wohnzimmer und blickt auf ihr Smartphone. In ihrem Nacken liegt ein Kühlpad, auf Nase und Wangen mischen sich weiße Creme und rote Haut. Tom bleibt vor ihr stehen und beklagt ein wenig ihre Unvorsichtigkeit. Hatte sie nicht kurz nach Prozessbeginn schon ein paar Tage lang mit Sonnenbrand in Al-Gore gesessen?

Ihr farbenfrohes Gesicht zieht ihn an wie ein starker Magnet, aber weil Gabriel und Lucie noch geschäftig in der Wohnung herumgehen, hält er sich zurück. Erica sieht zu ihm hoch, ohne auf seine Klage einzugehen: »Wusstest du, dass es hier in der Nähe noch so einen Zeitreiseladen gibt? *The Time Machine, Münchens 1. Zeitreisekino*. Ist das nicht ulkig?«

»Mittlerweile wohl eher Münchens letztes.«

»Warst du schon mal in einem?«

»Ach, wenn du wüsstest! Vor zwanzig Jahren war das der große Renner, ich sag' nur VR- und AR-Boom …«

»Ich war nur einmal als Kind mit meinen Eltern, aber ich kann mich kaum noch dran erinnern.« Sie sieht ihn an und zieht eine übertriebene Babyschnute.

»Bitte sag mir nicht, dass wir an einem sommerlichen Nachmittag in München in ein altes VR-Kino gehen!«

Bevor Erica antworten kann, klingelt unvermittelt bei ihren vier Smartdevices der einheitliche, nicht abstellbare Alarmton, der auf eine dringende Nachricht der Behörden hinweist. Tom, Gabriel und Lucie blicken sofort auf ihr Handgelenk, Erica sucht hektisch nach ihrem Handy. Tom merkt, dass seine Hand zittert.

Doch dem Himmel sei Dank, wie versprochen steht in allen größeren deutschen Städten ab sofort der Impfstoff zur Verfügung, auf dem Land dann im Laufe des Abends oder der Nacht und bislang noch kein bestätigter Infektionsfall im Bundesgebiet. Alle liegen sich erleichtert in den Armen. Jetzt kann man ja zugeben, welche unterschwellige Angst man die letzten Tage hatte …

Keine Stunde später stehen sie in der Schlange vor einer der zahllosen lokalen Impfstellen. Der Andrang ist natürlich gewaltig, aber es geht dennoch zügig voran. Nach einer Dreiviertelstunde Warten dann ein kleiner Piks, und die Gefahr ist gebannt. Tian braucht eine spezielle Spritze, aber auch diese ist vor Ort verfügbar, und so können sie alle wieder frei aufatmen. Wettlauf gewonnen, denkt Tom, hoch lebe die Wissenschaft.

Bester Laune verlassen sie die Impfstelle, die Sonne strahlt noch immer. Dennoch beschließen sie einmütig, Münchens erstes Zeitreisekino aufzusuchen. Lucie und Gabriel finden, die Idee sei so absurd, dass sie schon wieder gut sei. Tom hat jedoch das Gefühl, dass sie einfach nur höflich sind.

Nach einer zähen Fahrt in einem schlecht klimatisierten E-Bus erreichen sie die *Time Machine*, die allerdings gerade noch geschlossen ist. Doch schon nach ungefähr zehn Minuten erscheint ein bestimmt ebenfalls frisch geimpfter, pickliger Jugendlicher und öffnet den Laden wieder. Er wirkt etwas überrascht, dass er überhaupt Kundschaft hat. Sie buchen pauschal zwei Stunden, jede weitere angefangene halbe Stunde würde dann extra berechnet. Der Mitarbeiter führt sie durch einen langen Gang.

Durch die halb offenen Türen kann man in die verwaisten Einzelkabinen schauen, die Brillen hängen traurig von der Decke, die Wände sind in angedunkeltem Pappe-Grau. In ihrer Viererkabine sieht es nicht anders aus, die herunterhängenden Kabel machen einen angestaubten, lange verlassenen Eindruck.

Die Brillen sind kreisförmig angeordnet, sodass sie die Kuscheldecke des kleinen Tian, der natürlich noch keine Brille bekommt, bequem in die Mitte legen können. Sie holen sich die alten Kissen aus der Ecke und richten sich ihr Zeitreiselager bequem ein. Tom setzt sich so, dass er Erica nahe ist.

Als er schließlich die Brille aufsetzt und die graue Pappe zu dem unverkennbaren grün leuchtenden Gitternetz wird, fühlt er eine Welle von Nostalgie über sich rauschen. Gabriel und Lucie scheint es nicht anders zu gehen, sie seufzen und sagen Dinge wie »Ja, richtig …«, »Ach, ich habe ja ganz vergessen …«, »Du meine Güte, das habe ich ja ewig nicht …«. Man muss etwas lauter sprechen, weil jeder schon die speziellen Ear-Plugs eingesetzt hat.

Toms Brillenkamera schneidet die Brillen der anderen automatisch heraus, sodass sie aussehen wie sonst. Bei seinen ersten VR-Filmen ging das noch gar nicht. Wieder fühlt er sich wie ein Fossil und teilt Erica seine Gedanken lieber nicht mit. Auch Tian ist durch die Brille noch klar erkennbar, er liegt auf dem Rücken und spielt mit einem Fisch, den er seinem Vater mit Begeisterung immer wieder von der wackelnden Angel reißt. Geistesabwesend tastet Gabriel mit dem Ende seiner Angel nach dem Fischrücken, die Magnete beißen an und schon geht es wieder von vorne los. Er zieht mit der Angel große Kreise, damit Tian nicht zu schnell Beute macht.

Die Zimmerwände sind dagegen komplett hinter dem grünen Gitternetz verschwunden, in dem jetzt die verschiedenen verfügbaren Zeitreisen überall um sie herum zu sehen sind. Kleine Vierecke zeigen Beispielszenen, die Titel stehen in Kursivschrift darunter. Ein »(AC)« heißt »Acted« und weist auf einen narrativen Film mit fester Länge, Handlung und Schauspielern hin, »(OW)« dagegen steht für ein »Open-World-Scenario«. Die Anordnung ist chronologisch sortiert und reicht so ziemlich vom Urknall bis zum Verglühen der Sonne.

»Wie wäre es denn mit *Jurassic Park* in einem VR-/AR-/4-D-Remake mit prämierten Special-Effects, das wär doch toll!«, schlägt Gabriel begeistert vor.

Lucie sagt, er sei wohl noch immer ein kleiner Junge, der auf Dinosaurier stehe. Weil aber auch Tom und Erica Lust auf ein Gemetzel haben, bekommt Gabriel seinen Willen.

Sofort wird es dunkel und ein würziger Geruch von feuchtem Gras macht sich bemerkbar. Dann sitzen sie in einer Wiese, deren Farn so hoch ist, dass jeder halb darin verschwindet. Nur Tian liegt weiter offen da, weil seine Decke den Farn unter sich niederdrückt. Tom besieht die mächtigen Stängel neben sich und findet, es sieht eher aus, als wäre Tians Decke aus massivem Metall, aber na schön. Gabriel bedient die Angel mittlerweile völlig ohne hinzusehen.

Sie erkennen vor sich eine Gruppe von Menschen, die sich rasch nähern und um sie herum ihr Lager aufschlagen. Ah ja, die Wissenschaftler, alles klar. Die Dialoge sind recht platt, aber was gibt es auch groß zu sagen. Ein Feuer wird gemacht, es prasselt und Rauch steigt auf. Es riecht herrlich nach gegrillten Würstchen. Tom lehnt sich entspannt zurück und schaut in den sternenklaren Himmel. Er streicht Erica leicht über den Rücken und raunt ihr zu, ihre Idee sei doch nicht so übel gewesen.

Zehn Minuten später beträgt sein Puls ungefähr 200, ein gewaltsam erlegter Fleischfresser mittleren Kalibers liegt neben ihm, strömt stinkend sein Blut aus, fünf Meter weiter links droht ein Forscher an einer kapitalen Bisswunde am Bein zu krepieren, von seinem linken Oberschenkel ist nicht mehr viel übrig, die restliche Gruppe wird gerade von Flugsauriern attackiert und verschießt kostbare Kugeln, eine getroffene Echse schlägt kometenhaft direkt neben ihnen im Boden ein, und der kleine Tian liegt inmitten dieses Trubels und schreit wie am Spieß, weil sein Vater ihm in einem Schreckmoment die schon sicher in der Hand gehaltene Angel weggerissen und ihn dadurch fast von der Babydecke katapultiert hätte. Sieht schon toll aus, fällt Tom trotz seines Adrenalinrauschs auf, wie Gabriel seinen Sohn jetzt in den Arm nimmt und um sie herum die Welt untergeht. Doch plötzlich sitzen alle wieder in der totalen Stille des grünen Gitternetzes. Lucie war wohl anderer Meinung.

»Jajaja, schschsch, alles gut, Papa ist ja da, war ja alles nicht echt, schschsch«, beeilt sich Gabriel seinen Sohn zu trösten. »Hab ganz vergessen, wie einen das packen kann, wenn man nicht aufpasst.«

»Ich hab jetzt genug von dem Wahnsinn. Schauen wir uns mal was Vernünftiges an!«

Lucie blickt ans andere Ende der Zeitleiste und wählt schließlich *Atlantis Restored – Die Menschheit am Ziel (OW)*. Sie sitzen kurz darauf auf einer kleinen Wiese in einer ökofuturistischen Stadt. In der Ferne sieht man öffentlichen Nahverkehr störungsfrei durch die Luft sausen. Tom fragt sich, wie diese Zukunftswaggons wohl angetrieben sein sollen. Ein Infoscreen erscheint: »Diese Open-World-Dokumentation wurde in enger Kooperation mit mehreren Zukunftsforscher*innen entwickelt und durch die Mittel des EU-Haushalts für nachhaltige Entwicklungsförderung finanziert.« Du meine Güte, denkt Tom und drückt den ungebetenen Screen weg. Lucie ändert über den Cursor den Standort und im Schneidersitz rasen sie über die Wiese, hin zu der makellosen Stadt.

Zehn völlig konfliktfreie Minuten voller Ökofuturismus später ist Erica offenbar eingenickt und Gabriel liegt neben seinem Sohn auf der Babydecke und ruft: »Laaangweilig.« Es ist wirklich einfach zum Kotzen, auch Lucie muss das einsehen und bringt sie zurück zum grünen Gitternetz.

»Das ewige Hin und Her zwischen den Filmen ist ganz besonders wie früher!«, ruft Tom in gespielter Begeisterung. »Können wir unser Küken mal aussuchen lassen?« Er deutet auf Erica, die sich langsam hochrappelt. Die anderen beiden nicken und blicken etwas verlegen über die eigene Filmauswahl drein.

Erica sieht länger auf die kleinen Vorschauquadrate und entscheidet sich dann mit freudiger Überraschung für *An American Dream. Mit Elvis im Nashville der späten 1950er-Jahre (OW)*.

»Wenn schon Nostalgie, dann richtig«, murmelt Gabriel, als sie sich, der Aufforderung folgend, in Zweierreihen nebeneinandersetzen. Lucie nimmt Tian auf den Schoß und gibt ihm eines der sündteuren Fläschchen.

Dann wird es dunkel, starker Wind bläst ihnen von vorne ins Gesicht und ein Motor röhrt gewaltig. Es riecht nach Benzin, Gummi und warmem Frühling. Um sie herum wird ein riesiges amerikanisches Cabrio sichtbar, das bei einer glutrot untergehenden Sonne den Highway entlangdonnert. Tom sitzt am Steuer, neben ihm Erica, die ihren Kopf in den Wind hält. Es sieht bezaubernd aus, wie sie in diesem alten Schlitten sitzt und sich die Haare zerzausen lässt. Die Münchner Kleinfamilie auf der Rückbank stört ihn zwar etwas, aber was soll man machen. Eine gelbe 10 … 9 … 8 … in seinem Sichtfeld zeigt an, wann er das virtuelle Steuer übernehmen kann. Alles klar, erst mal Kurs halten. Ein Infoscreen sagt ihm, wie er bremsen und Gas geben kann. Kurz ausprobiert, funktioniert. Die lumpige *Time-Machine*-Klitsche simuliert aber natürlich ohnehin keine G-Kräfte oder Beschleunigungen.

Der Tacho zeigt nur siebzig Meilen die Stunde an, aber der Motor röhrt, als stünden sie kurz vorm Abheben. Erica schaltet das Radio an, es läuft sehr gitarrenlastiger Country-Sound. Auf seinem Lenkrad steht: *Chevrolet Bel Air. Made in the U.S.A.* Sie passieren die ersten Ausläufer von Nashville. Der Infoscreen schreibt ihnen nichts vor, legt aber doch recht dringend nahe, den direkten Weg zum kulturellen Mittelpunkt der Stadt zu wählen, und liefert eine idiotensichere Wegbeschreibung. So viel zu »Open World«, denkt Tom. Als sie angekommen sind, verschwindet der Wagen und sie stehen auf, um auf einer Höhe mit den Passanten zu sein, die »Howdy!« sagen, wenn man sich ihnen nähert, und stark nach Whiskey riechen. Tom fragt sich, was Erica gerade an diesem Szenario so anziehend findet.

Sie navigieren sich eine Weile durch Nashvilles Musikmeile, die bunt und kräftig in den immer dunkler werdenden Abend blinkt. Es wird überall gelacht, getrunken und gesungen, Auspuffe qualmen und V8-Motoren heulen mit Motorrädern um die Wette. Junge und adrett gescheitelte Männer in dunklen Anzügen führen blonde Schönheiten in hellen Kleidern aus. Lange ignorieren sie den animierten Hinweis auf die Live-Performance von Elvis, die jeden Moment beginnen soll, weil sie ganz sicher sind, dass sie genau dann starten wird, wenn sie den Laden betreten und zufällig den letzten freien Tisch direkt vor der Bühne ergattern werden.

»Junge, Junge, dass solche Kinos mal langweilig geworden sind …«, murmelt Gabriel, als sie schließlich aus der *Time Machine* ins noch immer grelle Münchner Tageslicht stolpern. Sie machen sich auf den Heimweg und jeder hängt seinen eigenen nostalgischen Gedanken nach.

Später beim Abendessen fragt Lucie, ob sie sich noch um einen Babysitter kümmern sollen. Vielleicht wollen sie noch zu viert in eine Bar gehen, es sei noch nicht wahnsinnig spät.

»Och na ja, schon wieder Bar …«, sagt Tom vage.

Gabriel bringt die Spätvorstellung im Volkstheater ins Gespräch. Die Inszenierungen dort seien immer sehr gut und zur zweiten Aufführung am Abend könne man in der Regel auch ohne reservierte Karte.

»Theater, tja, ist ja schon wieder ein bisschen wie Kino, nicht?«, meint Erica und Tom nickt zustimmend. »Vielleicht jetzt noch ein kleines Glas Frankenwein und dann früh ins Bett, damit wir morgen fit sind?«

Tom wiegt, Ericas Vorschlag wohlwollend erwägend, den Kopf hin und her und unterdrückt nur mühsam ein gespieltes Gähnen.

Gabriel muss an seinen alten Musiklehrer denken und an seine Merkübung zur richtigen Schreibung des Wortes »Rhythmus«. Sein angeblich todsicherer Ansatz bestand damals darin, den griechischen Buchstabensalat von den Schülern immer wieder »rhythmisch« und Buchstabe für Buchstabe sprechen zu lassen, auf dass er sich besser einpräge. R-H-Y – T-H-MUS. Dam, dam, damdadam – dam, dam, MUS. Hat nicht übertrieben, der gute Mann, klappt noch heute, denkt Gabriel.

Leise kramt er in seiner Nachttischschublade nach Ear-Plugs, denn er muss dringend etwas gegen die verstohlenen, rhythmischen Geräusche tun, die aus dem Nebenzimmer kommen und eher nach Rhyth-mus, Rhyth-mus, Rhyth-mus klingen. Lucie ist offenbar schon eingeschlafen. Er geht auf seiner AiO-Watch in den TV-Modus, überträgt das Bild auf den größeren Screen an der Wand und setzt sich die Ear-Plugs ein. Auf den zum *Free-&-Solid(ary)-Network* gehörenden Sendern werden größtenteils verstörende Bilder aus Kirgisistan, Kasachstan, der Mongolei und so weiter gezeigt. In Russland selbst scheint die Lage mittlerweile wieder einigermaßen stabil zu sein, aber den ärmeren umliegenden Ländern fehlen noch gewaltige Mengen an Impfstoff. Hoffentlich gelangt der Erreger nicht so bald nach Afrika. Ein Hoch auf die einsetzende Entflechtung der jüngsten Zeit, denn schon jetzt hält Gabriel die Brennpunktnachrichten mit den Bildern von mit Hautausschlag übersäten Männern, Frauen und Kindern nicht mehr aus. Als ein brennender Berg aus Leichen gezeigt wird, schaltet er sofort um, wechselt sogar gleich das Network.

Die Kanäle von *Vox Populi* sind jedoch auch nicht wirklich besser. Auf dem *Defender* ebenfalls das Virus, auf *The Common Interest* eine langweilige Doku. *Fox News Germany* bringt ein Interview mit Marina Lilienthal. Er versucht weiterzudrücken, aber etwas lässt ihn nicht, Lilienthal spricht von einer anstehenden »Zeitenwende«, er versucht es noch einmal, sein Blick fällt auf ihr Markenzeichen, das altmodisch-grüne Halstuch mit den gelben Jagdhunden, und er hat verloren.

LILIENTHAL:

… und insofern ist die Beobachtung völlig unzutreffend, die heutige Opposition wäre ein merkwürdiges Konglomerat aus, wie es immer heißt, »Rechtsnationalisten« und eher linken Protektionisten. Die heutige Opposition ist vielmehr ein zur gesellschaftlichen Mehrheit angewachsener Zusammenschluss aller vernünftig denkenden Menschen in diesem Lande.

JOURNALIST:

Vielen Dank, Frau Lilienthal, für diese erhellende Einordnung. Lassen Sie uns nun einen Blick auf ganz Europa werfen: Von Marokko aus ist gestern eine Flotte, man kann das gar nicht anders nennen, eine Flotte von schnellen und wendigen Flüchtlingsschlauchbooten in See gestochen. Über die Straße von Gibraltar sind immerhin vier dieser Schiffe in Spanien angekommen, bevor sie von der Mittelmeerpatrouille der Europäischen Verteidigungstruppen abgefangen werden konnten. Voll beladen mit Afrikanern, von denen wieder jeder Achte nach Deutschland umverteilt werden wird. Ist es angesichts dieser schockierenden Vorkommnisse nicht Zeit für ein radikales Umdenken?

LILIENTHAL:

Es ist schon seit Langem Zeit für ein radikales Umdenken, aber gottlob erkennen dies mittlerweile immer mehr Menschen in Deutschland und vor allem auch in Europa. Der Zustand der EU ist seit Jahrzehnten wirklich jämmerlich. Die weinerlichen Moralvorstellungen ihrer obersten Vertreter verhindern, dass die EU und Europa das werden können, was sie dringend sein müssten: ein Abwehrbollwerk in einer Zeit voller Bedrohungen. Ein Bollwerk gegen den massiven chinesischen Einfluss auf Europa, eine Festung gegen den expandierenden arabisch-afrikanischen Islam und nicht zuletzt ein Bollwerk gegen die Gesundheitsrisiken aus aller Welt. Sie wissen, worauf ich anspiele. Deutschland ist innerhalb der EU der letzte ernst zu nehmende Bremsklotz auf dem Weg zu einem wirklich wehrhaften Europa. Wenn ich die Kanzlerschaft übernehme, spätestens nach der nächsten Bundestagswahl, dann wird Deutschland diese Weiterentwicklung Europas nicht mehr bremsen, sondern entschieden vorantreiben.

JOURNALIST:

Oft wird ja behauptet, eine das Nationale betonende Partei wie die Ihre, die gleichzeitig ein starkes Europa möchte, sei ein Widerspruch.

LILIENTHAL:

Ich höre das öfters, aber dem liegt ein entscheidender Denkfehler zugrunde. Meine Europa-Vision basiert auf souveränen und starken Nationalstaaten, die sich in einer Stunde der Not als gleichberechtigte Partner zu einem effektiven Bündnis zusammenfinden. Abgesehen von einem solchen Abwehrbündnis gegen die gravierenden Sicherheitsbedrohungen unserer Zeit möchte ich kein starkes Europa, ich möchte auch kein schwaches Europa, sondern ich möchte überhaupt kein Europa. Wir müssen zurück zu einer Welt, in der sich die Franzosen um französische Angelegenheiten kümmern, und zwar von ihrem schönen Frankreich aus, genauso wie sich US-Amerikaner in ihrem schönen Amerika um US-amerikanische Angelegenheiten kümmern sollen. Genauso wie wir Deutsche uns von unserem schönen Deutschland aus um deutsche Angelegenheiten kümmern müssen. Internationale Kooperationen zwischen den Ländern nur noch im Extremfall.

JOURNALIST:

Moralradikale Kräfte behaupten ja, die Folgen des Klimawandels seien per se internationale Angelegenheiten …

LILIENTHAL:

Das ist natürlich Unsinn. Die jeweiligen Folgen des Klimawandels, also seine ganz verschiedenen und unterschiedlichen Auswirkungen auf die einzelnen Staaten, fallen selbstverständlich in den Bereich der nationalen Angelegenheiten der jeweiligen Einzelstaaten.

JOURNALIST:

Ist es nicht erstaunlich, dass sich in dieser und in zahllosen anderen Fragen die Nationalisten der verschiedenen Nationen so gut verstehen?

LILIENTHAL:

Das war doch immer so: Nationalisten der verschiedenen Länder können miteinander sprechen und verhandeln, weil sie einander verstehen, während die Liberalen in einer Traumwelt leben und nicht geweckt werden möchten.

JOURNALIST:

Ist die Vorstellung eines friedlichen interkulturellen Zusammenlebens so ein utopischer Wunschtraum?

LILIENTHAL:

Natürlich, und ein extrem gefährlicher noch dazu. Nur weil wir Deutsche und wir Europäer heute größtenteils keine Christen mehr sind, brauchen wir uns nicht einzubilden, dass die anderen keine Islam…, Pardon, keine Muslime mehr seien. Solch ein naives Friede-Freude-Eierkuchen-Denken ist etwas für Kinderbücher, aber nicht für erwachsene Menschen, für mündige Bürger.

JOURNALIST:

Haben Sie eine eigene, realistischere Utopie, die Sie diesen gutmenschlichen Fantasien entgegenstellen können?

LILIENTHAL (lacht):

In der Tat, natürlich. Die Vorherrschaft der Amerikaner dauerte rund einhundert Jahre, gehört aber mittlerweile endgültig der Vergangenheit an, die dazugehörige Bequemlichkeit unserer Alten Welt ist aber noch nicht überwunden. Ich träume davon, dass der europäische Westen erwacht und sich im Geiste einer neuen Wehrhaftigkeit erneuert. Ich träume von einer Re-Nationalisierung im positivsten Sinne: dass die massive Drosselung des internationalen Handels nur der Anfang war und es auch auf politischer Ebene zu einer gigantischen und wohltuenden Entflechtung kommt. Jede Nation sei ihres eigenen Glückes Schmied. Mögen sich die Franzosen ein blühendes Frankreich erschaffen, bonne chance. Die Amerikaner sollen versuchen, eine neue Blüte ihrer USA hervorzubringen, good luck. Mögen Tunesier in Tunesien, Nigerianer in Nigeria und Inder in Indien glücklich werden. Und lasst uns auch in Deutschland an blühenden Landschaften arbeiten. Ich träume auf allen Ebenen von einer großen, heilsamen und ökologisch nachhaltigen Epoche der Entglobalisierung.

JOURNALIST:

Frau Lilienthal, herzlichen Dank für das Interview. Unsere Zuschauer sehen, Sie sind immer noch ganz im Wahlkampfmodus …

LILIENTHAL (unterbricht):

Ich bin ab jetzt permanent im Wahlkampfmodus! Es gibt jetzt keine Pausen mehr.

JOURNALIST:

Und wir sind gespannt, wie es weitergeht. Herzlichen Dank, Frau Lilienthal!

Gabriel schaltet sein kleines Display aus und legt die Ear-Plugs beiseite. Von nebenan ist keine Rhythmik mehr vernehmbar, er hört nur noch Lucies leichtes und regelmäßiges Atmen neben sich. Er bezweifelt dennoch, dass er so einfach wird einschlafen können.

⬡

Tom wacht aus unruhigen Träumen auf und hört, wie heftiger Regen gegen die Fensterscheibe schlägt. Er setzt sich auf und blickt auf die Uhr, es ist noch nicht einmal acht. Erica schläft noch, allerdings auch nicht gut, wie es scheint. Der Regen prasselt stärker, schwächer, stärker, schwächer an die Scheibe. Draußen muss es richtig böig sein. Er legt sich wieder neben Erica und fährt mit seiner Hand an ihren Hüften entlang.

Weil von Gabriel und Lucie nichts zu sehen ist, sitzen sie kurz darauf nur zu zweit beim Frühstück und passen ihren Tagesplan den äußeren Umständen an. Der Wetterbericht hat diesen Umschwung zwar lange angekündigt, aber irgendwie hatten sie das Gefühl, davon verschont zu bleiben, sie zwei ganz persönlich.

»Vielleicht in die Pinakotheken?«, schlägt Tom vor, als Erica sich zu ihm gesetzt und sich ein Bild von der Lage gemacht hat.

»Gute Idee.«

Aus dem Gästezimmer kommt ein Signalton, den Tom nicht kennt. Erica steht auf und geht rasch in ihr Zimmer, ihr halb gegessener Toast noch auf dem Teller. Tom nimmt sich ein Gürkchen und schaut aus dem Fenster. Wirklich scheußlich draußen, der Himmel unglaublich dunkel und die Bäume vom Sturm stark gebogen. Erica braucht lange, ihr Toast ist mittlerweile bestimmt ganz kalt.

Fünf Minuten später ist er eigentlich fertig mit dem Frühstück, aber noch immer keine Spur von ihr. Höflich und diskret bleiben, denkt er, wird schon wiederkommen. Dann geht er doch nachsehen, klopft an die gemeinsame Zimmertür und tritt ein.

Erica sitzt auf der Matratze, auf der sie gerade noch beieinandergelegen haben, ist ganz in sich zusammengesunken, das Gesicht hinter Händen und Haaren verborgen.

»Ist, öhm, ist alles in Ordnung?«, fragt er sehr vorsichtig.

Nichts ist in Ordnung, das sieht jeder. Erica rührt sich nicht, nur ihren Oberkörper schüttelt ein unterdrücktes Weinen. Er setzt sich neben sie und legt ihr eine Hand leicht auf den Hinterkopf. Erica sieht ihn an, ihr Gesicht ist verweint, ihre Haare wirr.

»Meine Oma ist gestern gestorben, gestern Nacht.«

Er legt seinen Arm um sie und murmelt: »Oje, das tut mir sehr leid.«

Was man eben sagt in solchen Situationen. Ungefähr eine Minute sitzen sie stumm nebeneinander und er hält sie fest bei sich. Dann springt sie plötzlich auf, atmet mehrmals tief aus, wischt sich mit den flachen Händen die Tränen aus dem Gesicht und fährt sich durch die Haare.

»Ich möchte gerne sofort nach Hause, ist das okay?«

»Klar, selbstverständlich! Gleich nach dem Frühstück?«

»Keinen Hunger mehr. Lieber jetzt sofort. Du kannst gerne noch wie geplant hierbleiben, wenn du willst, ist echt kein Problem.«

»So weit kommt's! Natürlich fahre ich mit.«

Erica nickt ihm dankbar zu.

Er ist ebenfalls aufgestanden, vor allem um Abfahrtsbereitschaft zu signalisieren, und hätte Erica jetzt gerne noch einmal in den Arm genommen, aber etwas an ihr hält ihn zurück. Irgendetwas an ihr oder vielmehr etwas zwischen ihnen hat sich durch diese Todesnachricht verändert, wie eine Saite, die nun anders schwingt. Während sie ihre Tasche packt, macht er ihr einen neuen Toast für unterwegs und räumt dann den Frühstückstisch ab.

»So eine verdammtverfickte Scheisse!!!«, hört er Erica plötzlich schreien, dazu einen dumpfen Stoß. Als er mit ein paar schnellen Schritten im Zimmer ist, sieht er ihre verstreuten Klamotten am Boden liegen und sie in der Mitte sitzen. Auf seinen erschrockenen Blick hin gibt sie ihm wortlos ihr Handy.

Auch das noch. Starkregen über Süddeutschland, Land unter im ganzen Gebiet zwischen Ausgburg und Regensburg, Zugverkehr großräumig unterbrochen. Schon wieder! Er zieht Erica hoch: »Schaffen wir schon!« Sie nickt und sieht an ihm vorbei ins Leere. Tom wirft verstohlen einen Blick auf die digitale Landkarte. Augsburg und Regensburg liegen tatsächlich gute hundert Kilometer auseinander. Wahnsinn!

Eine Stunde später sitzen sie in einem Regionalzug Richtung Passau. Von dort aus wollen sie einen weiteren

Zug nach Deggendorf nehmen, um sich von dort aus per Bus nach Regensburg durchzuschlagen. Dort scheint die Lage etwas weniger dramatisch zu sein als um Augsburg herum. Als es letztes Jahr südlich von Potsdam die Gleise unterspült hat, Tom aber unbedingt nach Berlin musste, hat er die Erfahrung gemacht, dass Busse im Zweifelsfall doch flexibler sind als Züge. So würde es sicherlich auch dieses Mal klappen.

Erica spricht nicht viel, hat auch ihren Toast noch nicht gegessen und sieht unbeweglich aus dem Fenster auf die verregnete Landschaft. Die Luft im Zug ist eklig feucht, alle Mitreisenden inklusive ihnen beiden sind völlig durchnässt. Und das nach diesem herrlichen Sommer, denkt er und fühlt sich ziemlich schlecht.

Bis Deggendorf geht alles glatt, doch dort am Bahnhof angekommen, wissen sie nicht weiter. Auch die Busverbindungen nach Regensburg sind unterbrochen, von den Zügen ganz zu schweigen. Tom liest ein Info-Update zum »Starkregenfall bei München« und nimmt die kuriose Wortbildung (ein starker Regenfall oder ein Fall von Starkregen?) nur am Rande wahr. Das Gleisnetz um Ingolstadt, im Zentrum des riesigen überschwemmten Gebiets, sei trotz aller Aufrüstungen der letzten Jahre weniger unterspült als vielmehr weggespült, heißt es im Text. Nichts geht mehr in der gesamten Region, Landstraßen und Autobahnen ebenfalls nicht mehr befahrbar. Puh. Scheint ein anderes Kaliber von Unwetter zu sein als letztes Jahr bei Berlin. Er ist besorgt, Erica macht einen äußerst niedergeschlagenen Eindruck.

Als er anmerkt, dass man zur Not auch eine Nacht hier in Deggendorf bleiben könne, bis sich die Lage geklärt hat, geht eine merkwürdige Verkrampfung durch ihren Körper und er beeilt sich zu versichern, dass sie auch heute noch irgendwie nach Nürnberg kommen werden.

In ihrer Verzweiflung kauft er zwei Tickets nach Pilsen. »Bitte umfahren Sie dieses Gebiet weiträumig«, erinnert sich Tom an den Verkehrsfunk aus früheren Zeiten. Erica hat bei der Bezahlung nicht einmal protestiert.

Ihr Zug geht in eineinhalb Stunden, sie gehen daher in ein kleines Restaurant ein paar Schritte vom Bahnhof entfernt. Auch hier in Deggendorf regnet es scheußlich. Erica isst wenig, spricht dafür aber etwas mehr als zuvor.

»Meine Oma ist kürzlich neunzig geworden, haben sie alle im Altenheim besucht. Meine Familie und ich.«

»Ein hohes Alter.«

»Ich weiß, ich weiß. Alte Leute sterben. Junge auch, aber bei alten ist es Teil des Plans. Teil eines riesigen Scheiß-Plans. Es ist überhaupt alles so eine unglaubliche Scheiße.«

Sie hält sich die Hände vors Gesicht, ihre Schultern zucken. Tom sagt nichts, sieht auf den Teller.

Von Pilsen aus können sie dann immerhin ohne langen Aufenthalt nach Bayreuth fahren. Dort wird der Zugverkehr ganz planmäßig abgewickelt und sie nehmen den Leipzig-Nürnberg-Express, der nur in Gera, Hof und eben Bayreuth hält. Aufgrund dieser erstaunlich guten Anbindung rauschen sie noch beim letzten Tageslicht aus nördlicher Richtung auf Nürnbergs Grenzen zu. Diesmal sitzen sie nicht am Fenster, sondern haben die Plätze am Gang. Das Abteil ist voll besetzt, sogar ihr Gepäck müssen sie zwischen sich stellen. Toms Köfferchen unten, darauf Ericas Reisetasche. Äußerst merkwürdig, von Norden her in Nürnberg einzufahren, wenn man aus München kommt, findet er und sieht wie alle anderen im Abteil nach draußen in den Regen.

Aus diesem Regen dringt ein neues Signal nach drinnen und erreicht Ericas Handy, das ganz oben auf dem Taschenberg liegt. Immer ein erregendes und erhebendes Gefühl, so bedeutungsschwer vibrieren zu dürfen, findet Ericas Handy. Der Inhalt der *Free-&-Solid(ary)*-Push-Nachricht ist dem vorsintflutlichen Gerät dagegen völlig egal.

Erica hat den Vibrationsalarm zwar gehört, reagiert aber nicht. Ein eingehender Anruf klingt anders und sonst interessiert sie momentan nichts. Gegenüber blickt Tom kurz auf seine Smartwatch und zieht die Augenbrauen hoch. Dann lässt er wieder seinen Ärmel darübergleiten, ohne dabei etwas zu sagen. Erica fühlt eine tiefe Traurigkeit in sich oder eigentlich mehrere Schichten von verschiedenen Traurigkeiten, die sich gegenseitig überlagern und verstärken. Sie denkt an Oma Doro, die tot ist, an ihre Eltern, die ihr fremd geworden sind, an Lynn, die sie während ihres Ausflugs an eine andere Freundin abgegeben hat, und an Dingo. Immer wieder an Dingo.

Endlich kommen sie am Nürnberger Hauptbahnhof an.

»Vielen Dank für alles! Es tut mir leid, wie unser Trip jetzt enden musste«, sagt sie und meint es auch so.

»Gibt nichts zu danken und nichts zu entschuldigen. Alles Gute für die nächsten Tage! Wenn du mich erreichen möchtest, weißt du wie. Andernfalls sehen wir uns vor Gericht!«

Erica muss ein bisschen lächeln.

In der U-Bahn sieht sie auf ihr Handy. Philly hat im Familienchat angekündigt, morgen Abend anzureisen, und bittet, bis dahin die Couch im Wohnzimmer schlafbereit zu machen, wenn möglich. Daneben eine neue *Solid(ary)*-Benachrichtigung: »Ausbruch der Urzeit-Viren in Istanbul und Kairo bestätigt.«

Sie haben auch früher schon Gäste bekommen, aber dieser Besuch ist anders, das hat Erica irgendwie gleich gemerkt. Am ernsten Gesicht ihrer Mama, als sie ihr gesagt hat, dass heute jemand zum Kaffeetrinken vorbeikommt. Und dann weil sie beim Tischdecken kaum geredet und über irgendwas ganz fest nachgedacht hat. Papa ist leider noch in der Arbeit, sonst hätte er ihr vielleicht helfen können. Leonie ist natürlich noch in der Schule, die hat es gut, die darf dort schon hin und lernt schreiben und zählen. Überhaupt darf Leonie immer viel mehr als sie, nur weil sie schon ein bisschen größer ist, und das ärgert sie dann immer so sehr, zum Beispiel beim letzten Mal, als sie am Abend haben fernsehen dürfen, da hat sie schon viel früher ins Bett gemusst, obwohl sie noch überhaupt nicht müde gewesen ist, aber Leonie hat schon zweimal vorher gegähnt und hat trotzdem weiterschauen dürfen.

Es hat geklingelt und ihre Mama macht die Tür auf. Es sind Leute aus Mamas Arbeit, das hat Erica sich schon gedacht. Sie schaut ihnen lieber erst einmal aus der Küche zu, wie sie in die Wohnung kommen. Es ist eine Frau und ein älterer Junge, vielleicht so alt wie Leonie, aber viel dunkler im Gesicht. Die Leute aus Mamas Arbeit können oft nicht so gut reden und deswegen brauchen sie dort ihre Mama, damit sie es von ihr lernen. Erica kann schon ziemlich gut reden und sie hat es auch von ihrer Mama gelernt. Und ein bisschen auch von ihrem Papa, besonders »Scheiße« und »Quarterback«, aber das letzte Wort ist ziemlich schwierig.

Erica muss beiden die Hand schütteln. Der Junge kann besser reden als seine Mama, findet Erica, aber natürlich lange nicht so gut wie *ihre* Mama! Dann gibt es Kuchen und ihre Mama und die andere Mama reden über den Papa von dem Jungen und die andere Mama ist sehr traurig und weint. Ihre Mama sagt, Erica soll mit dem fremden Jungen ein bisschen in ihr Zimmer zum Spielen gehen, aber sie will nicht und bleibt lieber sitzen. Da wird ihre Mama richtig böse und Erica glaubt, sie wollen sie nur nicht dabeihaben. Trotzdem geht sie mit dem Jungen in ihr Zimmer, auch wenn sie nicht das Gefühl hat, dass man mit ihm gut spielen kann, weil er sogar größer ist als Leonie und mit der kann man auch nicht gut spielen.

Im Zimmer zeigt sie ihm alle Bilder, die sie schon gemalt hat, aber er sagt, sie gefallen ihm nicht. Wütend macht sie ihre Mappe wieder zu und spielt alleine mit ihrer Lieblingspuppe. Sie versucht, ganz toll zu spielen, aber der fremde Junge steht immer noch in ihrem Zimmer herum und das gefällt ihr nicht. Sie fragt, ob er auch mit der Puppe spielen will, aber er hat keine Lust. Ist der aber langweilig! Sie zeigt ihm die Spiele auf ihrem Kindertablet, aber er sagt, sie hat nur Spiele für Mädchen. Als Erica einfach nicht mehr weiterweiß, fragt sie, was sein Lieblingstier ist, ihres ist nämlich ein Pferd, und wenn sie größer ist, möchte sie einmal ein ganz eigenes haben. Er fragt sie, ob sie weiß, was ein Dingo ist. Er hat zwar selbst noch keinen in echt gesehen, aber in seiner Lieblingsfernsehserie gibt es einen. Erica weiß es nicht, aber sie nickt trotzdem.

⬡

Also wenn Assoziationen nicht das Seltsamste zwischen Himmel und Erde sind. Sie sitzt hier in der Kirche, Oma Doros Beerdigung geht jede Sekunde los und sie muss an dieses bescheuerte Brettspiel denken. »Nur zu Besuch« heißt es dort auf dem Gefängnisfeld. In Kirchen war sie bislang auch »nur zu Besuch«, aber heute muss sie wirklich einsitzen, heute ist der Ernstfall, der Todesfall. Das muss sie immer wieder denken und es ist so unwürdig, sie kann sich und ihre Gedanken kein Stück weit ernst nehmen. Sie überlegt, ob sie schon einmal einen Pfarrer live gesehen hat, ist sich aber nicht sicher. Vermutlich damals beim Tod des Opas, an den sie sich noch dunkel erinnert.

Vor ihnen in der ersten Reihe steht ein kleines Bild von einer lachenden Oma Doro, dahinter der Sarg, drum herum die schlichte Strenge protestantischer Kirchen. Der Anblick ist so traurig, dass alle um sie herum weinen. Sie selbst kann das irgendwie nicht mehr, schon seit der Ankunft in Nürnberg nicht. Übermäßige Kontrolle über ihre Tränendrüsen, dafür überhaupt keine Kontrolle mehr über ihre Gedanken.

Kirche + Pfarrer = Tod einer alten Person.

Ohne ihr Zutun formt ihr Gehirn die Gleichung um, aber es kommt nur Unsinn heraus. Links neben ihr wird ihre Mutter langsam unruhig, weil noch immer kein Pfarrer in Sicht ist, rechts von ihr sitzt Dingo unbeweglich wie ein Stein. Noch immer beteuert er bei jeder sich bietenden Gelegenheit seine Unschuld, verschwindet aber sogar noch häufiger als früher. Über ihren München-Aufenthalt hat er noch kein Wort verloren. Sie auch nicht.

Endlich kommt der Pfarrer, ein kleiner, dicker Mann mit schwarzem Umhang. Außer den Familienangehörigen ist kaum jemand gekommen, aber wer hätte das auch sein sollen. Die ganze Szenerie wirkt auf Erica unerträglich gespenstisch. Sie kann sich nicht konzentrieren, hört nur mit halbem Ohr zu.

Verabschieden uns von Frau Dorothea Klein, geborene Lübbsch, zur Welt gekommen am 26. Mai 1959 in Stuttgart. Irgendwas mit »Aufschwung« wird vorne gesagt. Hineingeboren in eine schwierige Zeit nach dem Krieg. Dennoch eine Zeit des Optimismus, der Erneuerung, des Wachsens. Und der Wunder. Die Verstorbene bis zu ihrem Ende von diesem positiven Geist geprägt, trotz all der späteren gesellschaftlichen Auflösung und des wirtschaftlichen Schrumpfens um sie herum. Kirche = Tod – Pfarrer? Oma Doros Jugend als Zeit der Wagnisse und der Orientierung. Der Entfaltung auf festem Wertefundament. In vielerlei Dingen glücklichere und bessere Zeit.

Ein empörtes Schnauben in ihrer Nähe bringt Ericas Gedanken ganz zurück. Philly und der Pfarrer tauschen einen feindseligen Blick aus, Klaus klopft mit der Hand mäßigend auf Phillys Oberschenkel. Der Pfarrer geht den restlichen Lebenslauf durch: Mittlere Reife, Ausbildung zur

Versicherungskauffrau, Ehe, Kinder, Rente 2024, Enkelkinder. Ende. Klaus schnäuzt sich und sieht von der Seite her gar nicht gut aus.

Dann liest der Pfarrer aus der Bibel vor und Ericas Gedanken springen schon wieder hin und her.

»Am Abend brachte man viele Besessene zu ihm. Er trieb mit seinem Wort die Geister aus und heilte alle Kranken, damit sich erfüllen sollte, was durch den Propheten Jesaja gesagt worden ist … Da kam ein Schriftgelehrter zu ihm und sagte: Meister, ich will dir nachfolgen, wohin du auch gehst … Ein anderer aber, einer seiner Jünger, sagte zu ihm: Herr, lass mich zuerst weggehen und meinen Vater begraben. Jesus erwiderte: Folge mir nach; lass die Toten ihre Toten begraben! … Und siehe, es erhob sich auf dem See ein gewaltiger Sturm, sodass das Boot von den Wellen überflutet wurde. Jesus aber schlief … Dann stand er auf, drohte den Winden und dem See und es trat völlige Stille ein. Die Menschen aber staunten und sagten: Was für einer ist dieser, dass ihm sogar die Winde und der See gehorchen?«

Erica sieht schon die ganze Zeit auf Oma Doros Bild vorne. Hm, »lass die Toten ihre Toten begraben«. Sie merkt, wie sich diese Zeile in ihr Gedächtnis einbrennt, nur dieser eine Satz. Die furchtbaren Bilder von den Newsseiten schieben sich wieder in ihr Bewusstsein, die vielen Krankenhäuser, Spitäler, Hospize, Leichenverbrennungen, die in Indien ganz genauso aussehen wie in Namibia, Nigeria oder Venezuela. Inzwischen weiß jedes Kindergartenkind, dass die Vorsilbe »pan« in Pandemie für »alles« oder »überall« steht.

»Lass die Toten ihre Toten begraben.« Sie hat diesen einen Satz noch im Kopf, als es nach draußen ans Grab geht. Ericas Blick fällt auf Philly, auch das ohne ihren Willen, gegen ihren Willen. Die Haare diesmal ganz schwarz gefärbt, auch der Bart tiefschwarz, dazu überhaupt keine modischen Effekte.

Der Pfarrer spricht noch einmal ein paar Worte und segnet den Sarg, dann lassen die Träger Oma Doros Leiche nach unten und Musik kommt aus zwei kleinen Boxen. Philly und Dingo schauen Tanja fragend an. Die zuckt nur die Achseln und flüstert ihnen zu: »Ist offenbar Oma Doros absolutes Lieblingslied gewesen.«

»Seit wann denn das?!«, raunt Philly erstaunt zurück.

»Erica hat das behauptet.«

Alle schauen starr nach vorne und schweigen.

Oma Doros Sarg verschwindet im Boden. Ihre beste Zeit: *A long, long time ago.*

Tanja geht nach vorne, um Erde auf den Sarg zu werfen. Dann Klaus. Er weint so heftig und unkontrolliert, dass er kaum Erde auf die Schaufel bekommt. Selbst Philly, nach Klaus an der Reihe, blickt deswegen erschrocken. Erica nimmt die Schaufel aus Phillys Hand, kippt Erde auf das Grab ihrer Oma, gibt die Schaufel an Dingo weiter und empfindet in diesen Sekunden einfach überhaupt nichts. Gar nichts. Nach Dingo kommen die paar alten Bekannten von Oma Doro dran, die noch nicht tot sind. Erica stellt sich unauffällig neben ihren Papa und sieht besorgt zu ihm hoch.

»Bist du okay?«

Er atmet noch immer stoßweise, winkt aber ab.

»Geht schon wieder. Denke heute nur ständig: ›Jetzt bist du der Nächste.‹«

Erica drückt seine Hand und flüstert: »Weniger nachdenken, Papa …«

Das alte Lied dauert ziemlich lange, viel länger als für die Zeremonie nötig, aber der Mitarbeiter des Bestattungsunternehmens traut sich offenbar nicht, es vorzeitig abzudrehen. So stehen alle etwas verloren um das Loch im Boden herum und blicken auf den Sargdeckel und die Blumen, die von unten heraufschauen. Auch der Pfarrer steht noch am Grab, würdig und unschlüssig zugleich.

But something touched me deep inside
That day the music died

Das letzte Planungsmeeting in Mikas Keller ist zugleich das lebhafteste. Die Details der Aktion sind tausendmal besprochen und abgesegnet und nun, kurz vor der Ausführung, doch plötzlich wieder diskussionsbedürftig. Ist wirklich an alles gedacht? Natürlich nicht, wer kann das schon, bei diesem Unternehmen. Ist das Risiko minimiert? Im Rahmen der Möglichkeiten.

Faris hat die Pläne als »semipassiven Widerstand« bezeichnet, als eine Mischung aus Gandhi und Malcolm X. Dass das Forumsgelände am Tag der Urteilsverkündung natürlich zwar überwacht, aber nicht komplett abgeriegelt werden wird, ist schon daran erkennbar, dass zwei große Kundgebungen auf dem Lesch-Platz genehmigt worden sind, zu denen jeweils mindestens zehntausend Teilnehmer erwartet werden. Das ist schon einmal sehr gut. Am Eingang des Forums selbst wird dann zwar bestimmt kontrolliert, aber auch das kann nicht zu dramatisch sein, Hinz und Kunz müssen an dem Tag ins Forum. Knackig wird es höchstens vor Al-Gore. Sogar die Zuschauer sind am letzten Tag namentlich angemeldet. Die Wahl für Dingos Tarnung fiel deswegen auf den Pflichtverteidiger, dessen Hautfarbe der Dingos am nächsten kommt. Da die Jurastudenten an jedem Verhandlungstag anwesend sein mussten, sollten die Securitys ihre Gesichter mittlerweile gut kennen. Gleichzeitig sind es dreißig Stück, der Einzelne fällt dann weniger auf. Entscheidend wird sein, dass Dingo sein Double sieht und einen anderen Eingang nehmen kann, das Double aber nicht ihn. Das wäre sonst bestimmt ziemlich ungünstig.

Außer Dingo muss niemand in den Al-Gore-Saal. Ben, Faris und Mika haben unterschiedliche Jobs innerhalb des weitläufigen Forums bekommen. Die sollten zu machen sein. Dingo hat nie einen Zweifel daran aufkommen lassen, dass er die schwierigste Rolle übernehmen würde, wo er den Stein überhaupt erst ins Rollen gebracht hat. Er ist auch der Einzige, der für die Einlasskontrolle einen falschen Ausweis hat, aber wirklich dolle ist der nicht geworden. Beim Gedanken an diesen Ausweis in seinem Geldbeutel wird auch Dingo etwas nervös und er denkt lieber daran, dass jeder das Recht und sogar die Pflicht hat, den eigenen Job abzubrechen, wenn irgendwas nicht nach Plan läuft. Den falschen Ausweis vorzuzeigen gehört eigentlich nicht zum Plan.

Der arme Spex mit seinem nervösen Magen muss überhaupt nicht auf das Gelände des Forums. Sein Ziel ist ein kleines Landschaftspflegerhäuschen am Rand einer Grünanlage am Hasenbuck, auf der anderen Seite der Katzwanger Straße.

Sie gehen noch einmal jeden einzelnen Job durch, bei Dingo angefangen bis hin zu Spex.

»Na und dann schau mal, was der liebe Mika seinem lieben Spex noch als kleines Geschenk mitgebracht hat!«, sagt

Mika zum Schluss und legt einen Schlüssel auf den Tisch, auf dem auch fünf eingefallene Kunststoffmasken liegen.

»The key to your heart?«, fragt Faris.

»Wofür soll'n der sein?«, erkundigt sich Spex misstrauisch.

»Na wofür wohl? Vielleicht für ein gewisses Hasenbucker Gärtnerhäuschen?«

Spex' Augen zucken irgendwie komisch.

»Soll das heißen, wir haben tagelang umsonst geübt, wie ich dieses Schloss ohne Schlüssel aufkriege?«

Mika gibt sich übertrieben betroffen: »Und ich dachte, du freust dich!«

Wortlos nimmt Spex den Schlüssel und steckt ihn sehr sorgfältig in seinen Geldbeutel. Die anderen strahlen, denn die Trafostation ist zwar der ungefährlichste Zugriffspunkt, aber zugleich der mit dem größten Potenzial. Und Spex wirkte bislang, na ja, nicht gerade wie eine sichere Bank. Auf Dingos Frage, ob ihm den Schlüssel vielleicht zufällig ein gewaltiger Schnauzbart rübergeschoben habe, hebt Mika nur abwehrend die Arme, macht aber ein vielsagendes Gesicht.

Die Masken dagegen haben Ben und Faris organisiert, und zwar ohne großen Aufwand. Haben einfach zu späterer Stunde mal in einen 3-D-Multi-Druckladen in der Innenstadt geschaut. Dass sich der Mitarbeiter dort für eine halbe Stunde im hinteren Bereich des Ladens zuverlässig nicht blicken lässt, hat fast schon feste Preise und kommt immer wieder vor. Zur Anfertigung von Masken, Puppen, Figuren oder auch nur einzelnen Körperteilen. Erzeugnisse mit klar zuweisbarem Verwendungszweck, in der Regel

Duplikate von Filmstars und anderen Prominenten. Oder von Gloria Perec, wem's aus aktuellem Anlass gefällt. Und es ist nur ein Gerücht, dass Lilienthal-Sexmasken im verfeindeten politischen Lager deutlich gefragter sind als im eigenen, aber es muss deswegen nicht falsch sein. Jedenfalls lässt man sich ungern über die Schulter schauen, wenn man sich zum Beispiel gerade ein grünes Kunststoffhalstuch mit gelben Jagdhunden aus dem 3-D-Drucker lässt, weil es dann billiger und zugleich leichter abwaschbar ist als eines aus echtem Stoff. Dass der Mitarbeiter denken musste, Ben und Faris seien in ähnlichen Absichten hier, hat die beiden nicht gestört, ganz im Gegenteil.

Zuerst haben sie verschiedene Bilder der Zielpersonen eingelesen. Für eine lebensechte Maske braucht man etwa vierzig möglichst hochauflösende Schnappschüsse aus unterschiedlichen Perspektiven. Zur Sicherheit haben sie gleich sechzig pro Maske überspielt, die Bilder sind schließlich nur von den verschiedensten Social-Media-Profilen gezogen. Der Drucker rechnet ein bisschen, erstellt eine Druckvorschau und liefert dann prompt das Gewünschte. Fünf Masken aus einer ziemlich hochwertigen Mischung bunter Silikon- und thermoplastischer Elastomere haben sie auf diese Weise erstellt und dann, wie gemeinsam besprochen, aus dem gleichen Material noch einen großen Würfel ausgedruckt. Masken und Würfel in die gewaltige Kontrabasshülle geworfen, die Bens Vater dem Unternehmen unwissentlich zur Verfügung gestellt hat, alle Vorlagen zuverlässig gelöscht und ab zur Kasse. Der Mitarbeiter hat die

Gerätegebühren, die sehr hohen Materialkosten sowie seine Unaufmerksamkeit verrechnet und musste natürlich den Eindruck haben, die zwei Bürschchen mit dem »Kontrabass« seien in höchstgradig schmieriger Mission unterwegs.

Ein Problem, das aber tatsächlich niemand vorher bedacht hatte: Wohin jetzt mit dem blöden Alibi-Würfel? Der bunte Klotz liegt wie ein Grenzstein auf dem Boden von Mikas Keller. Ben hebt ihn auf den Tisch und alle sehen ihn ein wenig ratlos an.

»Im Klo kann man den schon mal nicht so einfach runterspülen, so viel ist klar«, spricht Faris aus, was alle denken.

Sie beschließen, in Sachen Würfel erst einmal nichts zu beschließen. Vorerst könne er ja mal hier bleiben. Stattdessen gehen sie noch ein wirklich allerletztes Mal die Abläufe durch.

Dingo fasst zum alleraller letzten Mal zusammen: »Offizieller Prozessbeginn um 10 Uhr. Abmarsch bei Mika um Punkt 08:45 Uhr, ab 09:30 Uhr alle auf ihre Posten. Um Punkt 09:40:00 Uhr schlägt jeder los, nicht 09:39:59 Uhr oder 09:40:01 Uhr! Bei Gefahr der Enttarnung sofort abbrechen. Den ganzen Tag über hat keiner ein elektronisches Gerät dabei. Gar keines! Und wenn – *heilige Scheiße*!!«

Ohne jede Vorankündigung hat Spex gerade auf und neben den Tisch gekotzt, zwei Masken, der Würfel und Bens linkes Bein sind betroffen. Alle springen hoch und Dingo stöhnt innerlich auf. *Einmal* mit Profis arbeiten …

»Damit übergebe ich das Wort an die Staatsanwaltschaft.«

Im Saal ist jetzt wieder größte Unruhe zu spüren, überall wird gemurmelt und geraunt. Erica erinnert sich gut an Perecs ersten Auftritt vor ein paar Monaten, als sie die große Gerichtsaktion, die zur Lachnummer zu werden drohte, aus dem Graben gezogen hat. Und heute ihr großes Finale? Links hat Bonnie die Finger über der Tastatur gespitzt, um keinen spontanen Eindruck während des Plädoyers der Staranwaltschaft zu vergessen. Tom dagegen schlägt lässig ein Bein über das andere.

»Prognose?«, raunt Erica ihm zu, während sich Perec erhebt.

»K.o. in der 12. Runde.«

»Perec oder Eilers?« Erica blickt auf den einzig persönlich erschienenen Angeklagten, der weiterhin keine Verhandlungsminute versäumt.

»Nein, *ich*!«, flüstert Tom lachend, während Perec bereits zu sprechen begonnen hat.

»Hohes Gericht, sehr geehrte Verteidigung, sehr geehrte Damen und Herren hier im Saal und überall an den Screens. Dieser Prozess, der Sie und uns alle seit Monaten beschäftigt, steht vor seinem Abschluss. Es ist daher heute meine Aufgabe, den Blick von den Details wieder auf das große Ganze zu lenken und ein Fazit zu ziehen. Wenn Sie so wollen, eine Endabrechnung aufzustellen.

Der Prozess war stets in drei Ebenen gegliedert und ich werde dieses Prinzip auch in meinem Schlussplädoyer einhalten. Über allem schwebte die Frage nach der Verantwortung einer Zeit, einer Gesellschaft, oder besser: einem geistigen Klima, das zwischen den Jahren 2000 und 2030 herrschte. Näheres hierzu später. Es ging, auf einer zweiten Ebene, um die spezielle Verantwortung jener, die in den genannten Jahren eine Machtposition innehatten, sei es realpolitisch oder durch sonstigen gesellschaftlichen Einfluss. Aus dieser Personenschicht wurden dreißig exemplarische Fälle ausgewählt, um eine dritte Ebene zu eröffnen, nämlich die persönliche. An den Taten und Nichttaten dieser dreißig Personen wurde aufgezeigt, wie verheerend sich der gerade genannte gesellschaftliche Zeitgeist in jeweils unterschiedlicher Form, aber mit immer wiederkehrenden Grundmotiven in der Praxis ausgewirkt hat.

Durch das öffentlichkeitswirksame persönliche Erscheinen des Angeklagten Jochen Eilers hat diese dritte Ebene gewissermaßen noch eine Ergänzung erfahren. Wenn Sie so wollen, kam zur persönlichen Ebene noch eine höchstpersönliche Ebene hinzu. Ich werde daher auch auf den Fall Eilers heute noch einmal im Speziellen eingehen. Diese exponierte Stellung innerhalb des Prozesses hat er selbst gewählt.

Lassen Sie mich zuvor jedoch noch einmal auf den zeitlichen Rahmen der Anklage eingehen. Wieso genau diese dreißig Jahre zwischen 2000 und 2030?

Wie bei jeder Epocheneinteilung sind die Grenzen natürlich auch hier fließend, doch man kann mit Fug und Recht sagen, dass sich um den kalendarischen Übergang vom zweiten zum dritten Jahrtausend auch eine wissenschaftliche Faktenlage einstellte, ab der man *spätestens* von einem menschengemachten Klimawandel ausgehen musste und sich seiner Dimensionen immer klarer wurde. Ich sage bewusst *spätestens*. Man kann gute Argumente finden, den Moment einer ausreichenden wissenschaftlichen Untermauerung weit vor das Jahr 2000 zu legen, doch *in dubio pro reo*, im Zweifel für den Angeklagten. Bei der Begrenzung auf diese dreißig Jahre hat die Anklage also bereits zum ersten Mal Milde gezeigt.

Das Jahr 2000 markiert den Zeitpunkt, ab dem die Menschheit als Ganzes allerspätestens hätte erkennen *können* und hätte erkennen *müssen*, dass sie mit ihrem gewaltigen Kreuzfahrtschiff in einem Meer voller Eisberge unterwegs ist. Und trotzdem hat sie weiter mit voller Fahrt den Kurs gehalten, weil Geschwindigkeitsrekorde zu brechen waren und es den Passagieren so mehr Spaß gemacht hat. Ein übles Ende dieser Reise war absehbar, schien aber noch weit genug in der Zukunft zu liegen. Gleichzeitig nahm der Dampfer gerade in dieser Zeit immer noch mehr Fahrt auf.

Ab den 2020er-Jahren hat man sich mit diesem Kurs dann plötzlich nicht mehr nur kleine Schrammen geholt, sondern immer größere Eisbrocken haben die ersten wirklich gravierenden Löcher in den Bug gerissen. Die vordersten Sicherheitsschotten begannen zu brechen, die Stimmung unter den Passagieren drehte sich mit jedem neuen Zusammenstoß ein wenig mehr. ›Nature does not negotiate‹ wurde zum Slogan einer immer größeren Bewegung. Um das Jahr 2030 wird dann der Geschwindigkeitshebel endlich auf ›Volle Kraft zurück‹ gelegt und das Ruder herumgerissen. Nichts wie raus aus den Eisbergen, lautete ab dann die Devise.

Nun gehört es jedoch zur Tragik des menschlichen Daseins, dass große Schiffe, wenn sie erst einmal in Fahrt sind, wahnsinnig träge und somit nur schwer zu stoppen sind. Umso mehr in der Realität außerhalb meiner kleinen Metapher. Noch heute, im Jahr 2049, bewegt sich unser Schiff mit sehr hoher Geschwindigkeit mitten im Eismeer. Einen Kurs, der weit über 200 Jahre lang nur ›Immer schneller, immer weiter‹ lautete, ändert man eben nicht einfach so innerhalb von 20 Jahren. Die Eisberge reißen uns unterdessen mehr denn je die Flanken auf, Wasser dringt im Rumpf immer weiter vor. Aus den unteren Kabinen kommen die Passagiere in wachsender Zahl hoch an Deck. Gleichzeitig schöpfen wir hektisch Wasser zurück ins Meer und haben daher kaum noch Energie oder Zeit für anderes. Wir haben nur *einen* großen Wunsch: Runter von diesem irren Tempo, langsam und mit Bedacht raus aus dem Eismeer in ruhigere Gewässer navigieren. Das früher starke und schöne Schiff endlich wieder rundherum seetauglich machen. Und dann nie wieder, *nie wieder*, eine solche Höllenfahrt hinlegen. Doch leider werden nur die Allerjüngsten hier im

Saal, und auch die nur möglicherweise, diese Zeiten der Erholung noch erleben.«

Perec macht eine kleine Pause und nimmt einen Schluck Wasser. Bonnie hat während der ganzen Ausführungen keine einzige Notiz gemacht. Sie sitzt wie gelähmt da und gibt sich keine Mühe, ihre Tränen zu verbergen. Tom massiert mit Daumen und Zeigefinger seine Nasenwurzel. Auf seinem Bildschirm, den er in Ericas Richtung dreht, sind mehrere E-Book-Titel zu sehen: *Einführung in die Nautik. Das große Buch des Schiffbaus. In 80 Tagen um die Welt. Leonardo DiCaprio und Kate Winslet – die Doppelbiografie.*

Erica sieht ihn von der Seite her an.

»Na, war Runde 12 zu optimistisch?«

Tom verharrt in seiner fast reglosen Sitzposition und gibt nur ein tiefes Grummeln von sich. Perec fährt fort: »Es wird nun Zeit, ein Urteil über Kapitäne, Besatzung und Passagiere jener dreißig langen Jahre zu fällen, die damals die Katastrophe sehenden Auges in Kauf genommen haben. Meine Aufgabe ist es hierbei, ein gerechtes Strafmaß zu fordern. Die Urteile dieses Gerichts, Sie wissen das, werden symbolischer Natur sein. Das bedeutet jedoch keineswegs, dass sie damit nicht real wären. Wenn die Bedeutungsaufladung einer Sache von vielen Menschen ernst genommen und akzeptiert wird, dann wird diese Bedeutungsaufladung eben gerade durch dieses Ernst-Nehmen real. Mit den Urteilen in diesem Prozess wird es sich ähnlich verhalten. Man wird sie weder anfassen noch sie poliert in den Schrank stellen können, doch ebenso wenig wird es möglich sein, sie zu vergraben oder zu verstecken. Die Urteile werden symbolischer Natur sein, aber sie werden trotzdem real sein, eben weil sie gerecht sein und dadurch breite Akzeptanz finden werden.

Unser Prozess blieb von Anfang an auf Deutschland beschränkt, soll und wird jedoch Vorbild für zahllose weitere Staaten bzw. Gesellschaften sein. Seine eigentliche Stoßrichtung ist also letztlich global.

Bei der Herausarbeitung meiner Strafforderungen werde ich mich vom Kleinen zum Großen bewegen. Ich beginne daher bei der persönlichen Ebene, genauer gesagt beim Fall Eilers.«

Alle im Saal beugen sich etwas nach vorne, auch Eilers selbst. Er hat heute keinen Notizblock dabei, sondern schaut einfach mit aufmerksamer, aber undurchdringlicher Miene zu Perec.

»Die Auseinandersetzung mit dem Fall Jochen Eilers hat immer wieder die Mechanismen menschlicher Verdrängungskunst aufgezeigt. Es gibt einen gut erforschten und durch Studien leicht belegbaren psychologischen Effekt, durch den man zum Beispiel dazu neigt, mögliche Fouls des eigenen Teams, beim Football oder wo Sie wollen, viel weniger kritisch zu sehen als mögliche Fouls des gegnerischen Teams. Je nach Trikotfarbe plädiert man also mit Überzeugung für oder gegen einen Pfiff des Schiedsrichters, und zwar bei ganz vergleichbaren Fällen. Man nennt das im psychologischen Fachjargon ›self serving bias‹: eine Urteilsschwäche, die sich immer zugunsten der eigenen

Interessen auswirkt. Jochen Eilers ist bis mindestens zum Jahr 2032 einer solchen selbstdienlichen Urteilsschwäche erlegen.

Es scheint in diesem Fall glaubhaft, dass der Angeklagte moralisch schuldhaft gehandelt hat, doch ohne dabei ein schlechtes Gewissen zu entwickeln, eben weil er stets nur das gesehen hat, was er auch sehen wollte: die Schönheit des Rennsports, die jubelnden Zuschauermengen, die ganz vereinzelten klimaskeptischen Forschungspositionen und so weiter. Zu groß wäre der Verlust gewesen, hätte er seine eigennützige Brille abgelegt, unangenehme Tatsachen als solche anerkannt und in der Folge konsequent gehandelt. Seine Ämter, seinen hohen Verdienst und seine Leidenschaft hätte er aufgeben müssen. Ich gehe wohl nicht zu weit, wenn ich sage: Ein Großteil seines damaligen Lebens hing von diesem permanenten Selbstbetrug ab.

Wenn so viel auf dem Spiel steht, dann entwickelt sich bei manchen Individuen die Neigung, sich eine Welt zu konstruieren, in der man weiterhin ganz nach eigenem Belieben handeln kann, ohne das positive Selbstbild, das gute Gewissen, aufgeben zu müssen.

Hier, meine Damen und Herren, hohes Gericht, liegt die moralische Schuld des Jochen Eilers: sich selbst gegenüber nicht aufrichtig gewesen zu sein, sich ständig selbst belogen zu haben! Natürlich sind in den vielen Jahren immer wieder Funken der Wahrheit an die Oberfläche gestiegen, natürlich muss Eilers' Traumwelt Risse bekommen haben. Bewusst oder unbewusst hat er diese Funken aber immer wieder ausgelöscht, hat er die Risse immer wieder übertüncht.

Jahrzehntelang hat Eilers eine Form des Nicht-begreifen-Wollens praktiziert, die auf ihre Weise ungeheuer anstrengend gewesen sein muss. Immer wieder eine Weltsicht stützen, die man sich selbst nur als Beruhigung zurechtgelegt hat. Man muss die Risse in dieser Welt so überdecken, dass man selbst nicht so recht merkt, was man da tut. Viel anstrengender, als zu sagen: ›Ja, was ich tue, ist falsch, doch es ist mir egal, ich pfeife darauf, ich stelle andere Interessen über meine Moral.‹ Auch diese Fälle kamen im Verlauf der Sitzungen zutage, Eilers gehört indessen nicht zu dieser Gruppe.

Jochen Eilers hat sich selbst etwas vorgemacht, um seine angenehme, aber hochproblematische gesellschaftliche Stellung *und* sein gutes Gewissen zugleich behalten zu können. Das ist in gewisser Weise noch perfider als der gerade geschilderte Fall, bei dem immerhin das gute Gewissen aufgegeben wird. Hohes Gericht, nicht nur in seinen Worten und Taten der Jahre 2024 bis 2032, die während der Verhandlung detailliert beleuchtet wurden und die großen Schaden angerichtet haben, sondern auch in dieser Charakterschwäche liegt die moralische Schuld des Jochen Eilers.

Damit zu den weiteren exemplarisch Angeklagten. Manche handelten vor dem Hintergrund von ähnlichen Formen von Selbsttäuschung, andere dagegen mit Vorsatz. Für die allermeisten kann man zusammenfassend sagen: Schuldaufladung durch Unterlassen. In einer Krisensituation wird nicht nur der schuldig, der die Krise herbeigeführt hat, sondern auch der, der nicht gegen sie vorgeht. Manche handelten auch direkt krisenverschärfend. Zu Unrecht beschuldigt war keiner der Angeklagten, so viel steht zweifelsfrei fest. Ich möchte daher darauf verzichten, jeden der 29 verbliebenen Fälle noch einmal einzeln durchzugehen, und stattdessen die Struktur, die Systematik hinter den exemplarischen Fällen aufzeigen.

Dies führt uns direkt auf die zweite Ebene, zur Betrachtung der ehemaligen Kapitäne unseres Unglücksdampfers als einer zusammengehörigen Gruppe. Analysiert man die Aktionen und Interaktionen dieser früher einflussreichen Personen, so zeigt sich ein unauffälliges, aber dennoch überaus starkes Geflecht, ein bewusstes oder intuitives Zusammenspiel der verschiedensten gesellschaftlichen Kräfte. Ein Bereich deckt dabei den anderen – Politik, Wirtschaft, Verwaltung, öffentliche Meinung. In Form einer zukunftsblinden, impliziten Übereinkunft haben sich die Spitzen dieser Bereiche gemütlich nebeneinander eingerichtet. Die obersten Prinzipien dieses verderblichen Friedens: Machterhalt. Statuserhalt. Bereicherung. Bequemlichkeit. Und daher wollte man eben auf gar keinen Fall irgendetwas Grundlegendes verändern. Nicht, dass man sich am Ende noch aus Versehen selbst abschafft.

Wenn man den wahren Charakter eines Menschen erforschen möchte, so müsse man diesem Menschen Macht verleihen, heißt es. Wenn wir auf die dreißig exemplarischen Fälle blicken, so sehen wir nichts als Schwäche und moralisches Versagen. Mit Macht gehen Pflichten einher, die mit Abstand wichtigste ist dabei die Fürsorgepflicht. Diese Fürsorgepflicht wurde in unseren dreißig und zweifellos in unzähligen weiteren Fällen grob verletzt.

Aber auch an dieser Stelle kann die Suche nach Verantwortung noch nicht enden. Ich komme zur Mitläufer-Problematik und damit zur dritten und letzten Ebene. Entschieden haben wenige, aber stützende Teile des Gesamtsystems waren fast alle. In der aufgeklärten, gebildeten und demokratischen Bevölkerung Deutschlands zu Beginn des 3. Jahrtausends kann nur ein Bruchteil als wirklich entlastet gelten.

Wir haben es also mit einem Gesellschaftsproblem riesigen Ausmaßes zu tun. Mit einer alten Generation, die letztlich *gemeinsam* und *wissentlich* die eigenen Interessen über die berechtigten Interessen der nächsten Generation oder vielmehr der nächsten *Generationen* gestellt hat. Die Beweggründe können dabei nur als ›nieder‹ bezeichnet werden: Profitstreben. Materielle Güter. Tatsächliche Existenzsicherung nur in den allerseltensten Fällen, zumindest hier im Westen. Aber Absicherung des eigenen ›Lifestyles‹ überall.

Ungetrübter Wohlstand, Prosperität und ein zweifelhaftes Wachstum zu Beginn des 21. Jahrhunderts waren offensichtlich wichtiger, als eine halbwegs intakte Welt an die nächste Generation zu übergeben. Betrachtet man die Gesellschaften von damals und heute als zwei Personen, so hat die ältere Person die jüngere massiv beraubt. Schlicht und einfach weil die jüngere damals im demokratischen Machtkampf noch schwächer war und sich nicht wehren konnte. So gesehen ereignete sich damals nicht weniger als ein Verbrechen.«

Perec macht eine letzte, ziemlich ausgedehnte Pause. Erica spürt in sich und im Saal wieder diese eigentümliche elektrische Spannung, die sie zu Beginn des Verfahrens schon einmal bemerkt hat. Dann spricht Perec völlig frei, ohne jedes Manuskript.

»Ich wende mich nun direkt an jene Generation, über die wir hier zu Gericht sitzen.

Heute seid *ihr* schwach und *wir* stark. Heute ist der Tag, an dem wir an eure alten Taten denken. Doch wir, unsere Generation, ist größer, als ihr es damals wart. Wir lassen euch auch jetzt eure körperliche Unversehrtheit, die ihr vielen von uns genommen habt. Wir lassen euch euren materiellen Wohlstand, um den ihr jeden von uns massiv betrogen habt. Ja, wir verstoßen euch nicht einmal, entziehen euch nicht die Staatsbürgerschaft, sondern zahlen euch, euch Verrätern, weiter Grundeinkommen und Renten aus.

Wir beschmutzen unsere Hände nicht mit euch. Sie sind schmutzig genug von dem Erbe, das ihr uns hinterlassen habt und das wir nicht ausschlagen konnten.

Nein, das alles tun wir nicht.

Aber wir verachten euch für euren maßlosen Egoismus. Unseren Respekt und unsere Anerkennung habt ihr für immer verspielt.

Ich fordere daher die Ächtung ausnahmslos aller exemplarisch Angeklagten. Und ich fordere die Ächtung ihrer Generation durch dieses Gericht.«

Perec setzt sich, einige Augenblicke lang spricht niemand.

»Vielen Dank an die Staatsanwaltschaft. In der nächsten, vorletzten Sitzung wird die Verteidigung die Gelegenheit zu einer letzten Stellungnahme haben, ehe dann der Urteilsspruch verkündet wird. Die Sitzung ist geschlossen.«

Im Saal herrscht Totenstille. Erica lässt sich in den Stuhl zurücksinken. Nach einem Moment blickt Tom zu ihr herüber und flüstert: »Wie? Es wird gar niemand aufgeknüpft? So ein Betrug!«

Erica mustert ihn: »Ach, sag doch mal ehrlich, das hat dich eben auch nicht ganz kaltgelassen, oder?«

Tom überlegt kurz und entgegnet dann mit einem zufriedenen Grinsen: »Wenn es so wäre, dann würde ich es nie zugeben!«

1999/2000

Das größte Aufsehen beim Jahreswechsel 1999/2000 erregte das Feuerwerk der Stadt Sydney. Zum einen, weil es an diesem Tag das weltweit größte war, und zum anderen, weil Australien aufgrund seiner Zeitzonenlage als erster Kontinent in das neue Jahrtausend hinüberrutschte. Die dortigen Feierlichkeiten waren insofern weltweit News: Guck mal, die Australier sind schon am Feiern. Und wie schön!

Tatsächlich dauerte das Feuerwerk in Sydney in dieser Nacht über 25 Minuten. Raketen im Wert von 3,5 Millionen australischer Dollar und von ca. 5 Tonnen Gesamtgewicht wurden in die Luft gejagt. Die Trommel, auf der der Countdown rhythmisch mitgeschlagen wurde, trug das Emblem des Sponsors Toyota. Auf der Sydney Harbour Bridge zeigte sich im Laufe des Spektakels ein riesiger Smiley, ehe am Ende die volle Aufmerksamkeit auf dem illuminierten Schriftzug »Eternity« lag, der langsam auf derselben Brücke sichtbar wurde. Hunderttausende Menschen verfolgten das Spektakel live.

Diese Rekordfeierlichkeiten schrumpften im nachträglichen Vergleich jedoch jämmerlich zusammen, betrug doch das Budget des entsprechenden Events beim Wald-und-

Wiesen-Jahreswechsel von 2014/2015 bereits 7,2 Millionen australische Dollar, umgerechnet gut 4,5 Millionen Euro. Und beim Jahreswechsel 18/19 addierte sich das Gewicht der verfeuerten Raketen bereits auf 8,5 Tonnen.

Ein ganz ähnliches Geschick ereilte auch die deutschen Millenniumsfeierlichkeiten, die landesweit mit Feuerwerkskörpern im Wert von umgerechnet 102 Millionen Euro zelebriert wurden und damit für ein Umsatz-Allzeithoch sorgten. Diese Rekordmarke hielt jedoch nur bis zum Jahreswechsel 2008/2009, bei dem deutschlandweit Feuerwerk im Wert von 109 Millionen Euro verschossen worden ist. Und noch einmal zehn kurze Jahre später lag die deutsche Feuerkraft bereits bei 137 Millionen Euro.

Nicht unerwähnt soll außerdem bleiben, dass in Sydney jedes Jahr auch schon um 21 Uhr ein riesiges offizielles Feuerwerk veranstaltet wird. Warum, weiß so recht eigentlich niemand.

2030/2031

Zum Jahreswechsel 30/31 wetteiferten erneut die Städte London, Peking, Rio, Delhi, Paris und Sydney darum, wer dieses Mal das größte Spektakel bieten würde. Jede Stadt reklamierte den Sieg für sich. Peking etwa argumentierte, seine Lichtshow habe die längste Dauer gehabt, nämlich über zwei Stunden. In den übrigen Orten vertrat man dagegen die Ansicht, es sei kein Kriterium, wer sein Publikum am längsten langweile.

In Sydney fanden sich wie in den letzten Jahren einige Zehntausend Menschen um die Harbour Bridge herum ein, um die Attraktionen live verfolgen zu können. Lichtshow mit musikalischer Untermalung, Schiffe, die in Formation fuhren und zur bunten Optik beitrugen, und ein innovatives Lasernetz, das sich im Nebel um die Feiernden schloss. Ob das wirklich zum Sieg der selbst ernannten Silvester-Hauptstadt reichte, war nicht recht klar.

Sicher war man sich in Down Under nur in der Ablehnung der verstockten US-Amerikaner, die auch dieses Mal wieder tonnenweise Schwarzpulver und weiß Gott welch andere Chemikalien in die Atmosphäre emittierten. Verdammte Ignoranten.

2048/2049

Den Jahreswechsel 48/49 erlebten Erica und Dingo mit einigen Freunden in Nürnbergs Altstadt, genauer gesagt beim Schönen Brunnen vor dem Rathaus. Es ging schon vor Mitternacht sehr ausgelassen zu, Faris war ziemlich betrunken und versuchte, Dingo huckepack zu tragen. Spex hatte sich bei Lynn bereits vor Jahreswechsel einen wenig diskreten Korb geholt. Aus einem Rathausfenster heraus sollte ein Moderator und Animateur der Menge weiter einheizen, aber kaum jemand achtete bei der guten Stimmung auf ihn. Ihre Gruppe war üppig mit Maotai ausgestattet, sie ließen immer zwei Flaschen gleichzeitig herumgehen. Dann der Countdown.

Um Punkt 12 Uhr sendeten die Häuser um sie herum wilde Lichtgrüße hin und her und alle klatschten und fielen sich in die Arme. Dingo packte Erica von hinten, hob sie hoch und drehte sie im Kreis. Er wünschte ihr in diesem Jahr, das für sie so aufregend zu werden versprach, alles erdenklich Gute. Die Zusage von den Organisatoren der »Bundeskunstaktion« war erst kurz vor den Feiertagen eingetroffen, sozusagen als Weihnachtsgeschenk, und die Freude über Ericas unverhoffte Karrierechance war noch frisch. Endlich gelang es ihr, aus seiner Umklammerung zu entkommen. Sie drehte sich zu ihm und küsste ihn sehr lange.

Auf ein gutes und glückliches neues Jahr!

Vielleicht gab es in Al-Gore immer schon Personenschutz, heute jedenfalls ist er sichtbar. Fünf schrankartige Securitys mit Knopf im Ohr stehen auf dem Parkett zwischen den Zuschauerreihen und den Bänken von Staatsanwaltschaft und Verteidigung. Erica hat jede Menge Zeit, die Profile der fünf Köpfe von rechts oben zu mustern, da Eilers' Plädoyer, entgegen der alphabetischen Reihenfolge, erst nach den Erklärungen der Pflichtverteidiger drankommt.
Die Jura-Studenten sind heute ungewöhnlich aktiv, jeder führt in seinem Abschlussplädoyer noch einmal ausführlich die Rahmendaten des von ihm betreuten Falles auf, reißt ein paar möglicherweise mildernde Umstände an, bekennt den eigenen Mandanten dann, im Großen und Ganzen, doch schuldig im Sinne der Anklage und bittet stellvertretend um Verzeihung. Pro Pflichtverteidiger dauert das mindestens 20 Minuten. Jeder im Saal rechnet 20 mal 29 durch 60. Junge, Junge! Tom und Erica halten das für einen billigen und leicht durchschaubaren Trick, um die Streamingquoten bei Eilers' Plädoyer zu drücken und sogar Bonnie scheint davon genervt zu sein. Ein großer Teil des Publikums kehrt aus den Pausen nicht zurück, der Saalschutz wechselt sich regelmäßig ab, und es erscheinen dann fünf andere Gesichter. Auf der Pressetribüne arbeitet

jeder außer Erica an einem neuen Artikel. Als es draußen schon vollständig dunkel und die Zuschauerränge in Al-Gore fast ganz leer sind, kommt es noch einmal zu einer Verhandlungspause, danach stehen endlich die Plädoyers in den Fällen 29 und 30 an.

Am Ende dieser letzten Unterbrechung des Tages ist der Zuschauerraum plötzlich doch wieder rappelvoll besetzt. Die Securitys stehen nun zu zehnt vorne. Der letzte Pflichtverteidiger kommt an die Reihe, hält einen Vortrag wie die anderen, danach ist endlich Eilers dran.

Er steht auf, den kleinen Notizblock in der Hand, seine grauen Locken ungebändigt wie immer.

»Meine Damen und Herren, vielen Dank, dass Sie so lange durchgehalten haben. Der Grund, warum ich mich für diese, nun ja, Veranstaltung zur Verfügung gestellt habe, lag von Anfang an auch darin, in meinem ›Fall‹ das letzte Wort haben zu wollen. Ich wusste jedoch damals noch nicht, was ich in diesem Schlusswort sagen würde. Wir werden sehen, was ich jetzt aus dieser Gelegenheit mache.

Ein zweiter Grund für meine Anwesenheit während der letzten Monate war, dass ich ein ernsthaftes Interesse an den Fragen habe, die hier verhandelt wurden, wenn ich auch die Art und Weise der Veranstaltung entschieden ablehne. Der Prozess gab mir Möglichkeit und Anlass, über mich und ›meine Zeit‹ nachzudenken. Ich breche nun, mit Ende sechzig, zweifellos in meinen Lebensabend auf, und ich möchte das nicht mit offenen Rechnungen tun, vor allem nicht mir selbst gegenüber.

So weit, so gut. Auch ich werde mein Schlusswort in drei Bereiche einteilen. Einen angriffslustigen oder gar aggressiven, ganz wie Sie wollen, einen hoffentlich sachlichen und einen, tja, einen eher demütigen Teil. Ich spreche an dieser Stelle natürlich nur für mich selbst und will mir nicht anmaßen, ein Sprachrohr für die anderen ›Ebenen‹ oder Beschuldigten zu sein, von denen wir gestern gehört haben. Trotzdem kann es sein, dass ich diese Bereiche im Folgenden streife, und ich entschuldige mich bereits jetzt, sollte ich jemandem durch meine Ausführungen zu nahe treten.«

Erica sieht hinüber zu Tom, doch der zuckt nur abwartend die Schultern.

»In der Schlussrede jener Person, die in diesem Theater so selbstlos die Rolle der Staatsanwältin übernommen hat, ging es gegen Ende hin viel um Größe. Innere Größe, soweit ich verstanden habe. Es wurde der Gegensatz zwischen einem ›Wir‹ und einem ›Ihr‹ aufgemacht und die These vertreten, der eine Teil habe deutlich mehr von dieser inneren Größe abbekommen als der andere.

Dass ich nicht lache!

Es wird so getan, als wäre es die reine Großherzigkeit, dass man mich hier nicht in Handschellen und mit Fußfessel vorführt.«

Er blickt abwechselnd zwischen Kriebl und Perec hin und her und wird dann unvermittelt lauter: »Sie tun das doch nur nicht, weil man Sie nicht lässt! Was würdet ihr nicht alles machen, wenn man euch nur freie Hand gegeben hätte? Und ihr, *ihr* wollt größer sein als wir? Die ihr diesen Prozess, *dieses* unwürdige Spektakel hier veranstaltet habt? Pfui Teufel, kann ich da nur sagen! Und gleichzeitig *mir* Selbsttäuschung vorhalten!

Und dann immer diese implizite Annahme, die ›heutige Generation‹ hätte anders gehandelt, wenn unsere Rollen vertauscht gewesen wären. Wie kommt ihr überhaupt auf diese Idee, woher wollt ihr das denn wissen? Im Nachhinein hat man immer leicht reden, aber hättet ihr wirklich anders gehandelt? Haltet ihr euch tatsächlich für bessere Menschen? Umweltschutz liegt heute in eurem unmittelbaren Interesse, daher betreibt ihr ihn, aber wer weiß, wie es aussehen würde, wenn die Situation eine andere wäre.

Und überhaupt: Wie alt, bitte schön, war denn im Jahr 2030 zum Beispiel der ›Vorsitzende Richter‹, der mich in Kürze in Sack und Asche stecken wird? Gleiches gilt für die Frau Anwältin. Herr Kriebl, Frau Perec: Wo sind denn eigentlich *Ihre* Persilscheine?

Entschuldigung, ich habe mich etwas hineingesteigert, das ist nicht gesund in meinem Alter. Ich möchte aber doch noch hinzufügen, dass eine schnelle Recherche ergeben hat, dass die gestern geforderte ›Ächtung‹ ein ursprünglich mittelalterliches Rechtsmittel ist. Das finde ich unglaublich passend, denn mittelalterlich war diese ganze Veranstaltung in ihrem Kern.

Damit genug von diesem ›Prozess‹ und hin zur eigentlichen Frage, die er aufgeworfen hat und die ja zugegebenermaßen durchaus berechtigt ist: Wieso hat man früher getan, was man getan hat, und wieso hat man nicht getan, was man nicht getan hat? Was die Anklage und vor allem ›das Hohe Gericht‹ von mir halten, ist mir offen gestanden scheißegal, und ich richte mich jetzt ausschließlich an die Personen, die ebenso wie ich ein wirkliches Interesse an diesen Fragen haben.

Die Antworten sind, denke ich, kein unerklärliches Rätsel. Vieles ist nachvollziehbar, was jedoch nicht bedeuten soll, dass es damit auch gutzuheißen ist. Viele einzelne Aspekte wurden bereits genannt und ergeben zusammen eine Antwort. Es gab zum Beispiel durchaus gewisse Unklarheiten, was den menschlichen Einfluss auf das Klima angeht, auch wenn Frau Perec hier immer nur von einer ›Faktenlage‹ spricht. Ganz so einfach war es auch wieder nicht. Dann kam zweifelsohne eine gute Portion menschlicher Egoismus hinzu und ich möchte auch nicht leugnen, dass sich die wissenschaftliche Unklarheit und dieser Egoismus ungünstig miteinander verbunden haben. Im Zweifelsfall für den eigenen Vorteil. Und, ja, im Zweifelsfall lieber mal noch von einem Zweifelsfall ausgehen, auch wenn die ›Faktenlage‹ das vielleicht mit den Jahren wirklich immer weniger hergegeben hat.

Hinzu kommen Faktoren, die man offenbar als ›spieltheoretische Probleme‹ bezeichnet. Es gab auch damals keine Weltregierung, die hätte sagen können: ›Gut, wir reißen uns jetzt alle zusammen.‹ Jeder Einzelne und jeder Staat konnte nur bei sich selbst anfangen. Und niemand hat darauf große Lust, wenn man zugleich fürchten muss, die anderen würden sich ins Fäustchen lachen, von der besseren Luft profitieren und die jeweils eigenen Anstrengungen daraufhin sogar zurückfahren. Wenn ich weniger Müll in die gemeinsame Tonne werfe, dann hat der Nachbar theoretisch mehr Platz für seinen, auch wenn ich meinen Müll für diesen Zweck weiß Gott nicht eingespart habe. Also ändert lieber niemand etwas. Ich will diesen Komplex nicht weiter ausführen, es gibt Leute, Politikwissenschaftler oder so, die darauf spezialisiert sind.

Ein weiterer Aspekt ist die falsche Vorstellung, früher wäre es *nur* um unerhebliche Annehmlichkeiten gegangen. Es wurden tatsächlich viele Arbeitsplätze durch einen weniger strikten Umweltschutz gesichert. Auch heute lebt kaum jemand wirklich gerne nur vom Grundeinkommen, aber damals konnte es noch deutlich schlimmer sein, keine Arbeit zu haben, in materieller und in sozialer Hinsicht. Dieser Aspekt wurde hier viel zu wenig beachtet. Aber ich will gar nicht leugnen, dass dieses Argument oft missbraucht worden ist. Man hat sich den Schutz von Arbeitsplätzen oft auf die Fahnen geschrieben, wo man in Wirklichkeit nur Profit und ›Lifestyle‹ schützen wollte.

Aber auch früher gab es bereits Umweltschutz! Man konnte hier in den letzten Monaten ja geradezu den Eindruck gewinnen, es wäre gar nichts passiert. Klar, es war nicht genügend Umweltschutz, der wirkliche Einschnitte bedeutet und der deswegen wirklich wehgetan hätte. Hier kommen unter anderem wieder die Arbeitsplätze ins Spiel. Sie sehen, wie sich alle Einzelaspekte hier ständig zu einer unguten Mischung, äh …, vermischen.

Es mag Ihnen etwas merkwürdig vorkommen, wenn jemand, der früher ›immer nur im Kreis gefahren ist‹, wie die Frau Anwältin sich ausgedrückt hat, wenn also so jemand sich hinstellt und mehr Komplexität einfordert. Ich tue es trotzdem, weil ich glaube, dass man sonst ein schiefes Bild der Vergangenheit bekommt. Außerdem hatte ich über ein halbes Jahr Gelegenheit, mir fast ausschließlich über diese Fragen Gedanken zu machen. Ein Punkt ist mir dabei nämlich noch eingefallen, der vielleicht weniger offensichtlich ist. Alles gerade Gesagte ist ja eigentlich kalter Kaffee.

Es fiel mir nämlich im Laufe des Verfahrens auf, dass sich auf allen Seiten die Wendung ›Lifestyle‹ geradezu zu einem Leitbegriff entwickelt hat, und ich habe angefangen, mir über unseren früheren ›Lifestyle‹ Gedanken zu machen, den wir offenbar so dringend schützen wollten. Gerade im Unterschied zu heute. Ich kann das jetzt bestimmt nicht so präzise ausdrücken, wie ich es gerne möchte, aber ich will es einmal versuchen. Heute gibt es natürlich viele Probleme. Die Umweltschäden, der Migrationsdruck, die flächendeckende Arbeitslosigkeit, die gesundheitlichen Risiken und so weiter. Viele Leute haben es aktuell nicht leicht, das steht außer Frage.

Früher war das, glaube ich, etwas anders, wenn man die durchschnittliche Bevölkerung betrachtet. Man war schon Ende des 20. Jahrhunderts zunehmend frei von wirklich materiellen Existenzsorgen geworden. 1990 ging dann die Sowjetunion unter, also auch kein Grund mehr zur unmittelbaren Sorge vor einem dritten Weltkrieg. Keine Kirche mehr, die einem noch Angst vor der Hölle gemacht hätte, keine sonstigen Ideologien, denen man hinterhergelaufen wäre. Ich vereinfache natürlich jetzt sehr, wenn ich sage, im Großen und Ganzen hat die Gesellschaft damals keine *wirklich* großen Probleme mehr gehabt, aber so tendenziell, meine ich, stimmt das schon.

Keine großen Probleme mehr heißt aber auch: keine großen Ziele mehr. Nicht so wie heute, wo man ja doch wieder so eine Art utopisches Ideal hat, irgendwann mal die ganze Umweltscheiße wieder hinter sich lassen zu können. Auch wenn die Arbeit an diesem Ziel natürlich sehr mühsam ist, aber so was gibt einem zumindest Orientierung, und abends ist man müde und kommt nicht auf dumme Gedanken.

Früher war das größte gesellschaftliche Ziel eigentlich, dass alles so bleibt, wie es gerade ist. Am Gipfel angekommen, geht es schließlich in jede Richtung nur noch nach unten. Genau daher kam, denke ich, das ganze Um-sich-selbst-Kreisen damals. In dem Moment, in dem man alles hat, wird die eigene Existenz merkwürdigerweise ziemlich sinnlos. Beziehungsweise werden Statuserhalt und Lebensgenuss zum letzten und einzigen Daseinszweck. Wo kein Konsum war, da war dann oft gar nichts mehr. Ich glaube, gerade daher kam dieser Unwille, unseren ›Lifestyle‹ loszulassen.

Das alles ist nicht Teil einer Entschuldigung oder Rechtfertigung, sondern vielleicht Teil einer Erklärung. Ich hoffe, Sie konnten einigermaßen nachvollziehen, was ich meine.

Die Entschuldigung kommt jetzt, und ich muss gleich vorneweg sagen, dass ich mich nicht das kleinste bisschen vor diesem lächerlichen Gerichtstheater hier entschuldige, sondern bei allen Leuten, die in irgendeiner Weise unter den heutigen Zuständen leiden, für die ich zu einem gewissen Teil auch verantwortlich bin, jawohl.

Frau Perec hat es schon recht gut getroffen, als sie gesagt hat, der Rennsport sei mein Leben gewesen. Das betrifft das Fahren auf der Strecke und später dann die organisatorische Leitung und auch die Aufgaben in der Öffentlichkeitsarbeit. Ich war nicht in der Lage, dieses Leben loszulassen, obwohl ich es hätte besser wissen können oder vielleicht sogar hätte besser wissen müssen. Die Alternative zu meinem Leben im Rennsport, das war mir früher zu wenig klar, wäre ja nicht *kein* Leben gewesen, sondern *ein anderes* Leben. Ein ruhigeres, das vermutlich weniger Spaß gemacht hätte, weniger Geld, weniger Frauen und so weiter. Das wäre für mich zweifellos recht schwierig geworden, aber nach '32 bin ich ja mehr und mehr in ein solch anderes Leben gezwungen worden und habe es auch irgendwie hinbekommen. Ohne diesen äußeren Zwang habe ich den Absprung aber nicht geschafft, und ich möchte auch nicht leugnen, dass ich vorher die problematischen Aspekte meines Berufs zu einem guten Teil verdrängt habe.

Ich möchte mich speziell für jene Sätze entschuldigen, die ich selbst vor vielen Jahren geäußert habe und die mir während dieses Theaters vorgehalten worden sind. Sie beleidigen den gesunden Menschenverstand und ich schäme mich für sie. Ich möchte aufrichtig um Verzeihung für meine öffentliche Rolle bitten, die ich bis 2032 gespielt habe.«

Er steht etwas unschlüssig herum und blickt auf seinen Notizzettel, auf dem aber offenbar nichts mehr steht. Der ganze Saal wartet gespannt.

»Ähem …, das wären schöne Schlussworte gewesen, denke ich, und ich hätte das wohl anders drehen sollen, muss nun aber noch eine kleine Anmerkung machen. Allen Gerüchten und Spekulationen zum Trotz werde ich auch beim letzten Verhandlungstag anwesend sein und mir das ›Urteil‹ anhören, das man mir hier zugedacht hat. Das soll jedoch keinesfalls bedeuten, dass ich diesen ›Prozess‹ auch nur ansatzweise anerkennen würde. Frau Perec und Herr Kriebl, seien Sie versichert, dass ich Sie mindestens so sehr verachte wie Sie mich, aber deswegen werde ich nicht am letzten Tag mit dem Davonlaufen anfangen.«

Er wendet den Blick von Perec und Kriebl ab und blickt ins Publikum, das schweigend zugehört hat.

»Vielen Dank für Ihre Aufmerksamkeit zu dieser späten Stunde.«

Moral ist …

Eine politische Glosse von Bonnie Freitag

03.09.2049

Die Moralphilosophie blickt im Abendland bekanntlich auf eine lange Tradition zurück, doch dass davon das politische Geschehen nicht unbedingt profitiert, zeigt leider die übrige Geschichte Europas.

Auch der*die Einzelne kann Kants kategorischen Imperativ im Kopf haben und dennoch ständig nur gemäß Brecht handeln: *»Erst kommt das Fressen, dann die Moral.«*

Um Moral ging es im letzten halben Jahr auch in Nürnberg oft, und erst in den letzten Tagen kämpften Perec und Eilers erbittert um die moralische Deutungshoheit rund um den nun zu Ende gehenden Prozess. Eilers hatte dabei zweifellos den Überraschungsmoment auf seiner Seite, und mancher seiner Floretthiebe fand durchaus sein Ziel.

Wer mit dem Finger auf andere zeigt, muss vor der eigenen Haustür besonders gründlich kehren. Insbesondere die PfG sollte sich diesen Satz auf der Zunge zergehen lassen, so bitter er auch schmecken mag. Mit der Ansetzung des Prozesses ausgerechnet in Nürnberg ist die Partei allzu sehr und allzu offensichtlich über ihr Ziel hinausgeschossen. Allzu sehr haben sich die Gerechtigkeitsritter dadurch in einen überzogenen Kreuzzug verstrickt.

Doch auch unsere Gesellschaft insgesamt hat sich im letzten halben Jahr nicht damit zurückgehalten, auf erlittene Ungerechtigkeiten hinzuweisen. Zeitgleich aber ist eine der schlimmsten Pandemien in der Geschichte des modernen Menschen in den Industrieländern quasi im Vorbeigehen eingedämmt worden (obwohl diese für ihren Ausbruch verantwortlich sind!), während in ärmeren Ländern, die mit der abtauenden russischen Tundra nichts zu tun hatten, Millionen Menschen sterben mussten, bevor dort ganz allmählich die im Westen nicht mehr benötigten Rest-Impfstoffe eingetroffen sind.

Zu Beginn des Kalten Krieges, also um 1945 herum, zerfiel die Menschheit in eine Erste Welt (den Westen), eine Zweite Welt (den Ostblock) und die sogenannte Dritte Welt, die so arm und unbedeutend war, dass sie sich für keinen der beiden Blöcke entscheiden musste. Heute, über hundert Jahre danach, weiß kaum mehr jemand, woher die Bezeichnung »Dritte Welt« eigentlich kommt, aber dass die Menschenleben in diesen Ländern nach wie vor nicht den gleichen Wert haben wie jene hierzulande, scheint noch selbstverständlich zu sein.

Auch rund 250 Jahre nach Kant sind wir im Alltag, in unseren Köpfen und in der Politik also offensichtlich noch immer nicht weiter als der Hauptmann aus Büchners *Woyzeck*, der selbstsicher weiß: *»Moral ist, wenn man moralisch ist.«*

www.frankenkurier.de/moral_ist/freitag

Unter anderen Umständen wäre es wahrscheinlich ein recht lustiger Anblick, sich gegenseitig in den Verkleidungen zu sehen. Es ist kurz nach 7 Uhr früh, keiner von ihnen hat diese Nacht in Mikas Keller viel geschlafen. Und niemand lacht beim absurden Anblick Dingos im tadellosen Anzug oder über Spex, der in einer Gärtnermontur steckt und etwas blass um die Nase herum aussieht. »Sieht absolut echt aus«, »Hose ein bisschen knapp, aber geht schon«, »Gut so, aber den Knopf hier würde ich noch zumachen«. Das sind die einzigen Kommentare, als sie sich gegenseitig ein letztes Mal mustern.

Faris sieht wichtig, aber nicht zu wichtig aus, er trägt eine ordentliche Hose und ein gebügeltes Hemd, seine Accessoires sind ein Touchpad und ein Funkknopf im Ohr. Ben und Mika tragen sorgsam verschlissene Blaumänner und gut gefüllte Werkzeugkoffer, die sie nicht nur authentisch erscheinen lassen, sondern zugleich die Materialien beinhalten, die die vier innerhalb des Forums operierenden Jungs brauchen werden. Spex trägt eine grüne Latzhose und hat einen Strohhut in der Hand.

07:15 Uhr, Abmarsch erst in eineinhalb Stunden. Sie sitzen herum und sprechen nicht viel. Viel früher als nötig ziehen sie sich schon einmal die Masken über, kontrollieren den richtigen Sitz, schauen prüfend in den Spiegel. Das Material ist absolut reißfest und dennoch sehr dünn, eher eine Folie. Einen speziellen, wässrigen Kleber reibt man sich auf das ganze Gesicht und dann wird die Maske vorsichtig übergezogen. Die eigene Mimik macht das Plastik einigermaßen mit, aber alle sind sich einig, dass mit Nichteingeweihten möglichst überhaupt nicht gesprochen werden und allenfalls die Augen verdreht werden sollten. Überhaupt sind die Augen eine wichtige Partie. Die Masken setzen hier und am Ende der Lippen aus und mit einem weiteren Spezialpräparat kann man diese Übergänge gut kaschieren. Ursprünglich war Faris als zweiter Techniker vorgesehen, aber in seinem schmalen Gesicht liegen die Augen zu nahe zusammen. Die zwei gedoubelten Forumsmitarbeiter sind ziemliche Querschädel und so mussten Ben und Faris die Rollen kurzerhand tauschen.

8 Uhr. Puh. Dingo denkt an die letzten Monate. Der Tag, als Erica sie auf der Wiese besucht und sich dabei einen Frühlingssonnenbrand geholt hat, ist inzwischen so irre weit weg.

08:28. 08:29. 08:36. 08:40. Endlich 08:45 Uhr – Abmarsch!

Sie lauschen, ob die Luft rein ist, und steigen leise aus dem Keller. Alles klar. Dingo hat die Haustür schon geöffnet, als Ben plötzlich aufgeregt zischt: »Faris, meine Fresse! Dein Ohrring!«

Dingo blickt sich um. Ach du Scheiße: Faris' Ohrring sieht aus wie eine völlig irre Wucherung unter der Haut. Schnell alle zurück in den Keller, Maske runter, aua aua, stell dich nicht an, hättest du vorher lieber besser aufgepasst, neue Kleberschicht, Maske wieder drauf – diesmal den Ohrring natürlich oberirdisch verlegen –, Abdeckstift auf die Augenpartie. Dann wieder lauschen. Es ist mittlerweile 08:53 Uhr, sie sind zu spät. Geht ja gut los.

Endlich unter freiem Himmel beeilt sich jeder, auf die ihm zugedachte Weise Richtung Forum zu kommen. Ben und Mika in ein technisches Gespräch vertieft, alle anderen mit Abstand zueinander. Spex greift nach einer neben der Haustür geparkten Schubkarre, in der etwas Blumenerde, ein Spaten und eine Axt liegen, rückt seinen Strohhut zurecht und schiebt los in seiner grünen Latzhose. Niemand lacht.

Erica schläft sehr schlecht in dieser Nacht. Vermutlich wegen des anstehenden Urteils und des hart erkämpften Interviews mit TT. Oder weil Dingo diese Nacht wieder nicht da war? Beim Aufstehen bleibt ihr Blick an der leeren Matratze am Boden hängen, die früher nur nach Partys aufgepumpt worden ist. Seit Lynn weg ist, hätten sie eigentlich keine Gästematratze mehr in ihrem Dachgeschoss gebraucht. Eigentlich.

»Morgen beim Prozess, da denk an mich! Dann wird alles wieder gut«, das war das Letzte, was sie von Dingo gehört hat, bevor er am frühen Abend verschwunden ist, und sie hat noch immer keine Ahnung, was das bedeuten soll. Immerhin Lynn hat Glück gehabt, dass Bonnie so nett ist, ihr Haus zu einer Not-WG umzuwandeln. Auch für Bonnies Stimmung scheint Lynns Anwesenheit gut zu sein.

Erica putzt sich die Zähne und geht im Kopf ihre Fragen durch, die sie TT stellen möchte. Um halb zehn ist Treffpunkt unten an den U-Bahn-Gleisen des Forums. Vielleicht sollte sie die wenige Zeit sinnvoller nutzen und, statt ein paar Fragen zu stellen, lieber sagen, was sie von dieser Terminansetzung hält. Sie verlässt das Haus um 08:45 Uhr. So oder so, zu spät zu kommen wäre sehr ärgerlich.

Mit der U-Bahn geht alles glatt und so ist sie eine Viertelstunde zu früh dran. Sie setzt sich auf eine der trostlosen Bänke am Bahnschacht und wartet. Um halb zehn noch keine Spur von TT, sie merkt einen ungeheuren Ärger in sich hochsteigen. Fast zehn Minuten zu spät sieht sie ihn aus einem Waggon aussteigen und Richtung Aufzug gehen.

Sie springt ihm hinterher.

»Herr Trautmann?«

Er blickt sie an, hat deutliche Ringe unter den Augen und wenig von der jugendlichen Frische, für die er sonst bekannt ist.

»Entschuldigung, Interviewanfragen nur über mein Büro.«

Erica ist jetzt aber richtig sauer.

»Ich *habe* mich an Ihr Büro gewandt, und zwar mehr als fünf Mal, um das eine Interview zu kriegen, das mir von Anfang an versprochen wurde!«

TT ist stehen geblieben und schaut in ihre zornfunkelnden Augen.

»Und der Termin ist *jetzt*? Ich meine *hier*?«

»Ich konnte es auch kaum glauben.«

Er stellt seine Aktentasche ab, dann drückt er länger auf seinem Handgelenk herum. Schließlich wird er fündig.

»In der Tat, um 09:30 Uhr! Was denkt sich mein Büro eigentlich dabei? Frau, ähm …«, noch ein schneller Blick in den Organizer, »Frau Mazur, es tut mir wahnsinnig leid, der Fehler liegt ganz bei mir bzw. uns, darf ich Ihnen einen ordentlichen Termin in ein paar Tagen anbieten? Wenn sich der ganze Staub des Prozesses wieder gelegt hat?«

Erica hat eine kleine Gewaltfantasie.

»Oh nein, die Sitzung beginnt um 10 Uhr, wir haben knapp 20 Minuten Zeit, und wir ziehen das *jetzt* durch!«

»In Ordnung, aber können wir …?«

Er blickt zu den vielen Liften, an denen sich die Traube derer, die aus der U-Bahn zum Forum wollen, bereits aufgelöst hat. Erica setzt sich in Bewegung, ohne zu warten, bis TT nach seiner Tasche gegriffen hat.

»Herr Trautmann, finden Sie nicht, dass der Prozess eine Verletzung der Würde der Angeklagten darstellt?«

TT holt mit großen Schritten auf und will gerade zu einer Antwort ansetzen, als Erica noch einmal anfängt.

»Ach, überspringen wir das. Gleich kurz und gut: Was soll denn dieser Prozess eigentlich wirklich bringen? Und kommen Sie mir nicht wieder mit Tiefenpsychologie!«

Sie schlägt auf den Liftknopf und TT lächelt.

»Eine forsche Interviewführung, das muss ich zugeben. Es geht letztlich darum, eine Möglichkeit zu gewinnen – bitte sehr …«

Wohlerzogen lässt er Erica den Vortritt in den Lift.

»… also es geht um eine Möglichkeit, wie es gelingen kann …«

Erica hört schon nicht mehr so recht zu, sie kann sich die Antwort denken. Vom hinteren Gleisabschnitt kommt ein älterer Mann mit Mütze und dunkler Brille auf den Lift zu, dessen Türen sich gerade schließen. Reflexartig stellt Erica einen Fuß in die Tür, die daraufhin wieder aufgeht. Der Mann nähert sich und schaut zuerst dankbar und dann sehr verdutzt in den Lift. Er nimmt die Brille von den Augen. Es ist Jochen Eilers.

TT stockt: »Wie, äh, wie ich also bereits, äh, sagte, eine Möglichkeit …«

Eilers zögert einen winzigen Moment und tritt dann entschieden in den Lift. Er dreht sich mit dem Gesicht zur Tür, die sich gerade schließt. Eine Sekunde darauf kommt das kleine, mulmig-aufregende Gefühl in der Magengegend, der Lift fährt.

⬡

Ecological turn hin oder her, aber eine Schubkarre sieht man doch eher selten in der Straßenbahn. Spex setzt sich seine ziemlich große Sonnenbrille auf, obwohl die schräg stehende Morgensonne noch gar nicht richtig durch die Häuser kommt. Er sieht jetzt wenig und stellt sich vor, dass die anderen Leute ihn ebenso schlecht sehen. Sein Magen verkrampft sich, seine Speiseröhre schmerzt von starkem Sodbrennen, aber noch hat er sich im Griff. Für den Notfall hat er eine braune Komposttüte vorne in seiner Latzhose. An der Haltestelle Frankenstraße steigt er aus, es ist 09:26 Uhr. Schnell ein Stück die Katzwanger Straße entlang, dann kommt auch schon der kleine Park. Wie besprochen schiebt er die Schubkarre unauffällig in die Büsche und versteckt sich selbst für die verbleibenden Minuten bis zum Zugriff in einem kleinen öffentlichen Klohäuschen in der Nähe. Um 09:37 Uhr verlässt er seine Kabine, setzt die Sonnenbrille wieder auf, schnappt sich seine Schubkarre und los geht's. Jetzt schnell zum Gärtnerhäuschen, alles erledigen und dann nichts wie weg. Einen Teil seiner Ausstattung wird er hierlassen, es sind absolute Standardprodukte aus dem Baumarkt, die er getrennt voneinander gekauft und nur mit Gartenhandschuhen angefasst hat. Er wird allerdings darauf achten müssen, dass …

»Ja grüß dich, Hannes! Solltest du nicht eigentlich im Urlaub sein?«

Der Schreck schießt ihm derartig in die Glieder, dass ihm vom pochenden Adrenalin die Fingerspitzen wehtun. Die Stimme kam von rechts, er traut sich aber nicht, hinzuschauen.

»Servus, Morgen, ist verschoben«, murmelt er und bückt sich, um seine Schuhe zu binden, obwohl sie gar nicht offen sind, »ich muss dann weiter.«

Hannes' Kollege geht nicht darauf ein, einstweilen ist sein Gegenüber ja auch noch mit Schuhebinden beschäftigt. Spex sieht nur die Arbeitsstiefel des anderen, sein Magen ballt sich wie eine Faust zusammen.

»Sag mal, Hannes, ist die Sonnenbrille neu?«

Spex grunzt unbestimmt in den Boden. Lange kann er nicht mehr seine Schuhe binden.

»Brauchst die hier, unter die Bäume? Hast du's jetzt an die Augen?«

Der Kerl scheint echt besorgt zu sein. Doch wohl nicht ein enger Freund des echten Hannes?

»Sorry, sehen uns später!«

Spex schießt vom Schuhebinden direkt nach oben und vorne, greift im Hochgehen seinen Schubkarren und ist sofort in einer Geschwindigkeit unterwegs, dass Axt und Spaten im Wägelchen leicht hüpfen. Er bewegt sich irgendwie zwischen Gehen und Rennen.

Als er sicher ist, dass er seinen bestimmt sehr verwunderten Kollegen abgeschüttelt hat, bemerkt er gleichzeitig, dass er in seiner Aufregung falsch abgebogen ist. Verflucht! Dann jetzt sofort zweimal rechts und außen herum zum Häuschen. Er läuft in voller Geschwindigkeit, Axt und Spaten springen wie verrückt in der Karre herum und verbreiten einen höllischen Lärm. Er stößt die Schubkarre schnell in die Wiese, greift sich nur die Axt und rennt damit weiter. Er spürt, wie er im Gesicht zu schwitzen beginnt, was gar nicht gut ist.

Schräg von hinten kommt er schließlich am Gärtnerhäuschen an, läuft zur Tür und fummelt atemlos den Schlüssel heraus. Passt. Tür auf, Spex rein, Tür zu, Sonnenbrille weg. Er schaut auf die Armbanduhr, es ist 09:43 Uhr. Verdammter Mist, zu spät, aber jetzt abzubrechen kommt einfach nicht infrage. Er sieht sich um, rechts Rasenmäher und so weiter, vor ihm der mächtige Tagstromakku und links davon jede Menge weitere Elektrik. Oder Elektronik?

Keine Zeit für Details jetzt, er nimmt seine Axt und haut auf alles ein, was im weitesten Sinne mit Strom zu tun haben könnte. Wie ein Berserker wütet er. Einen riesigen Elektrokasten richtet er übel zu, danach Kabel, Anschlüsse, alles Mögliche. Funken spritzen hier und da, doch das macht ihm nichts aus. Entscheidend ist nur, dass von diesem Trafohäuschen aus auch Stromleitungen Richtung Westen zum Forum verlaufen, was aber kaum jemand weiß, weil sie unterirdisch, unter der Katzwanger Straße hindurch, verlegt sind.

Seine Maske hat sich durch den Schweiß leicht gelöst und er muss schräg aus den Augenlöchern schielen, um etwas zu sehen. Er haut um sich in heftiger Raserei, alles schlägt er kurz und klein, auch den großen Block des Tagstromakkus bearbeitet er wie ein Irrer, so lange, bis es plötzlich einen gewaltigen Schlag tut und ihm die Axt aus der Hand reißt. Eine kleine Flamme lodert auf. Er greift wieder nach seiner Axt, doch der Gestank von verschmortem Plastik verbreitet sich so rasend schnell und heftig, dass er zur Tür stolpert. Genug jetzt, Rückzug.

Er ist noch auf den Stufen der Hütte, als er eilige Schritte näher kommen hört. Er schiebt mit der freien Hand seine Maske notdürftig zurecht und sieht zwei Männer in grünen Latzhosen auf ihn zurennen.

»Allmächt, Hannes, was war denn des?«, ruft einer schnaufend. Vermutlich derselbe wie vorhin. Spex steht immer noch oben auf der Treppe der Hütte.

Die zwei Kollegen kommen immer näher, dann werden sie plötzlich langsamer. Spex nimmt die Axt in beide Hände und muss jetzt ganz schräg durch seine verrutschte Maske schauen, um durch die viel zu tiefen Augenlöcher die zwei Latzhosen vor sich sehen zu können. Vor Anstrengung keuchend, geht er die Stufen nach unten.

Die Männer bleiben stehen und beobachten eine unschlüssige Sekunde lang, wie das gebeugte Wesen mit der Axt in der Hand, das sie nun von unten her anblickt, langsam auf sie zukommt und wie diesem heftig schnaufenden Wesen dabei die Züge ihres alten Kumpels Hannes im Gesicht verlaufen. Dann rennen sie, so schnell sie können.

Spex wartet noch einen Moment, läuft anschließend ums Haus herum, wirft die Axt weg und reißt sich die Maske und die Reste des Klebers herunter. Dann raus aus der bescheuerten Latzhose, unter der er eine Stoffhose trägt. Schnell zum Fahrrad, das unweit in den Büschen liegt. Maske, Gärtnerhandschuhe, Hut und Latzhose stopft er in den blickdichten Fahrradkorb und radelt los. Auf der Katzwanger Straße ermahnt er sich zu einem entspannten Freizeittempo und zwingt sich, nicht zu sehr nach rechts Richtung Forumsgelände zu schauen. Am Südfriedhof vorbei Richtung Stadtgrenze, weiter über die Saarbrücker Straße, bis er endlich an dem kleinen Naturschutzgebiet außerhalb der Stadt angekommen ist. Hier nimmt er seine Picknickdecke aus dem Versteck, breitet sie aus und soll jetzt – einfach ein paar Stunden im Halbschatten schlafen und den Sommerfrischler markieren? Na, das kann ja toll werden.

Tatsächlich aber döst er erschöpft ein, und zwar innerhalb von wenigen Minuten. Er wird erst wach, als er ein paar Spaziergänger vorbeigehen hört und will schon aufspringen und weglaufen, bis ihm einfällt, dass man ihn hier ja sehen darf. Er bleibt also liegen, lässt sie vorbeigehen und schläft noch etwas weiter.

Irgendwann hält er seine Neugierde dann nicht mehr aus, außerdem hat er schlimmen Durst bekommen. In einer kleinen Erweiterung des ihm zugedachten Plans schwingt er sich jetzt schon aufs Rad und fährt zu einer kleinen Gaststätte in der Nähe. Er geht in den Biergarten und bestellt sich etwas zu trinken. Im Gastraum drinnen läuft, wie er es gehofft hatte, ein Bildschirm. Auf dem Weg zur Toilette geht er daran vorbei, stoppt kurz und liest beiläufig die unten durchlaufende Eilmeldung.

»AG AUF DIE ›BUNDESKUNSTAKTION‹ +++ TOTALER STROMAUSFALL IN ZWEI NÜRNBERGER STADTTEILEN +++ FORUM FRANCORUM BETROFFEN +++ URTEILSVERKÜNDUNG AUF DEN NACHMITTAG VERSCHOBEN +++ MÖGLICHER TERRORANSCHLAG AUF DIE ›BUNDESKUNSTAKTION‹ +++ TOTALER STROMAUSFALL IN ZWEI …«

»… eine Möglichkeit, also ähem, wie ein Zusammenleben gewissermaßen, holla!!«

Es hat heftig geruckelt, ein mulmig-unangenehmes Gefühl ist Erica in die Magengegend geschossen und der Lift steht. Das normale Licht ist aus- und stattdessen eine kleine Notfunzel angegangen.

»Was ist denn jetzt los?!«

Eilers hat sich fragend umgedreht. TT sagt, man stecke offenbar fest, und Eilers knurrt, das habe er auch begriffen. TT versichert, man werde sie bestimmt gleich befreien, ohne sie gehe heute schließlich nichts. Er blickt auf seine AiO, hat aber keinen Empfang. Eilers und Erica auch nicht – sie scheinen mitten in dem langen, dünnen Metallschacht zwischen U-Bahn und Forum zu hängen. Was für ein Scheißgefühl. Sie drücken den Notrufknopf, es tutet jedoch nur.

»Klingt wie belegt«, sagt Eilers fassungslos.

Dann müsse man wohl ein wenig warten, sagt TT. Ob man das Interview unter diesen Umständen vielleicht unterbrechen könne.

»Ach, ich fand es auf einmal sehr spannend, Herr Trautmann! Meinen Sie nicht auch, Herr Eilers?«

Doch Eilers winkt ab. Schon besser so. Sie stehen daher schweigend nebeneinander, Eilers hat sich wieder Richtung

Tür gedreht. Es herrscht eine angespannte Stille, in der TT und Erica notgedrungen auf Eilers' grauen Hinterkopf starren. Ab und an sagt TT »Tja« oder »Nun ja«, mit zunehmender Dauer aber häufiger »Nein so was Verdammtes« und »Das darf doch wohl nicht wahr sein«. Eilers atmet mehrmals hörbar aus, in der Regel kurz nach einem solchen Kommentar TTs.

Erica steht betreten neben den beiden, ziemlich nahe neben den beiden sogar, denn der Lift ist nicht besonders groß. In ihrem Inneren sieht es chaotisch aus, die letzten Wochen haben ihre Spuren hinterlassen. Wie eine Schneekugel, denkt sie, die man nach relativ ruhigen Jahren plötzlich auf den Kopf gestellt hat. Was dabei aufgewirbelt wurde, gefällt ihr überhaupt nicht. Und eigentlich müsste sie aus diesem journalistischen Jackpot ja dringend ihren Profit ziehen *(Zwischen den Fronten. Eine Liftreportage von Erica Mazur)*, aber dazu ist sie gerade einfach nicht imstande.

Nach ungefähr fünfzehn Minuten fühlt jeder, dass die Zeit für eine schnelle Befreiung vorbei ist. Erica ist die Erste, die die Umstände akzeptiert und sich auf den Boden setzt, die beiden Männer folgen ihrem Beispiel. Der Lift ist immerhin so groß, dass sie einigermaßen nebeneinandersitzen können. Als Ältester darf Eilers die Beine ganz ausstrecken, Erica versucht sich an einem Schneidersitz, und TT zieht ihr gegenüber die Knie an.

»Müssen wir Angst haben, hier drin zu ersticken?«, fragt Erica und versucht, eher spöttisch als besorgt zu klingen.

Eilers und TT beeilen sich, diese Sorgen zu zerstreuen. Es sei in Liften immer ein gewisser Luftaustausch möglich, durch die Tür, durch die Decke. Erica ist einigermaßen beruhigt.

Im Gegensatz zu Eilers hat TT eine sehr ordentliche Frisur, seine braunen Haare sind im Business-Style gekämmt, dazu trägt er wie immer Anzug. Er ist ziemlich groß, seine Knie sind in dieser Sitzposition fast neben seinen Ohren. Eilers dagegen sieht aus wie immer. Legerer, aber nicht ungepflegter Stil, dazu seine wilden Locken.

»Möchte einer der Herren hier drinnen mal seine tiefe Stimme erheben?«, fragt Erica.

Die beiden sehen sich an, dann ruft TT einmal halbherzig »Haaallo?«.

Noch einmal fünfzehn Minuten später hat Erica ihre Knie ebenfalls angezogen, der Schneidersitz ist auf dem harten Boden höllisch unbequem geworden.

»Ich heiße übrigens Erica«, sagt sie zu Eilers, »ansonsten kennen Sie sich ja bereits.«

»Nicht persönlich.«

Dann setzt wieder ein aufgeladenes Schweigen ein, Eilers blickt stoisch geradeaus auf die Wand, TT blickt abwechselnd links und rechts an Erica vorbei, die als Einzige hin und wieder kurze Blicke in die Gesichter riskiert.

Nach einer gewissen Zeit wird die Stille zum Problem, Erica merkt eine Unruhe in sich hochsteigen, die das

Potenzial zur Panik hat, wenn man sie nur noch etwas gedeihen lässt. Sie merkt, dass sie etwas sagen *muss*, aber an Small Talk ist unter den gegebenen Umständen einfach nicht zu denken. Schöner Spätsommer, nicht wahr, die Herren?

Nein. Mangels Alternativen sagt sie: »Das wäre nun wirklich nicht mehr nötig gewesen, so kurz vor Schluss, oder?«

Eilers schnaubt laut auf, erinnert sich dann aber, dass Erica keine Konfliktpartei ist, und murmelt eine kaum hörbare Entschuldigung.

Dann wieder dieses Schweigen, Ericas Handflächen werden schwitzig, die Kabine des Lifts scheint sich minütlich zu verengen. Zum wiederholten Male drückt Eilers auf das Klingel-Symbol. Tut-tut-tut.

Erica hat das Gefühl, dass sich in ihrem Inneren die diffuse Sauerstoffpanik mit einer realeren Panik verbindet, die sich schon länger angestaut hat und deren große Stunde nun gekommen ist. Was hat sie eigentlich getan, die letzten Wochen? Wie konnte es so weit kommen? Wer hat eigentlich wen verraten?

Sie muss an Dingos Worte denken: »Morgen beim Prozess, da denk an mich!« Soll sie *jetzt* an ihn denken? Dingo, was hast du nur getan – und was hast du nicht getan? Die Panik in ihrem Inneren steigt ihr in die Kehle.

Plötzlich bemerkt sie, dass TT und Eilers sie ganz beunruhigt anschauen.

»Nur nicht die Nerven verlieren«, sagt TT, »wir kommen bestimmt bald raus hier.«

Doch dann ist es zu Ericas Erstaunen Eilers' Geduldsfaden, der plötzlich als Erster reißt. Er rappelt sich hoch, hämmert mit der Faust auf die Knöpfe um das Klingel-Symbol und schreit immer wieder: »Dieser verfickte Scheißprozess, alles nur wegen diesem *verfickten* Prozess!« Er schlägt fest zu, der ganze Lift vibriert.

TT springt auf, Eilers dreht sich augenblicklich in seine Richtung. Auch Erica fährt hoch. Es wird doch nicht zu Handgreiflichkeiten kommen, denkt sie erschrocken.

Eilers und TT stehen deutlich näher beieinander als durch die engen Kabinenmaße nötig.

»Beruhigen Sie sich augenblicklich wieder!«, sagt TT mit schneidender Stimme. »Zu große Aufregung ist gefährlich, wenn man ein so altes Herz hat wie Sie!« Er ist einen guten Kopf größer als Eilers.

»Ist es das, was ihr wollt?! Mich in den Herzinfarkt treiben?!«, schnauft Eilers nach oben hin. »Schöne Moralapostel seid ihr …«

TT zögert mit einer Antwort und tritt dann einen kleinen Schritt zurück. Ein Teil seiner Körperspannung weicht aus seinen Schultern. Erica atmet hörbar aus.

Eine Weile stehen sie danach verlegen herum. Wieder ist es Erica, die sich als Erste setzt. Eilers und TT tun es ihr nach.

Dann darf im Lift Zeit verstreichen, ungestört. Ericas Anflug von Panik hat sich noch einmal zurückgezogen, erschrocken über den Ausbruch des sonst so ruhigen Eilers. Zeit darf verstreichen, ungestört.

Wenn genügend Zeit ungestört verstreichen darf, wird sie unsichtbar, sie verschwindet. Der Zeitstrahl wird zu einem Kreis absoluten Seins.

Irgendwann in dieser zeitlosen Zeit wird dann aber TT sichtlich unruhig, er beginnt leicht zu schwitzen und formt dadurch den Kreis wieder zu einer Linie.

»Nur nicht die Nerven verlieren«, sagt Eilers, »wir kommen bestimmt bald raus.«

Erica kann anhand von Eilers' Stimme nicht entscheiden, ob er absichtlich provoziert oder ob er unbewusst TTs Worte von vorhin wiederholt.

TT jedenfalls scheint die Parallele nicht aufzufallen, er lacht etwas verlegen: »Das ist es nicht. Ich würde hier viel gemütlicher mit Ihnen sitzen, wenn ich nicht so dringend … pinkeln müsste. Zu viel Kaffee heute Morgen …«

Durch dieses Geständnis gerät etwas ins Rutschen, die ganze Szene hat plötzlich einen grotesken, fast komischen Zug.

»Dabei meint man immer, wir alten Männer seien dahingehend besonders gefährdet«, lacht Eilers und Erica zieht ihre halb volle Wasserflasche mit einem fragenden Blick heraus.

»So weit kommt's noch«, wehrt TT ab, »ich halte es schon noch aus, keine Sorge.«

Doch plötzlich weichen die Blicke im engen Lift nicht mehr abweisend denen der anderen aus, sondern suchen sich gegenseitig.

»Also nein, Zufälle gibt's«, sagt TT schließlich zu Eilers, »dass ausgerechnet *wir* uns heute hier … was haben Sie denn so lange am Gleis getrieben?«

»Wollte unerkannt reingehen. Dachte, ich warte ein bisschen ab. Und dann geht der Lift auf, und ich sehe *Sie*. Ich dachte, ich fall tot um.«

»Immerhin, Herr Eilers, kein Anzeichen eines Zurückweichens!«

Alle lachen halbherzig.

Dann verfällt TT wieder in ein großes und konzentriertes Schweigen und nachdem der Notruf immer noch ein Besetztzeichen von sich gibt, sagt er schließlich mit geröteten Wangen: »Frau Mazur, es ist mir wirklich aufs Äußerste peinlich, aber ich müsste jetzt tatsächlich auf Ihr Angebot mit der Flasche zurückkommen …«

Die drei stehen auf, es ist unklar, wem die Situation am unangenehmsten ist. Erica gibt ihre halb volle Wasserflasche weiter, die TT sorgenvoll beäugt. »Sie haben nicht zufällig Lust, den Rest schnell auszutrinken?«

»Bin ich verrückt?«, fragt Erica. »Wer weiß, wie lange wir hier noch aushalten müssen!«

Da auch Eilers dankend ablehnt, nimmt TT selbst einen großen Schluck.

»Na hoffentlich geht die Rechnung auf«, raunt Eilers, und sogar TT muss kurz schmunzeln. Dann drehen sich Erica und Eilers Richtung Wand und gehen so weit zur Seite, wie es eben möglich ist.

Es gibt Situationen, Umstände, Vorkommnisse, die verändern die Stimmung in einer Gruppe nachhaltig, ob man will oder nicht. Wenn ein erwachsener Mensch in einem wenige Quadratmeter großen Raum, in dem noch zwei andere, fremde Personen stehen, notgedrungen in eine Flasche pinkelt, dann gehört das zweifellos dazu. Erica findet aber, die Stimmung hat von diesem Intermezzo in jedem Fall profitiert. Die Anspannung ist weg und, wenn sie sich nicht täuscht, sogar die Feindseligkeit.

Alle sitzen wieder, TT hat die Flasche hinter seinem Rücken versteckt, Eilers den Kopf an die Wand gelehnt. Er blickt nach oben.

Und plötzlich sprechen sie auch über den Prozess. Erica muss das große Indianer-Ehrenwort geben, nichts öffentlich zu machen, und dann erzählt TT, dass Eilers' letztes Manöver durchaus seinen Effekt hatte. Kriebl plane nämlich, gleich nach der Verkündung des Urteils eine große Erklärung über seine Zeit vor 2030 abzugeben. Perec koche angesichts dieser neuen Dummheit, sie habe Kriebl bislang jedoch nicht umstimmen können, obwohl auch TT ihm dringend abgeraten habe. Eilers gefällt diese Geschichte sehr gut, er klopft sich mit der flachen Hand mehrmals auf den Oberschenkel.

»Wieso eigentlich dieser Kriebl?«, fragt Erica.

TT zuckt die Schultern: »Unsere Auswahl war nicht gerade groß. Und wir wollten unbedingt einen echten Richter, wo wir schon keinen echten Staatsanwalt gekriegt haben.«

Das Gespräch stockt wieder und jeder hängt wohl seinen persönlichen Erinnerungen an die Anfangsphase des Prozesses nach.

»Ich habe mich die ganze Zeit gefragt«, bringt Eilers die Unterhaltung wieder in Gang, »ob Ihre PfG tatsächlich Lilienthal zur Kanzlerin gemacht hätte, nur um den Prozess bewilligt zu bekommen.«

TT überlegt lange und zuckt dann noch einmal mit den Schultern: »Ich habe mir darüber tatsächlich nie so wirklich Gedanken gemacht, weil ich gewusst habe, dass van Dyke das Risiko nicht eingehen würde. Aber falls doch, wäre es wohl schwierig geworden, meine Partei davon abzuhalten.«

Dann tauschen sie ein paar Eindrücke der letzten Wochen aus. Kriebl, Perec. Das Forum, das Essen in der Kantine. Nürnberg. Sie sind lange im Lift. Stunden. Keine Ahnung, was die da draußen machen, warum sie niemand rausholt.

Es kommt der Moment, da ist es nicht mehr lustig. Erica lässt sich von TT hochheben, um die Luftschlitze in der Decke besser untersuchen zu können. TT schlägt hart gegen die Tür und brüllt: »Haaallo!! Wir sind hier drinnen!! Aufmachen!!« Eilers drückt immer wieder erfolglos die Notruftaste. Dann setzen sie sich wieder, entmutigt.

Wieder eine längere Gesprächspause. Schließlich wendet Eilers sich zögernd an TT: »Darf ich mal ganz offen fragen, ob Sie durch den Prozess nun eigentlich erreicht haben, was Sie und Ihre Partei immer wollten? Genugtuung oder so was in der Richtung?«

TT verwandelt sein Gesicht intuitiv in die Maske, die Erica von ihren Beobachtungen aus der Ferne schon so gut kennt. Sie merkt die Veränderung sofort und boxt leicht sein aufgestelltes Knie: »Na kommen Sie, wir sind unter uns! Ich werd's niemandem verraten, und wenn doch, dann sagen Sie einfach, das sei eine gottverdammte Lüge. Also, ich meine, falls die Antwort unangenehm sein sollte.«

TT atmet tief ein und stellt Ericas Flasche neben sich, um sich auch einmal richtig anlehnen zu können. Alle versuchen, sie nicht anzusehen. Er lehnt jetzt wie Eilers seinen Hinterkopf an die Wand und schaut zur Decke.

»Sie wissen, dass unsere Tochter mit einer schweren Behinderung zur Welt gekommen ist. Sie können sich vielleicht vorstellen, was es heißt, ein Kind ohne Schädelknochen zu haben. Wie es sich anfühlt.«

Erica kann sich das eigentlich überhaupt nicht vorstellen, sagt aber nichts. Auch Eilers schweigt und sieht zu Boden.

»Natürlich wusste ich, dass der Prozess das Leben unserer Clara kein Stück verändern wird, ich bin ja kein Idiot. Aber trotzdem. Ich konnte ihren Zustand einfach nicht akzeptieren, ich konnte nicht abschließen damit. Ich konnte diese Haltung einfach nicht hinnehmen, allgemein zu sagen: ›Kann ja niemand mehr so recht was dafür, ging eben früher alles ein wenig wilder zu, belassen wir's dabei.‹«

TT schweigt und schaut weiter hoch zur Decke. Auch Erica und Eilers blicken vor sich hin. Erica fühlt wieder eine riesige dunkle Welle auf sich zurollen. Weniger akut als der frühere Panikschub, aber dafür noch deutlich tiefer und mächtiger. Dann räuspert sich Eilers doch noch einmal, sehr behutsam.

»Ähem … und jetzt? Ich meine, und ich meine die Frage ganz ernst, hat Ihnen der Prozess geholfen, abzuschließen?«

TT lässt sich Zeit, sein Blick wandert durch den engen Lift.

»Tja. Das wird sich erst mit der Zeit erweisen. Irgendwie ja, irgendwie nein. Ein bisschen anders habe ich es mir tatsächlich vorgestellt, also auch emotional. Ihr persönliches Erscheinen hat der ganzen Sache eine merkwürdige Wendung gegeben.«

Und dann ist die riesige Welle da und begräbt Erica unter sich. Ohne Vorwarnung und zur völligen Verblüffung von Eilers und TT bricht die ganze Traurigkeit der letzten Wochen auf einmal aus Erica heraus. Sie denkt an ein neugeborenes Kind ohne Schädelknochen, an die ganze Klimascheiße, an die brennenden Leichenberge in der Dritten Welt, an ihre Eltern, an Lynn, die jetzt lieber bei einer Fremden wohnt als bei ihren Eltern, und sie denkt an Tom und Dingo. Bei allem Elend ist dieser letzte Gedanke für sie der schlimmste.

Die beiden Männer sind höchst betroffen und knien sich zu Erica, TT vor ihr, Eilers links. Sie denken, sie habe in der Enge des Lifts einen Nervenzusammenbruch erlitten, und versuchen sie damit zu beruhigen, dass die Luft sicher reiche, dass ein Lift nicht nach unten stürzen könne, weil Drahtseile so dick wie Baumstämme ihn halten würden, mehrere sogar, dass dieser Raum auch gar nicht so klein sei, wenn man bedenke, dass …

Dabei ist sie gedanklich ganz woanders. Vor allem bei Dingos letztem Satz: »Morgen beim Prozess, da denk an mich! Dann wird alles gut.« Sie glaubt jetzt zu verstehen, was er meinte, aber sie ist sich nicht sicher, ob er recht hat.

Dann flimmert die Notleuchte eine Sekunde, flirrt und geht aus. Sie sitzen im Dunkeln.

Die Servicekraft Lion Weingart sieht mittlerweile schon ziemlich verängstigt aus, doch Einsatzleiter Hagenbeck schlägt vorsichtshalber noch einmal hart mit der Faust auf den Vernehmungstisch vor dem möglichen Zeugen – oder möglichen Täter – oder vielleicht ja sogar … möglichen Terroristen. Hagenbeck muss unwillkürlich an seinen kleinen Herzinfarkt vor einigen Jahren denken.

»Sie bleiben also bei Ihrer … Geschichte, dass Ihnen bei Schichtbeginn um 08:30 Uhr nichts Ungewöhnliches aufgefallen sein will?« Hagenbeck hat die Pause vor »Geschichte« abfällig gedehnt. Er schwitzt stark. Hagenbeck, nicht der Zeuge respektive Täter respektive Terrorist. Dem stehen nur ganz kleine Perlen auf der Stirn, die leicht funkeln, als er zum wiederholten Mal mit den Schultern zuckt.

»Natürlich haben wir gesehen, dass die Bierdeckel neu sind. Aber woher hätten wir denn wissen sollen …?«

Der Satz des Kellners verliert sich im Nirgendwo.

»Da hat sich in eurem ganzen Service-Team, ich wiederhole: im *ganzen verdammten* Service-Team, niemand darüber gewundert?!«

Hagenbeck knallt einen der Bierdeckel auf den Tisch.

»Den Gästen ist ja auch nichts aufgefallen!«, entgegnet der Kellner. »Wir haben die ja schon den ganzen Tag ausgegeben, nicht erst nach dem Stromausfall. Wir vom Service haben doch keine Zeit, vor jedem Arbeitstag über veränderte Bierdeckel Kriegsrat zu halten. Gab halt neue, na und?«

Hagenbeck schießt der Puls in die Höhe – »Kriegsrat«! Die Generalbundesanwaltschaft im Anmarsch, die GSG 9 inzwischen vermutlich vor Ort, ausstehende dringende Telefonate mit BND und MAD, oberste Führungsebene. Scheiße, Scheiße, Scheiße. Hagenbeck zwingt sich zu einer ruhigen und doch messerscharfen Feststellung.

»Sie verwenden militärisch gefärbte Sprache in der Beschreibung der heutigen Vorgänge, Herr Weingart.«

Große Augen beim Kellner, ungläubiger Blick.

»Was mache ich?«

»Ihr sprachlicher Ausdruck und der bildliche Ausdruck der Täter stimmen überein.«

Hagenbeck hebt anklagend den Bierdeckel in die Höhe, die kleine, freche Biene mit Sonnenbrille im Gesicht und Molotow-Cocktail in der Hand auf Weingart gerichtet. Der Kellner wirkt erschüttert. Endlich. Jetzt unbedingt weiter draufhalten: »Es sieht so aus, als wären *Sie* es jetzt, der eine kleine ›Denkpause‹ braucht, nicht wahr?« Hagenbeck dreht die Biene zu sich und verliest langsam den sie umrahmenden Schriftzug.

»›*Diese kleine* DENKPAUSE *wird Ihnen präsentiert von* THEITCHYSTITCH-*Privatbrauerei.*‹ Leider haben wir hier auf dem Revier kein ItchyStitch, Herr Weingart. Sie im *Queens & Drones* etwa?«

»Natürlich nicht.«

»Das kam sehr schnell. Wie können Sie so sicher sein? Neue Deckel, vielleicht ein neues Bier?«

»Na, ich gehe mal davon aus, dass es so ein Bier gar nicht gibt. Sonst säße ich ja jetzt wohl nicht hier.«

Hagenbeck spielt den Erstaunten.

»Ach, plötzlich können Sie unschlagbar kombinieren, aber heute Morgen waren Sie irgendwie nicht auf der Höhe und geben bei einer politischen Top-Veranstaltung gutgläubig die absurdesten Bierdeckel aus? Sie machen in Wirklichkeit den Eindruck eines cleveren Kerlchens, das aber vielleicht doch nicht ganz so clever ist wie gedacht und nun ganz schön in der Sch… Tinte sitzt!«

Der Kellner stößt sich empört in seinen Stuhl zurück und verschränkt trotzig die Arme vor der Brust. Seine Miene bleibt unnachgiebig.

»Wir haben doch noch über eine Stunde lang nach dem Stromausfall diese blöden Bierdeckel ausgegeben. Zu Hunderten! Das Flaschenbier war ja fast das Einzige, an das wir ohne Strom noch rangekommen sind, und das Lokal war brechend voll, wie Sie sich vorstellen können. Und selbst dann hat es doch auch noch ganz schön gedauert, bis mal jemand einen Zusammenhang zwischen dem Stromausfall und den Bierdeckeln hergestellt hat. Und *alle* haben sie vor sich auf den Tischen gehabt, Journalisten, Juristen, Politiker, Zuschauer!«

Weingart schweigt und blickt dem Polizisten direkt ins Gesicht. Keine Spur eines schlechten Gewissens auszumachen. Hagenbeck muss aufpassen, sich nicht seinerseits in den Stuhl fallen zu lassen. Der Mistkerl hat ja recht. Einsatzleiter Hagenbeck dreht angewidert die Biene nach unten, will sie nicht mehr ansehen. Bevor er sich daran hindern kann, überfliegt er zum tausendsten Mal den kursiven Schriftzug auf der Rückseite: *»ItchyStitch – da geh'n Dir die Lichter aus! ;)«*

Schlechte Werbegags sind leider noch nicht verboten.

Sie hatten größte Zurückhaltung vereinbart, doch als Spex jetzt mit seinem Rad als Letzter am Treffpunkt einbiegt, johlen und klatschen sie trotzdem. Ein bisschen kaschieren sie den Ausbruch durch Kommentare wie »Wir haben uns ja ewig nicht gesehen!«, »Auch endlich da?«, »Dann kann's ja endlich losgehen …«

Der Volkspark Marienberg ist an diesem herrlichen Spätsommertag gut gefüllt: Grundeinkommler, Teilzeitkräfte, Eltern mit kleinen Kindern, Frührentner und, ganz klassisch, Schüler, die vom neu angebrochenen Schuljahr bereits die Nase voll haben. Da heißt es noch einmal vorsichtig sein.

Sie werfen sich ein paar Bälle hin und her, deuten ein paar Tackles an. Wenn Spex zufällig in die Nähe eines anderen gerät, raunen sie sich ein paar Fragen zu.

»Heute 'nen guten Tag gehabt?«

»Joa, bisschen stressig, bisschen Probleme mit einem Kollegen gehabt, aber letztlich alles okay gewesen. Selbst?«

»Kann nicht klagen, war heute recht früh mit der Arbeit durch und konnte zeitig Feierabend machen.«

Im Schatten warten ein Kasten Bier und eine große schwarze Sporttasche. Immer wieder holt einer der Jungs ein bisschen schmutzige Wäsche aus der eigenen Tasche und verstaut sie dort.

Als Spex' T-Shirt vom Werfen, Fangen und Rennen ziemlich durchgeschwitzt ist, schiebt er sein Rad näher an den Schattenplatz. Er nimmt sich ein Bier, macht es am Rand des Kastens auf und bückt sich schließlich, um aus der Sporttasche ein frisches Shirt zu ziehen. Sein durchgeschwitztes zieht er aus und stopft es schnell in die Tasche, zusammen mit einer grünen Latzhose. Hinter deren praktischen Reißverschlüssen wiederum befinden sich eine Maske und ein paar Gartenhandschuhe (und natürlich eine braune Komposttüte).

Dieser Trikottausch war gewissermaßen die letzte Aktion des Spiels, die anderen kommen in den Schatten und setzen sich in einen engen Kreis um den Bierkasten. Dingo sagt, soweit er sehe, hätten sie einen guten Tag gehabt, nicht? Alle nicken. Er selbst, fährt er fort, habe heute zwar leider nicht viel in der Arbeit erreicht, aber manche hier hätten ja offenbar für zwei geschuftet.

Die Sonne legt sich über den Park und mittlerweile kommen auch die paar Leute, die tagsüber wirklich gearbeitet haben. Es geht jetzt merklich Richtung Herbst, abends wird es zeitig dunkel. Gut so, der Sommer war lang und heiß.

»Habt ihr eigentlich vom Prozess heute gehört? Da soll was passiert sein …«

Unbestimmtes Gemurmel, Genaueres weiß offenbar niemand.

»In ganz Katzwang und Hasenbuck soll es stundenlang einen totalen Stromausfall gegeben haben. Keine Ahnung, ob das Problem mittlerweile behoben ist.«

»Ach ne!«

Sie kämpfen gegen ein gewaltiges Grinsen an.

»Ich hab im Fernsehen was aufgeschnappt von wegen Terroranschlag«, sagt Spex.

Mika verschluckt sich an seinem Bier. »Übertriebene Wortwahl für etwas, das eher nach einer kleinen Störaktion aussieht, findet ihr nicht?«

Dingo lässt sich nach hinten ins Gras fallen: »Klingt mir eher nach dem Werk von richtigen Chaoten als von Terroristen!«

»Arbeitsscheue Grundeinkommensschmarotzer!«

»Asoziale und Anarchos.«

»Migranten und Migrantenkinder.«

Dingo nickt. Genau nach solchen Leuten sieht das aus.

Die Sonne geht langsam hinter den Häusern im Westen unter, der kleine See des Parks hört auf zu glitzern. Dingo ist mit seinen Gedanken auf der anderen Seite des Flughafens, bei einem kleinen Reihenhaus im Stadtteil Kothbrunngraben. In dessen wirklich kleiner Dachgeschosswohnung ohne Küche und ohne Bad nun hoffentlich wieder Frieden einkehren kann.

Hoffentlich haben sie keinen Fehler gemacht. Hoffentlich hat *er* keinen Fehler gemacht.

Er räuspert sich und flüstert leise: »Also gut, ich denke, wir wollen alle an die Smartwatches. Aber denkt dran, nur ein bisschen die Newsseiten durchklicken!«

Dingo selbst pfeift auf die Newsseiten, er möchte sehen, ob eine Nachricht von Erica gekommen ist.

Sie stehen auf und packen zusammen, Mika hängt sich die große Sporttasche um. Eine Spur von Zeugnistag und großen Ferien, aber auch von Wehmut liegt über der Szene.

»Also dann, Jungs«, sagt Faris, »unser Training heute ist ja sehr schön gelaufen. Was wird unser nächstes Projekt?«

Spex lässt zwei halb leere Bierflaschen einfach neben den Kasten fallen und springt auf sein Rad. »Ich hab mir heut so den Knöchel verstaucht, ich halt's ab jetzt mit dem alten Churchill: ›No sports!‹ Adios.«

Ohne umzublicken tritt er in die Pedale. Fester, als man es mit einem verstauchten Knöchel je könnte.

TT hat anfangs mit der Leuchtfunktion seiner AiO Licht gemacht, aber nach etwa zehn Minuten hat der Akku zu schwächeln begonnen. Lieber noch ein wenig aufsparen, falls sie doch noch irgendwie eine Verbindung nach draußen zustande bekommen. Eilers will schon seine Watch zum Einsatz bringen, aber Erica hält ihn zurück. Hilft ja auch nichts.

Sie denkt immer wieder an Dingo. Was, wenn nicht er, sondern *sie* alles kaputt gemacht hat? Dieser Gedanke ist der schlimmste. Was, wenn er jetzt in ernsthaften Schwierigkeiten steckt? Nein, *der* Gedanke ist noch schlimmer.

Dann denkt sie an Tom. *Sie ist verliebt in ihn*, hier im Lift denkt sie das zum allerersten Mal in diesen Worten. Sie ist nicht nur unglücklich verliebt, sie ist doppelt unglücklich verliebt, denn sie liebt ja auch Dingo weiterhin. In dieser Stunde vielleicht auf eine sehr schmerzhaft-intensive Weise mehr denn je.

Wenn sie Philly davon erzählen würde, würde Philly sicher fragen, wo überhaupt das Problem liege, das hier sei schließlich nicht 1949. Sie ist aber nicht wie Philly – nie gewesen.

Während Erica unter einer Welle aus Traurigkeit begraben liegt, beginnt sich der Zeitstrahl wieder zu kräuseln, rollt sich zusammen und bildet schließlich wieder einen perfekten Kreis.

Dann hört Erica auf zu weinen und lehnt sich erschöpft nach hinten an die metallene Wand. Ihr Kopf erzeugt ein leises, dumpfes Geräusch, als er die metallische Rückwand berührt. Sie fühlt sich richtig fertig, aber auch auf eine positive Weise, sie *ist* fertig. Die Welle ist über sie hinweggegangen, sie wurde niedergewalzt, aber sie ist noch am Leben.

So warten sie zu dritt eine lange Zeit in völliger Dunkelheit, irgendwie gefasster und gereinigt.

TT setzt an zu sprechen: »Frau Mazur, Erica, es tut mir übrigens schrecklich leid, dass mein Büro Ihnen solche Schwierigkeiten bereitet hat!«

»Schon okay.«

Wieder eine Pause.

»Und Herr Eilers, hem hem, also, ich meine …«

Eilers unterbricht ihn: »Im Gegenteil …«

Beide räuspern sich.

Nach einer Weile fragt TT, wie lange sie schätzen, hier schon gefangen zu sein. Eilers tippt auf sieben Stunden, Erica auf mindestens neun.

»Als ich vorhin die Leuchte an hatte, war es erst 13:15 Uhr.«

Nicht die Möglichkeit! Sie blicken beide auf ihre Devices, weil sie es nicht fassen können, doch es stimmt, 13:42 Uhr.

»Die Zeit vergeht hier drinnen sehr langsam«, stellt Erica lakonisch fest.

Hm. Hm. Hm.

Hm.

Hm.

Erica hält Eilers ein unsichtbares Mikrofon unter die Nase, sie fühlt sich wie leicht angetrunken: »Herr Eilers, glauben Sie, dass Ihre alten Knochen diesen Lift noch einmal lebend verlassen werden?«

»Also Erica!«

»Was ist das Erste, das Sie nach einer Befreiung tun würden?«

»Ähm, mal auf den Newsticker schauen, denke ich.«

»Herr Trautmann, was würden Sie tun?«

»Hände waschen.«

Aha!

Hm.

Hm.

Eilers hält Erica ein unsichtbares Mikrofon unter die Nase: »Fräulein Erica, was machen Sie, wenn Sie nicht gerade in Liften abhängen?«

»Haben Sie mich gerade ›Fräulein‹ genannt, Mister?«

»Sie weichen aus!«

»Dann hänge ich in Fake-Gerichtssälen ab.«

»Und abgesehen davon? Haben Sie keine Hobbys?«

Erica imitiert die Stimme eines Kleinkindes: »Mein Hobby ist, das Leid der Welt auf meine Schultern zu nehmen.«

TT schaltet sich ein: »Fräulein Erica, ist das nicht ein sehr zeit- und energieaufwendiges Hobby?«

»Ohne Training und Hingabe kommt man dabei in der Tat nicht weit!«

»Wie oft trainieren Sie und wie sieht Ihr Trainingsablauf aus?«

»Mehrmals täglich! Ich fange immer mit meinem persönlichen Leid an und dann: *Think big!* Und zum Schluss wieder alles auf mich runterbrechen.«

Oh.

Der journalistische Eifer ist erst einmal unterbrochen.

»Fräulein Erica, wird es nicht auch einmal Zeit, sich neue Hobbys zu suchen?«

»Aber ich gehöre mittlerweile zur Weltspitze!«

»Ach. Hut ab!«

»Fräulein Erica, wenn Sie Ihre jungen Knochen noch einmal lebend aus diesem schwarzen Loch bekommen: Geloben Sie dann, sich ein neues Hobby zu suchen?«

Hm. Hm.

»Also gut. Ich gelobe!«

Eilers und TT applaudieren anerkennend. Eilers sagt, er habe in Ericas Alter ein wirklich tolles Hobby gehabt. TT lacht hierüber am lautesten.

Now do you believe in rock'n' roll?
Can music – save your mortal soul?
And can you teach me how to dance reeeaal slooohow?

Erica wird hier drinnen langsam verrückt und genießt diesen unwahrscheinlich befreienden Vorgang.

»Eine nette Runde, meine Herren. Recht gute Stimmung, so kurz vor dem Ende unseres irdischen Daseins. Vielleicht machen wir ein wöchentliches Sit-in. Gleiche Zeit, gleicher Ort?«

»Ich werde jedenfalls nur noch mit Klappstuhl Lift fahren«, sagt Eilers und drückt nach wie vor alle paar Minuten ächzend den Notrufknopf über sich, den er im Dunkeln ertastet.

»Hallo? Liftnotrufzentrale hier.«

Alle sind völlig überrumpelt, Eilers hat den Knopf schon fast losgelassen, rappelt sich jetzt aber mühsam hoch, um fester drücken zu können: »Hallo?! Hier Jochen Eilers! Ich sitze mit Tristan Trautmann und einer jungen

Journalistin im Lift von der U-Bahn-Station zum Forum Francorum. Wir sitzen seit Stunden fest, holen Sie uns bitte sofort hier raus!«

Eine Sekunde kommt keine Antwort.

»Hören Sie, der Missbrauch eines Notrufknopfs ist eine ernste Straftat!«

TT springt an die Sprechanlage.

»Hören Sie! Hier spricht Tristan Trautmann. Und ich schwöre Ihnen, wenn Sie uns nicht augenblicklich hier rausholen lassen, dann werden Sie tatsächlich noch das Opfer einer ernsten Straftat! Haben Sie verstanden?«

Wieder eine Sekunde Pause.

»Entschuldigung. Wir kümmern uns umgehend darum. Bleiben Sie ruhig! In wenigen Minuten wird Sie jemand befreien!«

Die Stimme ist weg.

Bald bewegt sich ihre Kabine ganz langsam nach oben. Sie hören Stimmen von draußen, dann geht die Tür auf und von der Helligkeit ganz geblendet, stolpern sie aus dem Lift. Zurück bleibt nur eine einsame Flasche, die jetzt ganz verloren in der hintersten Ecke der Liftkabine steht.

Eilers und Erica sind noch ziemlich benommen, TT lässt sich dagegen sofort auf den Stand der Dinge bringen. Was, ein Anschlag? Aha, großflächiger Stromausfall. Alles ziemlich drunter und drüber – haben wir gemerkt! Urteil verschoben, aber heute noch? Gut, gut!

»Ich müsste dann doch auch mal dringend wohin«, sagt Eilers. Er umarmt Erica zum Abschied und will auch TT die Hand geben, besinnt sich aber eines Besseren.

Erica sieht ihm nach und wendet sich an TT: »Wo ist denn hier das Treppenhaus runter zur U-Bahn?«

»Bleiben Sie nicht?«, fragt TT völlig perplex, deutet aber auf einen kleinen Durchgang in Ericas Rücken. »Man hat mir gesagt, das Urteil wird verkündet, sobald der Strom wieder da ist.«

»Ich hab' für das alles hier jetzt keine Zeit mehr«, sagt Erica im Weggehen, »man sieht sich.«

Not

The End.

(Not at all.)

I was a girl who sang the blues

Von erica mazur

Nürnberg-Stadt | 22.09.2049

In Nürnberg ist dieser Tage ein Prozess zu Ende gegangen. Eigentlich sind gleich mehrere Prozesse ganz unterschiedlicher Art zu Ende gegangen. Wieder andere Prozesse beginnen dagegen erst. Die Rechtmäßigkeit der »Bundeskunstaktion« wird in Bälde untersucht, aber das meine ich gar nicht so sehr.

Vergebung zum Beispiel ist eines dieser Dinge, die nicht von einem Moment auf den anderen passieren. Jemandem zu vergeben dauert viel, viel länger, als zu sagen: »Ich vergebe dir.« Vergebung ist eine zeitaufwendige Unternehmung von (mindestens) zwei Personen, und dieser eine Satz kann am Ende dieser beidseitigen Aufgabe stehen oder ganz am Anfang oder irgendwo in der Mitte. Reue und Nachsicht sind bei diesem Prozess dringend vonnöten und dürfen nicht auf halber Strecke ausgehen, wenn der Vorgang zu einem glücklichen Ende kommen soll.

Ich will nicht entscheiden, wer wen nach Abschluss der »Bundeskunstaktion« um Vergebung zu bitten hat. Klar ist: Lieber einmal zu oft um Verzeihung bitten als einmal zu wenig. Vermutlich haben viele Menschen nach diesem Prozess Anlass, um Vergebung zu bitten. Hoffentlich nehmen dies auch viele Menschen zum Anlass, Vergebung zu gewähren. Oder sich zumindest darum zu bemühen.

Jeder lädt im Laufe seines Lebens Schuld auf sich. Wenn es trotz aufrichtiger Reue keine Vergebung mehr gibt, dann sind wir alle verloren. »Verfolgt das Unrecht nicht zu sehr«, rät Brecht, »in Bälde erfriert es schon von selbst.« In der Tat.

Im Prozess von Nürnberg war viel von Zweifelsfällen die Rede. Im Zweifelsfall der eigene Vorteil oder im Zweifelsfall lieber mal die Umwelt retten. Wer im Nachhinein erkennt, falsch gehandelt zu haben, und wirkliche Reue empfindet, der muss um Vergebung bitten dürfen. Und im Zweifelsfall sollte lieber vergeben werden. Und ab und an vielleicht sogar dann noch, wenn es eigentlich gar kein Zweifelsfall mehr ist?

Auch sich selbst kann und muss man zuweilen um Vergebung bitten. Wir tun laufend tausende Dinge – und auf einmal stellen wir währenddessen fest, dass manche Handlungen nicht nur falsch waren, sondern leider auch irreversibel sind. Und dass wir dann nur noch um Vergebung bitten können, unsere Mitmenschen und uns selbst. Dass wir sonst rein gar nichts mehr tun können, egal wie sehr wir uns wünschen, manche Dinge ungeschehen zu machen. *You can't unring a bell*, lautet ein altes amerikanisches Sprichwort.

Gleichzeitig können wir aber nur durch diese Erfahrung erkennen, dass unsere Existenz ein großes Geschenk enthält, das wir jedoch viel zu häufig übersehen. Ich habe dieses Geschenk erst kürzlich entdeckt, und es kommt mir nun so vor, als hätte ich bislang nur vor mich hin gedämmert. Aber damit ist Schluss, ich bin aufgewacht – und das hoffentlich endgültig. Vieles musste dafür zusammenkommen, aber nun fühle ich umso mehr einen Optimismus in mir, der ganz neu und ungewohnt ist.

Denn darin besteht dieses wunderbare Geschenk: Sosehr wir mit der Vergangenheit hadern mögen, *die Zukunft ist formbar*.

www.nuernbergtoday.de/iwasagirl/em

Cradle to Cradle Certified™

Dieses Buch ist nach dem Cradle to Cradle™-Verfahren produziert. Das steht für ein konsequentes und klimapositives Wirtschaften, bei dem alle Produkte in den ökologischen Kreislauf zurückgeführt werden können, und heißt konkret:

- **Keine schädlichen Substanzen**
- **Kein Abfall**
- **Kein Gesundheitsrisiko**

Dabei entstehen Bücher mit den höchsten Ansprüchen an Material, Design und Druck. Unser Druckpartner gugler* ist zertifiziert und trägt das Cradle-to-Cradle-Siegel.
Weitere Informationen unter: www.gugler.at.

CERTIFIED cradletocradle™
SILVER

Umschlag und Bindung ausgenommen
www.gugler.at

greenprint*
klimapositiv gedruckt

FSC®
www.fsc.org
MIX
Papier aus verantwortungsvollen Quellen
FSC® C005108